中华传世藏书

【图文珍藏版】

纳兰性德全集

[清] 纳兰性德⊙原著

王书利⊙主编

第五册

线装书局

宿龙泉山寺①

【原文】

招提②偶然到，再宿离喧杂。

列岫霁③始开，双扉晚初阖。

禅心投钵龙，梵响④下檐鸽。

既闲陵阙望，亦谢主宾答。

遥夜一灯深，石炉烧艾蒳⑤。

【注释】

①关于"龙泉山寺"的所在地，各家颇执一说。一说此寺在河北阜平县之龙泉关附近。云康熙二十二年（一六八三年）二月和九月纳兰性德曾随扈途经

此关，此诗或作于其时。但考《康熙起居注》，当时并无登山诣寺之记载。又一说此寺在今辽宁千山，云康熙二十一年（一六八二年）春性德随扈至此处时曾诣该寺，并于其时作此诗。但考《康熙起居注》，此年四月二十一日（五月二十七日）皇帝虽曾诣寺，但并未停驻，与诗中所云"再宿无喧杂"情景不合。又北京城不远之处有古刹潭柘寺（曾名嘉福寺、龙泉寺）和灵光寺（曾名龙泉寺、觉山寺），或亦有可能为此诗所云之"龙泉山寺"。

②招提：宋应麟《杂识》："私造者为招提、若兰，杜枚所谓善台野邑是也。"寺院的别称。

③霁：《说文》："霁，雨止也。"此处指雪停。

④梵响：诵经念佛之声。

⑤艾药：又作"艾纳"，松树皮上生出的一种莓苔，散发香气。

题李空同诗卷，和王黄湄韵①

【原文】

李侯卓荦②人，骨体本不媚。

貂珰③焰屡触，全生偶然遂。

昌言④勖友朋，赠答不无谓。

想其诗成时，良亦自矜贵。

果得身后名，讥谇复何畏！

【注释】

①李梦阳（一四七三年至一五三〇年），号空同子，字献吉，明朝著名文学家，工诗文，为前七子之一，与何景明并称文坛领袖。曾因写弹劾刘瑾奏章，被谪山西布政司，不久又因他事下狱，后得幸免。王黄湄（一六四五年至一六九七年），名又旦，字幼华，清顺治十五年（一六五八年）进士，善诗文词句，

文采风流，清初著名诗人。

②卓荦：卓越出众。

③貂珰：原意为古代侍中的冠饰；此处借指宦官、权贵一类。

④昌言：正当、正大的言论。

野鹤吟赠友

【原文】

鹤生本自野，终岁不见人。

朝饮碧溪水，暮宿沧江滨。

忽然被缯缴①，矫首盼青云。

仆亦本狂士，富贵鸿毛轻。

欲隐道无由，幡然②逐华缨③。

动止类循墙④，戢身⑤避高名。

怜君是知己，习俗苦不更。

安得从君去，心同流水清！

【注释】

①缯缴：又作矰缴，射取飞禽的工具。

②幡然：快速而彻底地改变。

③华缨：古代宦官的冠缨，此处代指官场。

④循墙：沿墙而走，表示小心而畏惧之感。

⑤戢身：藏身隐迹，代指引退。

暮春别严四荪友①

【原文】

高云媚春日，坐觉鱼鸟亲。

可怜暮春侯，病中别故人。

莺啼花乱落，风吹成锦茵②。

君去一何速，到家垂柳新。

芙蓉湖上月，照君垂长纶③。

【注释】

①严绳孙（一六二三年至一七〇二年），字荪友，晚号藕荡渔人，无锡人。善诗词书画，与朱彝尊、姜宸英并称为"江南三布衣"。康熙十四年（一六七五年），与性德结交，康熙二十四年（一六八五年），严辞官归隐，此诗当为其年四月性德送严归乡时作。

②锦茵：锦制的垫子。这里指花草铺地之景。

③垂长纶：垂下长长的钓鱼丝。这里借指闲逸的隐居生活。

七言古诗

填词

【原文】

诗亡词乃盛，比兴①此焉托。

往往欢娱工，不如忧患作。

冬郎②一生极憔悴，判与三闾共醒醉。

美人香草可怜春，凤蜡红巾无限泪。

芒鞋心事杜陵③知，只今惟赏杜陵诗。

古人且失风人旨，何怪俗眼轻填词。

词源远过诗律近，拟古乐府特加润。

不见句读参差三百篇，已自换头④兼转韵。

【注释】

①比兴：古代诗歌的一种传统表现手法，指诗有寄托之意。

②冬郎：韩偓（八四二年至九二三年），字致光，号致尧，乳名为冬郎，晚唐著名诗人。其人才华横溢，工诗，满腔抱负却不获用，仕途十分坎坷，故有"冬郎憔悴"一说。

③杜陵：即杜甫。

④换头：诗词的下阕开始处句式与上阕开始处不同。

新晴

【原文】

新晴暖风吹柔荑①，绿烟如剪稻苗齐。

夕阳一片照长堤，隔林残雨犹凄凄。

柳外如闻骢马②嘶，柳丝带雨拂深闺。

谁家少妇最高梯，凝情空怨锦江西。

【注释】

①柔荑：柔嫩的茅草嫩芽。

②骢马：御史所乘之马。

长安行赠叶切庵庶子①

【原文】

长安旧是帝王宅，万户千门丽金碧，歌钟甲第②尽王侯，绣幰③雕鞍照长陌。

纷纷入眼竞繁华，春日春光好谁惜！春风初吹上林草，一夜雪深山尽老。

雪花飞来大如席，化作新泥遍周道④。角声呜呜破早烟，惊鸦飞去未明天。

青楼绮阁不卷帘，玉河冻合层冰坚。只疑此际行人绝，宁知槐柳森成列。

经过借问此为谁？云是东南贵游客。嗟哉人生何不齐，清者如云浊者泥。

忽忆昆山叶夫子，磊磊落落随所栖。羡君著书穷岁月，羡君意气凌云霓。

世无伯乐谁相识？骅骝⑤日暮空长嘶。我亦忧时人，志欲吞鲸鲵。

请君勿复言，此道弃如遗。闻道西山有瑶草⑥，何不同君一采之。

【注释】

①叶方霭（一六二九年至一六八二年），字子吉，号切庵，苏州昆山人。顺治十六年（一六五九年）进士。顺治十八年（一六六一年），清廷借口"抗粮"，发生"江南奏销案"，因欠银一厘即被降官，因此民间有"探花不值一文钱"的说法。不久授上林苑蕃育署丞。康熙十四年（一六七五年），迁国子监司业，再迁侍讲。康熙十七年（一六七八年），撰修《明史》，任总裁官。康熙二十一年（一六八二年）病卒。谥文敏。有《读书偶存稿》《独赏集》留世。

②甲第：豪门贵族。

③幰：车上的帷幔。

④周道：大路、官路。

⑤骅骝：红色的骏马。

⑥瑶草：传说中的一种仙草，能医治百病。

送马云翎归江南①

【原文】

侧身宇宙间，长啸久独立。

之子我友人，南归事蓑笠。

交情如谷风，澹澹②复习习③。

吹君渡江去，片帆春雨湿。

弃捐④世所悲，予独为君喜。

君归茸屋南山里，燕麦青青才覆雉。

新莺啼过眠未起，笑看我辈红尘死。

【注释】

①马种（一六四九年至一六七八年），字云翎，江苏无锡人，工诗，尤擅《柳枝词》。康熙十一年（一六七二年）考中举人，与性德相交甚契。马分别于十二年、十五年两应会试均未中，返无锡故里，十七年秋逝，年仅三十。此诗当写于云翎第一次落第归乡之时。

②澹澹：恬美安静的样子。

③习习：微风和煦的样子。

④弃捐：遗弃、废置。

又赠马云翎①

【原文】

岩峣②最高山，山气蒸为云。

物本相感生，相感乃相亲。

吁嗟人生不可拟③，君南我北三千里。

一朝倾盖便相欢，两人心事如江水。

君身似是秋风客④，身轻欲奋凌霄翻。

语君无限伤心事，终古长江江月白。

世事纷纷等飞絮，我今潦倒随所寓。

惟愿饮酒读君诗，花前醉卧梦君去。

【注释】

①此诗作于《送马云翎归江南》之后不久。

②岩峣：又作"峣峣"。山之高峻貌。

③拟：猜测、揣度。

④秋风客：因汉武帝曾作《秋风辞》，故得名"秋风客"。

送苏友①

【原文】

人生何如不相识！君老江南我燕北。

何如相逢不相合，更无别恨横胸臆。

留君不住我心苦，横门骊歌②泪如雨。

君行四月草萋萋，柳花桃花半委泥。

江流浩淼江月堕，此时君亦应思我。

我今落拓③何所止，一事无成已如此。

平生纵有英雄血，无由一溅荆江水。

荆江日落阵云低，横戈跃马今何时。

忽忆去年风雨夜，与君展卷论王霸。

君今偃仰④九龙间，吾欲从兹事耕稼。

芙蓉湖上美蓉花，秋风未落如朝霞。

君如载酒须尽醉，醉来不复思天涯。

【注释】

①康熙十五年（一六七六年）四月严绳孙将自京返乡之时，性德作此诗以送别。当时各地战事如火如荼，性德此诗中亦显示出其壮志难酬之情，感慨良多。

②骊歌：作者是弘一法师李叔同；分别之时唱的歌。

③落拓：穷困潦倒，寂寞失落。

④偃仰：《荀子·非相》："与时迁徙，与世偃仰。"比喻跟随世俗进退。

柳条边边墙也，以柳为之，在塞外①

【原文】

是处垣篱防绝塞②，角端③西来西疆界。

汉使今行虎落④中，秦城合筑龙荒外。

龙荒虎落两依然，护得当时饮马泉。

若使春风知别苦，不应吹到柳条边。

【注释】

①此诗系纳兰性德于康熙二十一年春随扈至东北时所作。

②绝塞：极远的边塞地区。

③角端：弓名，是以异兽之角做成的。

④虎落：用以边界防御的竹篱。

春晓曲效《金荃》体①

【原文】

铜龙②水尽霞光小，细雾纤纤织幽草。

烟锁绿纱春色深，帘钩燕踏呢喃早。

海棠咽露胭脂重，花底嫩寒吹鸟梦。

娇眠绣被起来迟，一枕香云③坠金凤。

芙蓉泪湿鸳鸯绮，郎骑嘶风④蹴花去。

游丝不解系相思，半萦愁绪横塘⑤路。

【注释】

①唐代著名诗人、词人温庭筠著有《金荃集》（已佚）。其所撰之《乐府倚

曲》中有《春晓曲》，纳兰性德此诗乃效其体。

②铜龙：铜制的龙形喷水器。

③香云：比喻妇女带有香味的头发。

④嘶风：形容马势迅猛。

⑤横塘：古堤名，此处指山水之路。

题赵松雪画《鹊华秋色》卷①

【原文】

历下亭②边两拳石，不似江南好山色。

乍看落日照来黄，浑疑劫火烧将黑。

更无枫橘点清秋，惟见萧萧白杨白。

君为此山令山好，空翠俄从楮间滴。

知君着意在明湖，掩映山光若有无。

曲折似还通泺口③，苍茫定不属城隅。

鲤鱼风高网罟集，仿佛渔唱来菰蒲④。

一竿我欲随风去，不信扁舟是画图。

【注释】

①《鹊华秋色图》是赵孟频于一二九五年回到故乡时为周密所画。此诗系纳兰性德于康熙二十三年所作。

②历下亭：位于济南，因南临历山，故得名。

③泺口：位于济南市北部地区，因地处古泺口而得名。

④菰蒲：代指湖泊河泽。

五言律诗

茉莉

【原文】

南国素婵娟^①，春深别瘴烟。

镂冰含麝气，刻玉散龙涎。

最是黄昏后，偏宜绿鬓^②边。

上林声价重，不忆旧花田。

【注释】

①婵娟：形容女子姿态优美，这里代指美女。

②绿鬟：乌亮的鬟发。形容女子年轻貌美。

丁香

【原文】

芳谱称佳客，仙株也姓丁。

鹤翎风细细，鸡舌①气冥冥。

紫胜心中结，银珰耳上星②。

深闺多韵事，名爱借余馨。

【注释】

①鸡舌：即丁香。其气芬芳，可治口气。

②紫胜、银珰：妇女的首饰和银盾耳饰。

鱼子兰

【原文】

石家金谷里，三斛①买名姬。

绿比琅玕②嫩，圆应木难③移。

若兰芳竞体，当暑粟生肌。

身向楼前堕，遗香泪满枝。

【注释】

①斛：古代量器名，也是容量单位。一斛十斗，后改为五斗。

②琅玕：翠绿的竹子。

③木难：又作"莫难"，宝珠名。

荷

【原文】

鱼戏叶田田①，凫飞唱采莲。

白裁肪玉瓣，红剪彩霞笺。

出浴亭亭媚，凌波步步妍。

美人怜并蒂②，常绣枕函边。

【注释】

①田田：莲叶茂密相连的样子。

②并蒂：两朵或两朵以上的花并排长在同一根径上。常用来比喻夫妻恩爱。

又

【原文】

华藏①分千界，凭阑每独看。

不离明月鉴，常在水晶盘。

卷雾舒红幕，停风静绿纨②。

应知香海③窄，只似液池④宽。

【注释】

①华藏：又称"华府"，佛家之府库。

②纨：细绢。

③香海：借指佛门。

④液池：即太液池，是唐代最重要的皇家御池。

桂

【原文】

丛树淮南茂，秋林峤①外芳。

碧珊天女珮，金缕月娥纕②。

露铸鸾钗色，风熏鹫岭③香。

酿花新醑熟，味美胜椒浆④。

【注释】

①峤：泛指高峻陡峭之山。

②纕：女子身上的佩带。

③鹫岭：因在印度，佛曾居住于此地，故后世借指佛寺。

④椒浆：即用椒浸泡而制成的酒，古时多用来祭奠神灵。

题苏文忠《黄州寒食》诗卷①

【原文】

古今诚落落②，何意得斯人。

紫禁称才子，黄州忆逐臣。

风流如可接，翰墨③不无神。

展卷逢寒食，标题想后尘。

【注释】

①苏文忠即北宋著名文学家、书画家苏轼，字子瞻，号东坡居士，死后追

谥文忠。嘉祐间进士，学识渊博，天资聪颖，精通诗文书画。元丰初被贬至黄州，于元丰三年（一〇八〇年）寒食节作《黄州寒食》一诗。②落落：众多而堆积的样子。③翰墨：即"笔墨"，泛指文章、书法。

郊园即事

【原文】

胜侣招频嫩①，幽寻②度石梁。

地应邻射圃③，花不碍球场。

解带晴丝弱，披襟露叶凉。

此间萧散绝，随意倒壶觞④。

【注释】

①嫩：同"懒"，懒惰，懈怠。

②幽寻：探胜寻幽。

③射圃：习射场所。

④壶觞：盛酒之器具。

入直西苑①

【原文】

望里蓬瀛②近，行来阆苑齐。

晴霞开碧沼③，落月隐金堤。

叶密莺先觉，花繁径不迷。

笙歌回辇④处，长在凤城西。

【注释】

①西苑指旧时北京的北海、中海、南海以及太液池，为清代宫禁之内苑。
此诗当系纳兰性德任侍卫期间某次值班时所作。

②蓬瀛：指蓬莱和瀛洲。相传为神仙所居之处。泛指仙境。

③碧沼：碧水池。

④回辇：天子御驾回转。

景山①

【原文】

雪里瑶华岛，云端白玉京②。

削成千仞势，高出九重城③。

绣陌回环绕，红楼宛转迎。

近天多雨露，草木每先荣。

【注释】

①景山：又称煤山，在今北京神武门之北。据考，康熙曾多次至此，此诗当为其中某次性德随扈到此时所作。

②玉京：道家传说为天尊居住之所。

③九重玻：古代天子所居之紫禁城有门九重而得名。

蕉园①

【原文】

见说斋坛闭，前朝大乙②祠。

莺边花树树，燕外柳丝丝。

宫籞③人稀到，词臣例许窥。

今朝陪豹尾④，新长万年枝。

【注释】

①蕉园：即芭蕉园，在北京太液池东。

②大乙：又作"太乙"。

③宫籞：天子的禁苑。

④豹尾：天子车乘上的装饰物，挂在最后一辆车上。

雄县观鱼①

【原文】

渔师②临广泽，侍从俯清澜。

瑞入王舟好，仁知圣网宽。

拨鳞③飞白雪，行鲙缕④金盘。

在藻同周宴，时容万姓看。

【注释】

①据《康熙起居注》记载，康熙皇帝曾多次到雄县，而作为侍卫的纳兰性德必当随扈前往。此诗应是在其中某次观鱼时节的随扈中所作。

②渔师：渔人。

③拨鳞：鱼儿在水中嬉戏游动。

④缕：细丝、细线。

戒台同见阳作①

【原文】

攲斜②一径入，门向夕阳边。

何必堪娱赏，凋零自可怜。

松寒疑有雪，僧老不知年。

只合千峰上，长吟看月圆。

【注释】

①此首并未载于《通志堂集》中，而是据《饮水诗词集》补入。戒台即"戒台寺"，位于北京西郊门头沟区马鞍山麓，历史悠久。见阳与纳兰性德二人于国子监就读时相识，后多年来往密切，康熙十八年秋见阳离京赴湖南就任江华知县。此诗当作于上述交往期间内。②鼓斜：歪斜不正。

送张见阳令江华①

【原文】

楚国连烽火，深知作吏难。

吾怜张仲蔚②，临别劝加餐。

避俗诗能寄，趋时术恐殚。

好名无不可，聊欲砥④狂澜。

【注释】

①张纯修，号见阳，字子敏，浭阳人；江华，位于湖南省西南部；康熙十八年，张见阳令江华县，性德作此诗以送。

②张仲蔚：张纯修之别称。

③殚：《广雅》："殚，尽也。"

④砥：比喻力量所起的支柱作用。

寄梁汾，并茸茅屋以招之①

【原文】

三年此离别，作客滞何方②？

随意一尊酒，殷勤看夕阳。

世谁容皎洁，天特任疏狂阳③。

聚首羡麋鹿，为君构草堂。

【注释】

①性德与梁汾（顾贞观）二人感情深厚。康熙二十年梁汾归乡丧母，后性德特为其修建茅屋招他回京，直至康熙二十三年梁汾才自乡返京。此诗当作于其年春。

②此处云梁汾"归乡"为"作客"，可见性德认为梁汾的故乡应在北京才对。表达了其希望梁汾速速归京之情。

③疏狂：狂放无拘束。

岁晚感旧

【原文】

时序忽云暮，离居倍悄然①。
谁将仙掌露②，换却日高眠。
短梦分今古，长愁减岁年。
平生无限泪，一洒烛花前。

【注释】

①悄然：忧愁的样子。

②仙掌露：汉武帝好神仙之道，特命人作承露盘，上有仙人墩以接甘露，服之以延年。

盛京①

【原文】

拔地蛟龙宅②，当关虎豹城。

山连长白③秀，江入混同清。

庙社灵风肃，豪强右族④更。

明明开创业，休拟作陪京⑤。

【注释】

①盛京即今辽宁省沈阳市，曾为后金都城，一六三四年清太宗皇太极改称沈阳为"盛京"。康熙二十一年三月上旬纳兰性德曾随皇帝在盛京驻留。

②蛟龙宅：蛟龙象征帝王，为帝王居所。

③长白：即长白山，横亘于中国的吉林、辽宁、黑龙江三省的东部及朝鲜两江道交界处，为东北第一高峰。

④右族：名门贵族。

⑤陪京：即陪都，是国家在正式首都之外设立的辅助性首都，以加强对全国的控制。

松花江①

【原文】

宛宛经城下，泱泱②接海东。

烟光浮鸭绿，日气射鳞红。

胜擅佳名外，传讹旧志中。即混同江也。《金史》有

宋瓦江，旧志遂以混同、松花为二江，误矣。

花时春涨暖，吾欲问渔翁。

【注释】

①松花江发源于中、朝交界的长白山天池，跨越黑龙江省、吉林省、辽宁省和内蒙古四省区，是黑龙江右岸的最大支流。康熙二十一年（一六八二年）春，纳兰性德随皇帝到东北，曾多次泛舟松花江上，此诗当系其时之作。②泱泱：形容水势浩大。

沈进士尔燝归吴兴，诗以送之①

【原文】

成名方得意，几日问归舟。

独有离居者^②，萧然感素秋^③。

一筇^④黄叶寺，孤棹白苹洲。

无限江湖兴，因君寄虎头^⑤。时梁汾客苕上。

【注释】

①沈进士尔燝，康熙二十一年进士，浙江吴兴人，与性德为好友。中进士不久旋即返乡。性德赠此诗以送别。

②离居者：离开友人单独居住者。

③素秋：指秋季。古代五行中说，秋属金，其色白，故称素秋。

④筇：一种竹子，适合作拐杖。

⑤虎头：即虎丘，顾梁汾归江南后居住在此。

与经生夜话①

【原文】

率意②元无咎③，经心④始自疑。

昔人犹有恨，今我竟何期。

客与齐书帙⑤，人来问画师。

若无心赏⑥在，愁绝更从谁。

【注释】

①经生即指经纶，字岩叔，浙江余姚人，画家，善绘侍女，纳兰性德之同事及友人。

②率意：率性，随意。

③无咎：无过失。

④经心：留心，注意。

⑤帙：量词，用以装套的书。

⑥心赏：心情舒畅，怡然自得。

咏笼莺

【原文】

何处金衣客①，栖栖②翠幕中。

有心惊晓梦，无计啭③春风。

漫逐梁间燕，谁巢井上桐。

空将云路翼，缄恨④在雕笼。

【注释】

①金衣客：即指莺，因其浑身羽毛金黄而得名。

②栖栖：忙碌不安的样子。

③啭：鸟婉转地鸣叫。

④缄恨：含恨。

塞外示同行者①

【原文】

西风千万骑，飒沓②向阴山。

为问传书雁，孤飞几日还？

负霜③怜戍卒，乘月望乡关。

王事兼程促④，休嗟⑤客鬓斑。

【注释】

①此诗系康熙二十一年（一六八二年）秋纳兰性德奉命出使边塞参与"觇梭龙"时所作。

②飒沓：快速迅猛的样子。

③负霜：受霜寒之苦。

④促：紧急，急迫。

⑤嗟：慨叹，伤叹。

驾幸五台恭纪①

【原文】

杳杳②丹梯上，迢迢翠辇回。

慈云笼户牖，佛日③现楼台。

珠树④参天合，金莲布地开。金莲花，惟山中有此种。

共传天子孝，亲侍两宫来。

【注释】

①康熙二十二年（一六八三年）二月及九月纳兰性德曾随皇帝两次赴五台山。而结合诗意，此诗系九月赴五台山时（或其后）所作。

②杳杳：幽远宁静的样子。

③佛日：比喻佛法慈悲为怀，普度无私，如日之普照大地。

④珠树：传说中的仙树。

扈从圣驾祀东岳礼成恭纪①

【原文】

岱宗柴望②处，仙跸③迥云霄。

礼乐犹三代，诸侯协肆朝。

东封金牒字，南指玉衡杓④。

阙里⑤应相近，回銮亦不遥。时传旨南巡回日祀曲阜圣庙。

【注释】

①东岳即泰山，康熙二十三年（一六八四年）纳兰性德随扈南巡至此，并于十月初十日、十一日两次临东岳庙。此诗当系其时之作。

②柴望：古时的祭礼。"柴"就是烧柴祭天地；"望"就是祭山川。

③仙跸：帝王的车乘。

④玉衡杓：北斗俗称"杓星"，北斗七星之第五星为玉衡。

⑤阙里：孔子故里山东曲阜。

金陵①

【原文】

胜绝江南望，依然图画中。

六朝几兴废，灭没但归鸿。

王气倏云尽，霸图谁复雄？

尚疑钟隐②在，回首月明空。

【注释】

①金陵即今南京，别名秣陵、建业、扬州、建邺、建康等。康熙二十三年（一六八四年）十一月初一至初四日（十二月六日至九日）。纳兰性德随皇帝南巡至金陵，此诗当作于其时。

②钟隐：即李煜（九三七年至九七八年），字重光，号钟隐，又号莲峰居士，彭城人。在位十五年，世称南唐山后主。

夜合花①

【原文】

阶前双夜合，枝叶敷华荣。

疏密共晴雨，卷舒因晦明。

影随筼箔②乱，香杂水沉生。

对此能销忿，旋移近小楹③。

【注释】

①此诗是纳兰性德逝前七日即康熙二十四年（一六八五年）五月二十三日所作，也是性德一生中的最后一首诗。

②筼箔：竹帘。

③楹：屋前的柱子。

七言律诗

春柳

【原文】

苑外银塘乍①泮②冰，柳眠初起鬓髯鬖③。

谢娘微黛轻难学，楚女纤腰弱不胜。

袅雾萦烟枝濯濯④，鼓风困雨浪层层。

絮飞时节青春晚，绿锁长门半夜灯。

【注释】

①乍：刚刚开始。

②泮：融化。

③髼鬙：头发凌乱貌。

④濯濯：光亮，明朗的样子。《晋书·王恭传》："恭美姿仪，人多爱悦，或目之云，濯濯如春月柳。"

<h2 style="text-align:center">赋得月下听泉，得阳字</h2>

【原文】

阴森松桧敞虚堂，月白泉清入户凉。

半岭清晖涵①水木，断崖风雨溅衣裳。

漾漾碧草侵阶合，嗷嗷②惊乌出岫长③。

兴熟只应来往惯，明朝携酒待斜阳。

【注释】

①涵：包含。

②激激：鸟叫声。

③出岫长：飞出山峰，向远方去。岫，山峰。

<h2 style="text-align:center">通志堂成①</h2>

【原文】

茂先②也住③浑河④北，车载图书事最佳。

薄有缥缃⑤添邺架⑥，更依衡泌⑦建萧斋⑧。

何时散帙⑨容闲坐，假日消忧未放怀。

有客但能来问字，清尊宁惜酒如淮⑩。

【注释】

①通志堂在今北京什刹后海北沿性德的旧居之中，早已湮没。因《通志堂经解》最初刻于康熙十二年，那时就用此堂作为该书书名，所以建成时间应该不晚于康熙十二年（一六七三年）。另外徐乾学《通志堂经解序》也有记载："经始于康熙癸丑（十二年），自《通志堂经解》刊出。"

②茂先：才德兼备的前人。

③也住：同皇上一样也住在这里。

④浑河：桑干河，后改名叫永定河。

⑤缥缃：缥，淡青色。缃，浅黄色。古代常用这两种颜色来做书套或者书袋的丝卷，所以后来代指书卷。

⑥邺架：后世把他人的藏书称作邺架。

⑦衡泌：隐居的地方，或指隐居生活。泌，指泉水。

⑧萧斋：书房。

⑨散帙：打开书卷。

⑩淮：表示酒多。

幸举礼闱，以病未与廷试①

【原文】

晓榻茶烟揽鬓丝，万春园里误春期②。

谁知江上题名日③，虚拟兰成射策④时。

紫陌⑤无游非隔面⑥，玉阶⑦有梦镇⑧愁眉。

漳滨⑨强对新红杏⑩，一夜东风感旧知。

【注释】

①此诗作于康熙十二年（一六七三年）三月。徐乾学《纳兰墓志铭》："会试中式，将廷对，患寒疾，太傅曰：'吾子年少，其少俟之。'"礼闱，自唐朝以后在京举行的进士的会试都归礼部主持，所以叫礼闱或者礼部试。明朝多是在春天举行，又称为春闱或春试。廷试，也叫殿试，会试后到殿廷上由皇上亲自发问的考试。

②纳兰性德已经通过了这次会试，但却因病没能参加廷试，这里比喻耽误了廷试的机会。

③江上提名日：即进士提名日。

④射策：对策。皇帝发问，考生来回答。

⑤紫陌：比喻京师。

⑥隔面：比喻考试对策相隔。

⑦玉阶：金殿。

⑧镇：经常。

⑨漳滨：漳河的岸边，也指京师。

⑩新红杏：比喻金榜题名的新科进士。

秋日送徐健庵座主归江南四首①

【原文】

江枫千里送浮飔②，玉佩③朝天④此暂辞。

黄菊承杯频自覆，青林系马试教骑。

朝端事业留他日，天下文章重往时。

闻道至尊⑤还侧席，柏梁⑥高宴待题诗。

【注释】

①徐健庵，即徐乾学（一六三一年至一六九四年），字原一，号健庵，别号玉峰先生，曾任内阁学士、刑部尚书等职。南直隶苏州府昆山县（今江苏省昆山县）人。曾奉命编纂《大清一统志》《清会典》《明史》等，著有《澹园集》《虞浦集》《词馆集》《碧山集》等。康熙三十三年九月十日（一六九四年十月二十八日）病逝。座主，科考的主考官。

②飔：冷风或者疾风。

③玉佩：古代贵族以玉为配饰，以玉来喻德。

④朝天：拜见帝王。

⑤至尊：皇帝。

⑥柏梁：七言古诗的一种，汉武帝元封三年在柏梁台上与众臣饮酒作赋，每人一句，每句用韵，后世大多仿此。

又

【原文】

玉殿西头落暗飔，回波①宁作望恩辞。

蛾眉②自是从相妒③，骏骨④由来岂任骑。

白首尽为酬遇⑤日，青山真奈⑥送归时。

严装欲发频相顾，四始重拈教咏诗。

【注释】

①回波：每句六言，第一句用"回波尔时"四字起，所以叫回波。后来也指舞曲。

②蛾眉：比喻美人，后来也比喻君子。

③妒：同"妒"，嫉妒。

④骏骨：比喻贤才。

⑤遇：知遇。

⑥真奈：怎奈。

又

【原文】

不同纨扇怨凉飔，咫尺重华①好荐辞②。

衡岳雁排回日字，葛陂龙待化来骑。

斑斓③正好称觞④暇，丝竹谁从着屐时。

弱植⑤敢忘春雨润，一生长诵《角弓》诗。

【注释】

①重华：指代圣主。

②好荐辞：好的举荐之辞。

③斑斓：色彩错杂、鲜艳灿烂的样子。

④称觞：举起酒杯祝酒。

⑤弱植：软弱并且难以扶持的人。

又

【原文】

惆怅离筵拂面飔，几人鸾禁①有宏辞。

鱼因尺素殷勤剖，马为障泥郑重骑。

定省②暂应纾③远望，行藏端④不负清时⑤。

春风好待鸣驺⑥人，不用凄凉录别诗⑦。

【注释】

①鸾禁：帝王的住处。

②定省：儿女早晚向家人问安。

③纾：排除。

④端：真的。

⑤清时：清平时代，太平盛世。

⑥鸣驺：古代贵族进门，随从的骑卒在前面呼喊开道。

⑦别诗：离别之诗。

即日又赋①

【原文】

商飙②猎猎③帝城西，极目平沙草色齐。

一夜霜清林叶下，五原秋迥④塞鸿低。

相将绿酒浮黄菊⑤，莫向黄云听鼓鼙。

此日登高兼送远，欲归还听玉骢⑥嘶。

【注释】

①即日又赋：当天又作赋，想要表达的感情还没有尽兴。

②商飙：秋天的风。

③猎猎：风声。

④迥：远。

⑤萸菊：萸，茱萸，有香味的植物。菊，菊花。两种都是用来泡酒的香料。

⑥玉骢：白马。

再送施尊师归穹窿①

【原文】

紫府②追随结愿深，日归行色乍骎骎③。

秋风落叶吹飞鸟④，夜月横江照鼓琴。

历劫飞沉宁有意，孤云去住亦何心。

贞元朝士⑤谁相待，桃观重来试一寻。

【注释】

①此诗应当作于康熙十五年秋。

②紫府：仙人居住的地方。

③骎骎：迅疾。

④飞鸟：漫天飘扬。

⑤贞元朝士：指唐贞元年间的八司马、刘禹锡、柳宗元等。刘禹锡《听旧宫中乐人穆氏唱歌》诗云："曾随织女渡天河，记得云间第一歌；休唱贞元供奉曲，当时朝士已无多。"刘禹锡在贞元年间担任郎官御史，后遭谗被贬，二十多年后，以太子的宾客再入朝，感慨今昔，后来诗文中多用此典。

南海子①

【原文】

相风②微动九门③开，南陌离宫万柳栽。

草色横粘下马泊，水光平占晾鹰台④。

锦鞲⑤欲射波间去，玉辇疑从岛上回。

自是软红⑥惊十丈，天教到此洗尘埃。

【注释】

①南海子：北京南郊的南苑，在永定门外，为辽、金、元、明、清五代的皇家猎场和花园。康熙十六年（一六七七年）和十九年（一六八〇年）农历二月中旬纳兰性德作为侍卫随皇帝到南苑，此诗应当是性德其时某次随扈所作。

②相风：观测风向的仪器。

③九门：古代天子有九门，即路门、应门、雉门、库门、皋门、城门、近郊门、远郊门、关门。

④晾鹰台：位于南海子南部，皇家射猎和游玩的地方，同时也是皇帝阅兵操练的地方，所以也叫练兵台。

⑤锦鞯：此处指代马。

⑥软红：原意是绵软的尘土；后来代指尘世的繁华热闹。此处形容春天的落花。

扈驾西山①

【原文】

凤翥龙蟠②势作环，浮青不断太行山。

九重殿阁③葱茏里，一气风云吐纳间。

熊虎自当驰道④伏，蚊螭长捧御书闲。

黄图⑤此日论形胜，惭愧频⑥叨侍从班。

【注释】

①西山，在北京西郊的丰台区，为太行山的支脉。由诗意来看，此诗的写作时间应当在草木茂盛的时节。

②凤翥龙蟠：形容西山之势犹如凤凰飞舞，蛟龙盘踞一般。

③九重殿阁：天子的宫殿。

④驰道：天子所用的道路。

⑤黄图：本是书名，此处引申为皇帝与臣子之意。

⑥频：多次。

拟冬日景忠山应制①

【原文】

岩峣②铁凤③锁琳宫④，亲侍鸾舆⑤度碧空。

圣主⑥岂因崇象教⑦，宸游⑧直自接鸿濛⑨。

远山雪有一峰白，别浦枫余几树红。

天意不教常肃杀，伫看宇宙遍春风。

【注释】

①景忠山在今河北省迁安县的西北，滦河附近。据《康熙起居注》，康熙十七年（一六七八年）十月二十日皇帝曾登山游览，此诗应当是性德在那时所作。

②岩峣：山势高俊的样子。

③铁凤：山势如凤凰展翅。

④琳宫：仙人所住的宫，也指道观、殿堂。

⑤鸾舆：皇帝的车驾。

⑥圣主：康熙皇帝。

⑦象教：佛教。释迦牟尼佛离世，各大弟子十分羡慕，刻木成佛，用其形象教人，所以称佛教为象教。

⑧宸游：帝王的巡游。

⑨鸿漾：宇宙没形成时的混沌之状，这里指九天之上。

秋夜

【原文】

庚亮①南楼发兴同②，稍闻疏响起梧桐。

苹风凉晕初弦月，草露秋归满院虫。

灯火有情添夜课，文章无效悔前功。

相思此际江边客，夹岸兼葭听不穷③。

【注释】

①庾亮：东晋大臣，颍川鄢陵（今河南鄢陵北）人，曾仕东晋元帝、明帝、成帝三朝。

②发兴同：秋夜同庾亮赏月的兴致相同。

③夹岸兼葭听不穷：兼，荻，没有长穗的芦苇。葭，刚开始长的芦苇。此句指秋风吹芦荻的萧索之声充斥着两岸。

中元前一夕①枕上偶成

【原文】

酒醒池亭耿②不眠，帐纹漠漠隔轻烟。

溪风到竹初疑雨,秋月如弓渐满弦。

残梦远经吹角戍③,明河④长亘⑤捣衣天。

哀蛩⑥饯晓⑦浑多事,也似严更⑧古驿边。

【注释】

①中元前一夕:农历的七月十四日。

②耿:靠着枕头而睡。或说心情不安。

③角戍:戍边的号角。

④明河:银河。

⑤亘:横贯。

⑥蛩:蝗虫,俗称"蚱蜢",也指蟋蟀。

⑦饯晓:送走月色,迎接天亮。

⑧严更:警夜行的更鼓。

净业寺①

【原文】

红楼高耸碧池深,荷芰生凉豁远襟。

湖色静涵孤刹②影,花香暗入定僧心③。

经翻佛藏④研朱荚⑤,地赐朝家⑥布紫金⑦。

下马长堤一吟望,梵钟杂送海潮音。

【注释】

①净业寺建于明·嘉靖年间,清初期重修。《啸亭杂录》有记载:"成亲王府在净业湖北岸,系明珠宅。"由此可知,净业寺在净业湖畔,离纳兰性德家很近。

②刹：本来是佛塔顶上的装饰，叫作相轮，后来多指佛塔或者佛寺。

③定僧心：将混乱的俗世念头去除，以平静安定的内心取代。

④佛藏：佛教经书的总称。

⑤英：书简。

⑥朝家：朝廷或者国家。

⑦布紫金：布，布施。向贫民布散钱财。

垂丝海棠

【原文】

天孙①剪绮系赖②丝，似睡微醒困不支。

晓露冷匀新茜靥③，春烟晴晕淡胭脂。

樱桃对面羞酣态，棠棣④相窥妒艳姿。

惟有粉垣⑤斜日色，爱扶红影弄参差。

【注释】

①天孙：星名，织女星。

②赦：浅红色。

③茜靥：晕红的脸庞。

④棠棣：俗称棣棠，黄色花，春末开，初夏熟。

⑤垣：墙。

杏花

【原文】

不是心伤艳蕊梢，依稀扶醉过花朝。

枕函宿粉匀无迹，病颊微红淡欲消。

羯鼓^①催开春艳艳，早莺啼破雨飘飘。

竹篱村店年时会，想得当垆^②尔许娇。

【注释】

①羯鼓：一种乐器。两面蒙着公羊的皮，腰部细，所以叫羯鼓。南北朝时期由西域传入内地，盛行于唐开元、天宝年间。

②当垆：也作当卢，即卖酒。垆，放置酒坛的土埌。

又

【原文】

马上墙头往往迎，一枝低亚^①帽檐横。

画桥压浦知何处，红袖招人绰有情。

深巷月斜留蝶宿，小池烟晓拂茭轻。

秋千索下春才半，暗数流光到卖饧^②。

【注释】

①亚：树的枝丫。

②饧：麦芽或谷芽制成的糖。

又

【原文】

吹罢江梅才几日，一枝闲淡又斜晖。

寒禁花信^①愆期易，病减春游好事稀。

池面留脂娇独绝，楼头听雨梦相违。

社钱掠得茅庵去，也胜前村买醉归。

【注释】

①花信：从小寒到谷雨，一百二十天，八个节气，我国古代每五日为一候，计二十四候，人们在每一候内开花的植物中，选一种花期最准的植物作代表，为一种花信，并称之为"二十四番花信"。

又

【原文】

婷婷谁伴度春宵，点染疏枝浅色娇。

丁字帘前香梦断，粉光亭外薄寒消。

移来片月如梅影，从此东风到柳条。

花似去年人忆别，卖花消息绝无①。

【注释】

①谬：悲切。

又

【原文】

一段柔情百媚生，炀他流水去无声。

凝妆似解登垣望，薄怒何当破笑迎。

绣户红云烘壁带，画梁残照泊檐旌。

曲江好在花千树，憔悴谁知浪①得生。

【注释】

①浪：妄加。

<h2 style="text-align:center">上巳清明①</h2>

【原文】

怅望天涯②令节同，酒怀诗思两匆匆。

流杯③亭榭鸣鸠雨，近水人家插柳风。

芳草何心长自绿，桃花无赖只能红。

踏青祓禊④相将去，牢记归途此日逢。

【注释】

①古代原定于三月上旬的一个巳日，因此叫上巳。曹魏之后，这个节日改定为三月三日。过去的习俗，于此日在水边洗去污垢，祭祀祖先。魏晋以后便在这个节日进行水边宴会、春天郊游。然而有时还是以三月上旬为巳日，不一定是三月三日。清明，农历二十四节气之一。在春分后，谷雨前。清明按过去的习俗有踏青扫墓等活动。此时上巳与清明赶到了一起。

②天涯：此处指在江南的顾梁汾。

③流杯：古代的习俗，上巳节日，在水边宴会，把酒杯放到水上，顺流而下，停在谁面前，那人便取杯饮酒。

④祓禊：古代的习俗，上巳节日，在水边洗去污垢，称作祓禊。

绿阴

【原文】

春雨春风洗故枝，残红落尽碧参差。
烟光薄处蜂犹觅，日影添来马不知。
匝地①重阴迷别径，卷帘浓翠润枯棋②。
乱蝉转眼柴门路，又见先生坦腹时。

【注释】

①匝地：满地。匝，环绕。
②枯棋：木质的棋子。

雨后

【原文】

宿雨芦村暑乍清，归云①天外一峰晴。

蝉嘶柳陌多相应，燕踏琴弦别作声。

白日旋消高枕②过，秋风又向乱砧③生。

伤心咫尺江干路④，拟着渔簑计未成。

【注释】

①归云：雨停云散。

②高枕：无所忧虑。

③乱砧：把衣服放在石砧上用棒子打击的嘈杂声。

④江干路：泛指江边的道路。

汤泉应制四首①

【原文】

清时礼乐萃朝端，次第郊原引玉銮。

河岳千年归带砺②，寝园③三月拜衣冠。

便从畿甸亲民隐，更启神泉示从官。

非独炎灵④钟坎德，恩波深处不知寒。

【注释】

①汤泉，此处指的是马兰峪温泉，康熙皇帝曾多次来到此地，由诗中的"寝园三月拜衣冠"可知，此首诗应当于康熙二十年三月所作。应制诗，起自唐、宋，封建时代官僚奉旨所作、所和的诗。唐代后大多为五言六韵或八韵的排律。内容多为歌颂功德，少数的也表达一些对皇帝的盼望。

②带砺：也作带厉，比喻长久。

③寝园：陵园，天子的墓穴。

④炎灵：炎帝神农氏。

又

【原文】

六龙①初驻浴兰天，碧瓦朱旗共一川。

润逼仙桃红自舞，醉酣人柳②绿犹眠。

吹成暖律回③燕谷，散作熏风入舜弦。

最是垂衣④深圣德，不须词笔颂甘泉⑤。

【注释】

①六龙：古代皇帝的车驾有六马，马八尺称为龙，所以六龙即为皇帝车驾的代称。

②人柳：树名，柽柳。李商隐《江之嫣赋》有记载："岂如河畔牛星，隔岁祇闻一过。不及苑中人柳，终朝剩得三眠。"

③回：回旋，回荡。

④垂衣：称颂皇帝拱手垂衣，无为而治。

⑤甘泉：汉朝有甘泉宫，武帝经常来此避暑，接见各个侯王及外国客。

又

【原文】

鱼鳞①雁齿②镜③中开，溅沫为霖④遍九垓。

不用劫灰⑤求仿佛⑥，便从天汉象昭回⑦。

桑坛法驾⑧乘春转，鹤禁⑨仙镳⑩问寝来。

遥祝海隅同帝泽，年年长听属车⑪雷。

【注释】

①鱼鳞：水的波纹。

②雁齿：比喻排列整齐的事物，因为桥的台阶排列很整齐，所以常常用来比喻桥。

③镜：比喻水面好像镜子一般。

④溅沫为霖：传说龙吐出的沫为霖，比喻皇帝广施恩德。

⑤劫灰：汉武帝开凿昆明池底部，有很多黑灰，高僧称它为劫灰。此处指长安的昆明池。

⑥求仿佛：求与昆明池相类似。

⑦象昭回：星辰的光辉回转。

⑧桑坛法驾：皇帝的车驾。

⑨鹤禁：天子所住的地方。

⑩仙镳：皇宫。

⑪属车：皇帝出行时候的侍从车。

又

【原文】

身向咸池①傍末光，三危露暖不成霜。

金铺②照日初涵影，玉甃③生烟别作香。

地接蓬莱④通御气，波翻豆蔻⑤散朝凉。

微臣幸属赓歌⑥日，愿借如川献寿觞⑦。

【注释】

①成池：古人认为西方王母娘娘有很多年轻漂亮的侍女，成池是这些仙女沐浴的地方。此处比喻汤泉。

②金铺：门上用金装饰的铺子。

③玉甃：院子里面的井。

④蓬莱：海上的仙岛。

⑤豆蔻：多年生常绿草本植物，可入药，有香味。

⑥赓歌：作歌以回答。

⑦寿觥：祝寿用的酒杯。

喜吴汉槎归自关外，次座主徐先生韵①

【原文】

才人今喜入榆关②，回首秋笳冰雪间。

玄菟③漫闻多白雁，黄尘空自老朱颜。

星沉渤海无人见，枫落吴江④有梦还。

不信归来真半百，虎头⑤每语泪潺湲。

【注释】

①吴兆骞（一六三一年至一六八四年），字汉槎，江南才子。"座主徐先生"即徐乾学。汉槎被顾贞观、徐乾学和性德等人所救，在康熙二十年十月，从宁古塔戍地返回京，此诗应当作于其时（或其后）。

②榆关：今天的山海关。

③玄菟：古郡名，汉武帝所置。后来泛指边塞要地。

④吴江：吴汉槎的家乡。

⑤虎头：即虎头牌，清朝衙门的门首挂着虎头牌，写着"禁止闲人擅入"等字。因为吴汉槎遭受官衙之害二十余年，所以用"虎头"比喻压迫势力。

兴京陪祭福陵①

【原文】

龙盘凤翥气佳哉，东指斋宫②御辇来。

影入松楸仙仗远，香升俎豆③晓云开。

盛仪备处千官肃，神贶④承时万马回。

豹尾叨陪⑤须献颂，小臣惭愧展微才。

【注释】

①此首诗题系刊登错误。在盛京（今沈阳市）的是福陵，而在兴京（今辽宁省新宾县西）的是永陵。此诗题应为《盛京陪祭福陵》或《兴京陪祭永陵》。纳兰性德在康熙二十一年三月初六日（一六八二年四月十三日）跟随皇帝祭福陵，十一日（四月十八日）又祭永陵。而两地相距甚远，此诗当是写其中之一。

②斋宫：皇帝行祭天地大典前的斋戒的地方。

③俎豆：俎和豆，旧时祭祀、飨宴所用的装食物用的两种礼器，也泛指各种礼器，后引申为尊敬祭奉的意思。

④神贶：神灵的恩赐。

⑤叨陪：担任陪侍。

山海关①

【原文】

雄关阻塞戴灵鳌，控制卢龙②胜百牢。

山界万重横翠黛，海当三面涌银涛。

哀筋带月传声切，早雁迎秋度影高。

旧是六师开险处，待陪巡幸扈星旄③。

【注释】

①山海关位于河北秦皇岛市东北部，有"天下第一关"的美称。而诗中结语"待陪巡幸"，可以看出不是随皇帝出行时所作。性德在康熙二十一年秋奉命"觇梭龙"到东北去，这首诗有可能是于此行中经过山海关时所作。

②卢龙：位于山海关西，是古代的战场。

③星旄：皇帝的仪仗。

古北口①

【原文】

乱山如戟拥孤城，一线人争鸟道行。

地险东西分障塞，云开南北望神京。

新图已入三关②志，往事休论十路兵。

都护③近来长不调，年年烽火报升平。

【注释】

①古北口位于北京市密云县东北的古北口镇，长城的重要关口，地势险峻。

由诗意可知，应是平定三藩（康熙二十年十二月）及收复台湾（二十二年闰六月）后所作，具体时间待考。

②三关：此处指地势险要。

③都护：官名，戍守边关的将士。

扈跸霸州①

【原文】

霸山重镇奠神京，鸾辂②春游淑景明。

万派银涛冲古岸，四围玉③护严城。

花承暖日迎来骑，柳带新膏绾去旌。

八砦④雄图今更固，行随赏乐胜蓬瀛。

【注释】

①霸州，位于今河北省霸县。此诗系纳兰性德于康熙二十三年二月随康熙皇帝出巡经过此地时所作。

②鸾辂：皇帝所坐的车。③玉甃：此处形容城墙好像井壁一样坚实光滑。

④八砦：现在作八寨，地名。此处指八方的外藩。

泰山①

【原文】

灵符作镇敞天门②，群岳称宗秩望尊。

三观峰高擎日月，五株松偃老乾坤。

雕甍③贝阙④神宫⑤壮，碧藓苍崖古碣存。

远眺齐州⑥烟九点，不知身在白云根。

【注释】

①康熙二十三年九月，纳兰性德随皇帝南巡，在十月初十日（一六八四年十一月十六日）及十月十一日（一六八四年十一月十七日）连登泰山，此诗应当是那时或之后所作。

②天门：泰山顶上的天门。

③甍：屋脊。

④阙：门观。

⑤神宫：此指碧霞的君祠。碧霞君，传说是东岳大帝的女儿。

⑥齐州：此指中国的九州。

病中过锡山①

【原文】

润州②山尽路漫漫，天入蓉湖漾碧澜。

彩鹢风樯连塔影，飞鸿云阵度峰峦。

泉烹绿茗徐蠲渴③，酒泛青瓷渐却寒。

久爱虎头三绝誉，今来仍向画中看。

【注释】

①锡山，在江苏无锡惠山的东部。纳兰性德在康熙二十三年（一六八四年）十月二十七日（十二月三日）随皇帝南巡到无锡，第二天游惠山，此诗应当是那时或之后所作。

②润州：古地名，今天的镇江，隋朝时置此州，到宋朝时改名为镇江府。

③蠲渴：解渴。蠲，去除。

又

【原文】

棹女①红妆映茜衣，吴歌清切傍斜晖。

林花刺眼篷窗人，药裹②关心蜡屐③违。

藕荡波光思澹永，碧山岚气望霏微。

细莎斜竹吟还倦，绣岭停云有梦依。

【注释】

①棹女：划船的女人。

②药裹：药包。

③蜡屐：用蜡来涂饰木鞋做装饰。

曲阜①

【原文】

万骑新过五父衢②，玉銮停御璧池初。

弦歌疑尚闻兴阕③，荆棘④还看自剪除。

秘笈⑤琳琅怀里玉，宝光腾跃壁中书。

小臣久已瞻麟角⑥，何幸趋承俎豆余。

【注释】

①康熙二十三年（一六八四年）秋天纳兰性德随皇帝南巡，从江南返京的途中到曲阜祭祀孔庙。此诗应当是那时所作。

②五父衢：古代的道路名。旧址在今山东曲阜县的东南。

③兴阕：作歌。

④荆棘：比喻苦难。

⑤秘笈：收藏珍贵稀缺之书的箱子。

⑥麟角：本用来比喻稀世的珍宝。此处指孔子的遗迹。

题《竹炉新咏》卷①并序

【原文】

惠山听松庵竹茶炉岁久损坏，甲子②秋，梁汾仿旧制复为之，置积书岩中，诸名士作诗以纪其事。是冬，余适得一卷，题曰《竹炉新咏》，则明时王舍人孟端、李相国西涯诗画并在，实听松故物也。喜以归梁汾，即名其岩居曰新咏堂。因次原韵。

炉成卷得事天然，乞与幽居置坐边。

恰映芙蓉亭下月，重披斑竹岭头烟。

厕如董巨③真高士，诗在成弘④极盛年。

相约过⑤君同展看，淡交终始似山泉。

【注释】

①此诗作于康熙二十三年农历十二月（一六八五年初）。

②甲子：康熙二十三年。

③董巨：南唐画家董源、五代宋画家巨然，并称为“董巨”。

④成弘：明成化、弘治年（一四五五至一五零五年），是明代的盛世之年。

⑤过：经过其门，顺便去看看。

五言排律

扈驾马兰峪，赐观温泉，恭纪十韵①

【原文】

御天来凤辇②，浴日启③龙池④。

野迥⑤纡⑥皇览，春浓值圣时。

落花萦彩仗，初柳拂朱旗。

行漏⑦三辰⑧拥，停銮万象⑨随。

瑞征⑩泉是醴⑪，喜溢沼⑫生芝。

特许观灵液⑬，相将⑭陟禁墀⑮。

气凝浆五色，味结露三危。

仙跸程遥度⑯，慈闱⑰驾近移。

倍隆长乐⑱养，兼采广微诗。

扈从诚多幸，重华⑲赏荐辞。

【注释】

①此诗应当作于康熙二十年（一六八一年）三、四月之间。

②凤辇：皇帝的车。

③启：开。

④龙池：成池，比喻汤泉。

⑤野迥：旷野。

⑥纡：缓慢的样子。

⑦行漏：夜行。

⑧三辰：此处指三星。

⑨万象：指众多的星星或者万物。

⑩瑞征：吉祥的好兆头。

⑪醴：甘甜的泉水。

⑫沼：小的水池。

⑬灵液：汤泉。

⑭相将：被特别允许赏泉的官员互相提携。

⑮禁墀：皇宫的台阶。

⑯程遥度：从很远的地方过来。

⑰慈闱：两宫的太后。

⑱长乐：汉朝设有长乐宫，太后住的地方，也叫东宫。

⑲重华：本来是古代圣肾之君虐舜的号，此处指皇帝。

玉泉十二韵①

【原文】

地涌西山脉，名标禁籞泉。

百层飞作雨，万顷汇成渊。

润下②终归海，源高却自天。

萦烟来树杪③，带雪落云边。

隐见瑶光④曳，玲珑⑤珮响传。

红栏桥宛转，乌榜⑥棹泂⑦沿。

星汉⑧随湾泻，楼台倒影鲜。

蛟龙蟠翠岛，雁鹜起琼田。

镜面晶荧合，珠痕荡漾圆。

翠流初放荇⑨，娇拥半开莲。

睿赏悬孤鉴，余波溢九璇⑩。

那居⑪真有庆，鱼藻在诗篇。

【注释】

①玉泉，在北京西郊的玉泉山下，"玉泉垂虹"是燕京的八景之一。康熙皇帝曾多次来此处游玩休息。此诗应当是某次随皇帝出巡到此所作。

②润下：即水。由于水往下流，滋润万物，所以叫润下。

③树杪：树梢，树枝的末尾。

④瑶光：美玉的光彩，祥瑞之兆。

⑤琤瑽：玉佩的碰撞声。

⑥乌榜：游湖的船。

⑦棹洄：水流回旋的样子。

⑧星汉：指银河。

⑨荇：也作"苔"，一种贴着水面生长的小草。

⑩璇：美玉。

⑪那居：清闲的样子。

和唐·李昌谷《恼公》诗原韵①

【原文】

洞户层层碧，雕阑处处红。屏山开孔雀，绮石缀芳丛。

麝[2]靥[3]安黄小，蛾眉[4]点黛浓。纤腰欺柳带，慧思展蕉筒[5]。
粉盒调湘芷[6]，瓷瓶插水茳。宿枝寻晓蝶，书叶爱春虫。
被浪翻灵粟，帷云飏紫茸。昼眠妆复整，晚浴汗初融。
罗袜宜乘雾，仙裾[7]可趁风。寄诗搴芍药，擘纸砑[8]芙蓉。
砚拂琉璃匣，香熏翡翠笼。媚花[9]簪[10]蔓鹤[11]，心果[12]剥荷蜂。
乍见波[13]先注，佯羞意若蒙[14]。投梭嗤北里[15]，抱布炫[16]南赍。
华烛然青凤，文茵[17]藉绿熊。柔携荑[18]样手，笑映月如弓。
讵信[19]为行雨，还疑化彩虹。梦中游洛浦，意外到崆峒。
只合巫山住，何须石窌[20]封。但期常比翼，即似骤乘龙。
续续[21]更催箭[22]，丁丁[23]漏尽铜[24]。誓要长久约，密订往来踪。
汉渚[25]明星隐，咸池旭日烘。霞光生绮[26]縠，树色辨青葱。
喜气胶投漆，离情泪染枫。王昌联井舍[27]，宋玉隔墙墉[28]。
露浥桃初绽，风披李正秾。异香[29]专寄寿[30]，射鸟莫过冯[31]。
鸾影[32]昏[33]秦镜，鸥弦[34]解蜀桐[35]。白头吟早就，黄耳信无从。
苔满斜纹砌，尘凝刻琐栊。暗添瑶瑟[36]怨，渐减雪肌丰。
郎性翩秋蒂，侬操励晚菘[37]。选歌嗔傅婢[38]，买卜[39]倩驺僮。
水面窥金鲤，楼头望玉骢。自怜江柳态，谁忆海棠容。
尽日怀将仲，无时见子充。赠遗传《陌上》，期[40]送说《桑中》。
四叶裁新袖，三花剪细鬓。笑言知宴宴[41]，弃置叹邛邛。
鹦鹉声犹唤，鸳鸯梦少通。夜将愁共永，春与意俱融。
写恨盈千叠，思君不再逢。挑灯增懊恼，依枕即惺忪[42]。
镜听[43]何曾吉，瓢占[44]并是凶。凄凉怜永夜，寂寞类深宫。
独寤悲青女[45]，烧香问碧翁[46]。合欢虚旧绣，连理悔重缝。
薄命嗟秋扇，伤心泣曙钟。代题闺里怨，未觉锦囊[47]空。

【注释】

①唐·李贺（七九〇至八一六年），字长吉，唐代著名诗人，福昌昌谷

（今河南洛阳宜阳县）人。后人因为他的家在福昌昌谷，所以叫他李昌谷。此诗作于康熙二十四年（一六八五年）春天，怀疑是纳兰性德怀念沈宛之作，诗中深深地表达了怀念和伤感的情思。

②麝：香味。

③靥：脸上的酒窝。

④娥眉：蛾的须子，弯曲细长，比喻女子的眉毛。

⑤蕉筒：酒杯。

⑥芷：香草，又叫白芷，女子用的香粉。

⑦裾：衣服上的大襟。

⑧砑：展开。

⑨媚花：像花一样娇媚。

⑩簪：此处用作动词，插上这样的簪钗。

⑪蔓鹤：簪钗上面用小鹤作装饰，以细细的铜丝当作蔓茎缀上去，戴上它走起路来颤悠悠的。

⑫心果：心中最喜爱的水果。

⑬波：眼中的余波。

⑭意若蒙：好像是怀有真情意。

⑮北里：唐代长安平康里位于城北，称作北里，其地是妓院的所在地。后来泛指娼妓聚集的地方，多用于贬义。

⑯炫：迷惑。

⑰文茵：车上的座席。

⑱荑：刚长出来的白色嫩芽，常用来形容女子的手指。

⑲讵信：岂可相信。

⑳石窌：古代春秋齐地的邑名。故址在今山东省长清县东南。

㉑续续：连续不断。

㉒更催箭：催更用的箭。

㉓丁丁：滴水声。

㉔漏尽铜：铜漏一直滴水。

㉕汉渚：天河。

㉖绮：细绫，有花纹的丝织物。

㉗井舍：乡邻家舍。

㉘墙墉：高墙。

㉙异香：美女。

㉚寄寿：让寿命有所寄托。

㉛冯：欺负、凌辱。

㉜鸾影：美人的妙影。

㉝昏：不清楚。

㉞鸥弦：用鸥鸡筋经加工后制成的琵琶弦，剔透光亮，非常坚韧，余音清晰悦耳。

㉟蜀桐：蜀中产的桐木。也代指用这种桐木制成的乐器。

㊱瑶瑟：用玉制成的琴瑟。

㊲励晚莸：用冬天坚挺的莸鼓励自己。

㊳傅婢：亲信的侍婢。

㊴买卜：买居住的地方。

㊵期：约会。

㊶宴宴：喜悦，高兴。

㊷惺忪：苏醒。

㊸镜听：也叫"听镜""听响卜""耳卜"等，一种占卜的方法。在除夕或岁首的夜里，把镜子抱在胸前，偷听路人无意说出的话，来占卜吉凶祸福。

㊹瓢占：也是一种占卜的方法。

㊺青女：天上的神仙。

㊻碧翁：指上天。

㊼锦囊：用绸、缎、帛等制成的袋子，古人用来装信件或者书稿。

五言绝句

雪中和友

【原文】

哀雁兼邻杵①，共君寒夜心。

窗前吹宿火②，朔雪满空林。

【注释】

①杵：捣衣用的木槌。

②宿火：深夜里的烛火。

又

【原文】

竹坞①寂无人，雪深山路涩。

涧底响层冰，居人自朝汲②。

【注释】

①竹坞：竹林繁茂的山坞。

②汲：从涧底或者井底打水。

又

【原文】

白屋①无人事，况逢春雪余。

山中问梅蕊，频寄一行书。

【注释】

①白屋：贫穷之人住的茅草屋。

秋意

【原文】

苑云①衔日去，疏雨欲来时。

忽见小庭中，草花三两枝。

【注释】

①苑云：浓云。

又

【原文】

凉风昨夜至，枕簟①已瑟瑟。
小女笑吹灯，床头捉蟋蟀。

【注释】

①枕簟：枕席。

又

【原文】

雨声池馆秋，漠漠①横塘水。
水鸟故窥人，飞入荷花里。

【注释】

①漠漠：密实或大面积分布的样子。

题胡瑰《射雁图》①

【原文】

人马一时静，只听哀雁音。

塞垣无事日，聊欲②耗雄心。

【注释】

①胡瑰：五代·后唐画家，擅长画边塞射猎，尤其擅长画马，形象逼真。
②聊欲：不得已而为之。

题赵松雪《水村图》①

【原文】

北苑②古神品，斯图得其秀。
为问鸥波③亭，烟水无恙否？

【注释】

①此诗作于康熙二十四年春夏期间。

②北苑：南唐的画家董源曾经是北苑使，所以世人称他为董北苑，最擅长画山水。

③鸥波：隐居者住的地方，后比喻无拘无束的安乐生活。

七言绝句

上元月食①

【原文】

夹道香尘拥狭斜②，金波③无影暗千家。

姮娥④应是羞分镜，故倩⑤轻云掩素华⑥。

【注释】

①有人说此诗是康熙三年（一六六四年）正月十五日（二月十一日）上元节的晚上所作，这种说法正确的话，性德那时只有十岁，那么此诗是他诗作中最早的一首。上元，指农历正月十五日。也叫元宵节。

②狭斜：僻静、昏暗的小街曲巷。

③金波：月亮。

④姮娥：也指月亮。

⑤倩：请别人做事。

⑥素华：皎白的光华。

敬题元公张大中丞遗照二首^①

【原文】

豸冠丰采著垂鱼，共拟威棱肃剪除。

今日拜瞻温克甚，悬知宿好但诗书。

又

【原文】

忆从驹齿奖空群，执戟谁知似子云。

钟鼎旗常公不朽，好凭班范纪余芬。

【注释】

①此二诗是根据张纯修在康熙三十年（一六九一年）刊行的《饮水诗词集》补进来的。"元公张大中丞"指的是纯修的父亲张滋德。

题见阳小照^①

【原文】

雨雪山空独悟迟，羡君潇洒出尘姿。

灵和别殿临风晚，最忆春前第一枝。

【注释】

①此诗是根据张纯修刊行的《饮水诗词集》补进来的。

从友人乞秋葵种①

【原文】

空庭脉脉②夕阳斜，浊酒盈樽对晚鸦。

添取一般秋意味，墙阴小种断肠花。

【注释】

①此诗是根据《词人纳兰容若手简》补进来的。秋葵与秋海棠（俗称断肠花）分别属于锦葵科和秋海棠科，所以有人说最后一句好像不是想种秋海棠，而是种秋葵的意思。

②脉脉：饱含温情，默默地用眼神表达感情。

咏史

【原文】

千秋名分绝君臣①，司马编年继获麟②。
莫倚区区周鼎③在，已教俱酒作家人。

【注释】

①古代封建社会，把君臣名分看得很重要，觉得这是亘古不变的规定。②获麟：传说春秋时期鲁忠公于十四年春天去西方狩猎，猎得了麒麟。③周鼎：王权的象征。

又

【原文】

一死难酬国士①知，漆身吞炭只增悲。
英雄定有全身策②，狙击③君看博浪椎。

【注释】

①国士：济国的将士。

②全身策：保护自己不遭迫害的安全策略。

③狙击：趁人不注意的时候，突然袭击。

又

【原文】

章武①谁修季汉②书，建兴③名号亦模糊。

笑他典午^④标凡例，不遣青龙^⑤混赤乌^⑥。

【注释】

①章武：三国时期蜀汉昭烈帝刘备的年号（二二一至二二三年），一共三年。这是蜀汉政权的第一个年号。

②季汉：蜀汉。

③建兴：三国时期蜀汉后主刘禅的第一个年号，一共十五年。这是蜀汉政权的第二个年号。但是三国时期东吴的君主吴废帝孙亮也以建兴为年号（二五二年四月至二五三年），一共两年。所以此处意思模糊。

④典午：典和司都有掌管的意思。午，生肖是马，故典午隐含了司马的意思。晋帝姓司马，因此后来说典午指的就是晋。

⑤青龙：三国时期魏明帝曹叡的年号（二三三至二三七年），一共五年。

⑥赤乌：三国时期东吴君主孙权的第四个年号，一共十四年。

又

【原文】

诸葛①垂名各古今，三分鼎足势浸淫②。
蜀龙吴虎真无愧，谁解公休③事魏心④？

【注释】

①诸葛：指诸葛亮、诸葛瑾及诸葛亮的堂弟诸葛诞。

②浸淫：逐渐蔓。延，扩散。

③公休：诸葛诞的字。

④事魏心：忠于魏国的心。

又

【原文】

汉江①高接蜀江②流，霖雨漂沉版筑③休。

可惜不教樊口④下，襄阳⑤仍属魏荆州⑥。

【注释】

①汉江：又叫汉水，古代叫沔水，发源于陕西西南部，由北向南贯穿湖北省，到武汉流入长江。全长一五七七千米，是长江最大的支流。

②蜀江：长江。

③版筑：在两个夹板中间填上土筑成墙，即城防。

④樊口：在今湖北省襄阳境内，因为樊港流入江之口，所以叫樊口。

⑤襄阳：原名襄樊，今湖北省的重镇。

⑥荆州：古代称为江陵，在今湖北省，曾是三国时期魏、蜀、吴争相抢夺的军事要地。

又

【原文】

痛哭难为入庙身，谯周①本意劝称臣。

市桥②旗帜咸阳战，不及成家尚有人。

【注释】

①谯周（一九九至二七〇年），字允南，巴西西充国（今四川西充）人。三国时期蜀汉学者、官员，著名的儒学大师和史学家。

②市桥：也叫金花桥或者石牛门，在今四川省成都市之西。

又

【原文】

卷甲空回①丁奉军，陵江②官号已更新。

若将唇齿论吴蜀，可有宫门拜表人。

【注释】

①卷甲空回：吴永安六年（二六三年），魏国伐蜀国，蜀国向吴国求救，吴国派丁奉率军向寿春，结果蜀国灭亡，丁奉率军返回，吴国并没有诚意要救蜀国，仅仅是作势回应，其实就是看着蜀国灭亡，所以叫卷甲空回。②陵江：

魏国的杂号将军，是五品官员。

又①

【原文】

劳苦西南事可哀，也知刘禅本庸才。

永安②遗命分明在，谁禁先生自取来？

【注释】

①有的学者说此诗是批评诸葛亮不听从刘备的"永安遗命"，而对刘禅愚忠，以致耽误国事，表现出了纳兰性德开明的政治思想，在他所处的皇权至上的时代，难能可贵。

②永安：刘备章武三年四月二十四日逝世时候的宫名。

又

【原文】

名士①何曾忘义熙②，故将山水托游嬉。

韩亡秦帝浑闲事，谁续临川内史诗。

【注释】

①名士：指谢灵运（三八五至四三三年），东晋著名的山水诗人，东晋陈郡阳夏（今河南太康）人。

②义熙：四〇五年至四一八年，东晋安帝司马德宗的第四个年号，一共十四年。

【原文】

宝槊①金貂②别有才，踏围鸣鼓日千回。

老兵不少俞灵韵，亲向营门逐马来。

【注释】

①宝槊：槊上系着七宝彩饰，骑在马上的武将手中所拿的长矛。槊，长丈八的茅。

②金貂：汉朝以后皇帝左右侍臣官员的冠饰。

又

【原文】

零落金莲帖地灰，练儿①顾盼自雄才。

三千宫女同时出，也爱潘妃国色来。

【注释】

①练儿：即梁高祖武皇帝萧衍（四六四至五四九年），字叔达，小字练儿。南兰陵（今江苏省常州市）人。大梁政权的建立者，庙号高祖。开始在齐国做雍州刺史，他的兄弟萧懿是齐国的有功之臣，却被谗冤而死，萧衍就起兵灭了齐国，自立为帝。

【原文】

注籍^①纷纷定价余，市曹行雁^②待铨除^③。

后来又变停年格，请命谁收薛琡书。

【注释】

①注籍：按照户口登记在册，此处指注册任官职。

②行雁：比喻求官的人很多。

③铨除：选官入职。

【原文】

上使空持白虎幡^①，谁教博议采袁翻。

高车劲敌婆罗在，特与凉州作外藩。

【注释】

①白虎幡：绘有白虎图案的旗。古代用作传布朝廷政令或军令的标志。

【原文】

金龙玉凤埒^①高阳，富贵从夸章武王。

王谢风流君不见，世家原自重文章。

中华传世藏书

纳兰性德全集

《纳兰诗》释义

【注释】

①埒：等同，媲美。

又

【原文】

朝政神龟^①已可知，羽林^②旁午^③辱张彝。

洛阳大有平城使，正是倾赀^④结客时。

【注释】

①神龟：五一八年二月至五二〇年七月，北魏君主魏孝明帝元诩的第二个年号，一共两年多。

②羽林：羽林军，皇宫内的禁卫军。

③旁午：一纵一横叫旁午，此处形容羽林军无所顾忌地侮辱殴打张彝一家人。

④赀：财物。

又

【原文】

中允^①功名洗马^②才，旧僚陪送有谁哀？

临湖殿^③里弯弓客^④，却向宜秋洒涕回。

【注释】

①中允：官名。掌管侍从礼仪。

②洗马：本来是太子出行前的引官，到隋唐的时候改为司经局洗马，专门掌管太子宫中的书。

③临湖殿：朝参的地方。

④弯弓客：指杀死李建成的李世民。

又

【原文】

羽衣木鹤想前身，不到升仙到奉宸^①。
自是平章^②曾入奏，在廷何限赋诗人。

【注释】

①奉宸：唐代武则天称帝时设立的宿卫近侍的官府。开始叫控鹤院，后来改叫奉宸院。

②平章：官名，即同平章事，同中书门下平章事的简称。平章本是商量处理国事的意思。位高时，相当于宰相之职；位低时，也在五品以上。

又

【原文】

军职新加吕用之，神仙楼殿极参差。
那知论谪浑^①无赖，曾傍江阳后土祠。

【注释】

①浑：全，都。

又

【原文】

博学今无沈晦①伦，宣和②名论③一时新。

众中大有摇头客，莫便轻欺下坐人④。

【注释】

①沈晦（一〇八四年至一一四九年），字元用，号胥山，钱塘（今浙江杭州）人。宋徽宗宣和六年（一一二四年）间进士。

②宣和：一一一九年至一一二五年，宋徽宗的第六个年号和最后一个年号。北宋用宣和这个年号一共七年。宣和七年十二月宋钦宗即位仍用此年号。

③名论：沈晦等人的著名的政论。

④下坐人：指沈晦等职位不高的人。

又

【原文】

都监声名敌指挥，隔河降表最先驰。

赤岗事与滹沱①异，勿问中朝没字碑。

【注释】

①滹沱：金攻打北宋的重要战场，此处指代金讨伐北宋这一历史事件。

密云①

【原文】

白檀山下水声秋，地踞潮河最上流。

日暮行人寻堠馆②，凉砧③一片古檀州。

【注释】

①密云：位于北京市东北部的燕山山脉脚下，历史悠久。从诗中内容可知，此诗是写秋天的景象。康熙十五年（一六七六年）农历九月十二日皇帝曾停留密云，纳兰性德也随皇帝出巡停留在此，但此说尚待考证。

②堠馆：山村的小店。

③砧：捶布捣衣用的石头。

南海子①

【原文】

分弓列戟四门开，游豫②长陪万乘来。

七十二桥天汉③上，彩虹飞下晾鹰台。

【注释】

①此诗应当是康熙二十三年二月所作。

②游豫：快乐安闲的样子，后来指帝王出巡。

③天汉：天河。

又

【原文】

红桥夹岸柳平分，雉兔年年不掩①群。

飞放何须烦海户，郊南新置羽林军②。

【注释】

①掩：趁其没有防备的时候，射中他。

②羽林军：守卫皇宫的禁卫军。

上元即事

【原文】

翠毦①银鞍南陌回，凤城箫鼓殷如雷。

分明太乙峰头过，一片金莲②火里开。

【注释】

①毦：用羽毛或兽毛制成的装饰物，常用来装饰头盔、犬马或兵器。

②金莲：黄色，迎着太阳而开，花开成片。

咏柳，偕梁汾赋①

【原文】

烟水频年瘦不支，相看余得许多丝。

灵和旧事今如梦，却到人间管别离。

【注释】

①梁汾：即顾贞观（一六三七至一七一四年），原名华文，字远平、华峰，也作华封，号梁汾，清代著名词人，江苏无锡人。与陈维嵩、朱彝尊并称明末清初"词家三绝"，同时与纳兰性德、曹贞吉共享"京华三绝"之誉。偕，一起。

又

【原文】

弱絮残莺一半休，万条千缕不胜愁。

只应天上张星①伴，莫向青门②系紫骝。

【注释】

①张星：二十八星宿之一，在天的南方。此星掌管珍宝、宗庙所用以及衣服，同时掌管饮食、赏罚之事。此处指朝廷的俸禄。

②青门：泛指京城的都门。

题《虞美人蝴蝶》画扇

【原文】

写得春风分外娇，粉痕零落晕红潮。

曲终梦醒浑①无那②，同向斜阳恨寂寥。

【注释】

①浑：真的，的确是。

②无那：无可奈何。

有感

【原文】

帐中人去影澄澄^①，重对年时芳苢灯。

惆怅月斜香骑散，人间何处觅韩冯^②？

【注释】

①澄澄：原是形容水澄净清澈，此处指空荡荡。

②韩冯：也作韩凭或者韩朋。传说战国时期宋康王舍人韩冯，娶何氏为妻，很漂亮，被康王抢走了。韩冯抱怨，康王把他囚禁，韩冯于是自杀。何氏也自杀，留下遗书，希望康王把她的尸骨和韩冯合葬。康王很生气，于是命人把两人埋了，但是坟墓相对。然而一夜之间，两坟墓之间生出梓木来，根在地下相交，枝盘错在上面，又有鸳鸯栖息在树上，朝夕不离，悲鸣不已，让人悲伤。后世用此代表男女相爱、至死不渝的爱情。

书鲍让侯诗后^①

【原文】

多少才情艳绮霞，羡君能赋上林花。

如余砚北^②浑^③无事，只傍红窗枕木瓜。

【注释】

①鲍让侯：即鲍鼎铨，字让侯，康熙八年（一六六九年）举人，曾任知县，江苏无锡人。

②砚北：几案面朝南，人坐在砚的北面，指从事著作。

③浑：一直。

记征人语①

【原文】

列幕平沙夜寂寥，楚②云燕③月两迢迢。

征人自是无归梦，却枕兜鍪④卧听潮。

【注释】

①康熙十七年八月清军在衡州打败了吴三桂，进驻到岳州，此诗即作于

那时。

②楚：指湖北、湖南一带。

③燕：指河北燕山一带。

④兜鍪：也作"兜牟"。秦汉以前叫胄，古代战士戴的头盔。

又

【原文】

横江①烽火未曾收，何处危樯系客舟？

一片潮声飞石燕，斜风细雨岳阳楼②。

【注释】

①横江：古代的长江渡口，在今安徽省和县的东南部。

②岳阳楼：在今湖南岳阳西门城头，紧挨着洞庭湖畔，始建于三国东吴时

期，与湖北武汉的黄鹤楼、江西南昌的滕王阁并称为江南三大名楼。

又

【原文】

楼船昨过洞庭湖①，芦荻萧萧宿雁呼。

一夜寒砧霜外急，书来知有寄衣无？

【注释】

①洞庭湖：在今湖南省北部，是我国第二大淡水湖，号称"八里洞庭"，风光绮丽动人。

又

【原文】

旌旗历历射波明，洲渚宵来画角①声。

啼遍鹧鸪②春草绿，一时南北望乡情。

【注释】

①画角：古代一种乐器，外形像竹筒，竹木或皮革制成，外加彩绘，所以叫"画角"。通常在黎明和黄昏时吹响，等同于出操或休息的信号，古时军中常用来报警黄昏黎明，声音高亢动人，鼓舞士气。

②鹧鸪：鸟类的一种，体形像鸡，但比鸡小，大多羽毛黑白杂错，背上和胸、腹等部的眼状白斑非常明显。

又

【原文】

青燐点点欲黄昏，折铁难消战血痕。

犀甲玉袍①看绣涩②，《九歌》原自近招魂③。

【注释】

①袍：今作"桴"，指鼓槌。

②绣涩：不光滑并且生锈了。绣，此处是"锈"。

③《楚辞》中有《九歌》和《招魂》，此处是告慰死难的战士的亡魂。

又

【原文】

战垒临江少落花，空城白日尽饥鸦。

最怜陌上青青草，一种春风直到家。

又

【原文】

阵云黯黯①接江云，江上都无雁鹜群。

正是不堪回首夜，谁吹玉笛吊湘君②？

【注释】

①黯：黑。

②湘君：传说舜南巡死后，成为湘水男神，后世称之为湘君。

又

【原文】

边月无端照别离，故园何处寄相思？
西风不解征人苦，一夕萧萧①满大旗。

【注释】

①萧萧：凄清孤独的样子。

又

【原文】

移军日夜近南天，蓟北①云山益渺然。

不是啼乌衔纸^②过，那知寒食又今年。

【注释】

①蓟北：今河北省蓟县以北。

②纸：此处指清明时节上坟用的纸。

又

【原文】

鬓影萧萧夜枕戈，隔江清泪断猿多。

霜寒画角吹无力，归梦秦川^①奈尔何！

【注释】

①秦川：泛指今陕西、甘肃的秦岭以北的关中平原地带。因为春秋、战国时期地属秦国而得名。

又

【原文】

一曲金筘客泪垂，铁衣闲却卧斜晖。

衡阳十月南来雁①，不待征人尽北归。

【注释】

①雁：一种候鸟，古代传说雁十月南归到衡阳就不再往南了，此处暗指衡阳已经从吴三桂手中收回两个月了。

又

【原文】

才歇征鼙①夜泊舟，获花枫叶共飕飕②。

醉中不解双鞬③卧，梦过红桥访旧游。

【注释】

①鼙：古代军中的战鼓。

②飕飕：形容风声。

③鞬：盛弓箭的工具。

又

【原文】

去年亲串①此从军，挥手城南日未曛②。

我亦无端双袖湿，西风原上看离群。

【注释】

①亲串：指亲戚或者关系亲近的人。

②曛：落日的余光。

赋得《柳毅传书图》，次陈其年韵①

【原文】

黄陵②祠庙白苹洲，尺幅图成万古愁。

一自牧羊泾水上，至今云物不胜秋。

【注释】

①柳毅传书是神话故事。洞庭龙女在夫家遭虐待，柳毅见此就仗义为龙女传送家书，入海见龙王。龙女得救后，与柳毅感情日增，于是结成夫妇。陈其年，即陈维崧（一六二五至一六八二年），字其年，号迦陵，清代词人、骈文作家，宜兴（今江苏）人。清初与朱彝尊、纳兰性德并称为三大词人。

②黄陵：指洞庭湖边的黄陵庙，古称黄牛庙、黄牛祠，又称黄牛灵应庙，都建在舜之二妃的坟墓上。

又

【原文】

花愁雨泣总无伦，憔悴红颜画里真。

试看劈天金锁去，雷霆原恼薄情人①。

【注释】

①薄情人：指虐待龙女的丈夫。

又

【原文】

晶帘碧砌玉玲珑，酒滴珍珠日未中。
忽报美人天上落，宝筝筵里尽春风。

又

【原文】

凝碧宫寒覆羽觞，洞庭歌罢意茫茫。
玉颜寂寞今依旧，雨鬟风鬟①枉断肠。

【注释】

①鬟：古代妇女梳成环形的发卷。

题照①

【原文】

画出东风别一般，绿窗人静独凭阑。
就中真色②图难就，最是春山③两笔难。

【注释】

①题照：在画像上题词。

②真色：人的真实本色，内在思想和性格。

③春山：春天的山色如黛，比喻女子的双眉如春山。

别意

【原文】

晶帘低映美人蕉①，雨歇芳丛点未消。

应是玉鞭归较晚，故从花底坐无聊。

【注释】

①美人蕉：双关语。既是花的名字，又说美人的心焦躁难挨。

又

【原文】

浓香如雾恍难寻，执烛樱桃①伴夜深。
惭愧十郎②归未得，空题红泪寄焦琴③。

【注释】

①樱桃：比喻女人的樱桃小嘴，此处代指女人。

②十郎：古代有两个"十郎"，唐代的李益和清代的李渔。因为李渔和纳兰性德同处一个时代，当时也没有社会地位，所以此处指的应该是李益。李益，字君虞，唐代诗人，陕西姑臧（今甘肃武威）人，后迁往河南郑州。

③焦琴：琴中的佳品。

又

【原文】

独拥余香冷不胜，残更数尽思腾腾①。
今宵便有随风梦②，知在红楼第几层？

【注释】

①腾腾：一直跳动，好似火焰那样旺盛。

②随风梦：随风而来的好梦。

又

【原文】

芭蕉阴暗玉绳①斜，风送微凉透碧纱。

记得夜深人未寝，枕边狼藉一堆花。

【注释】

①玉绳：星名。经常泛指群星。

又

【原文】

银屏对影自生怜，正是看花中酒①天。

剪却合欢双带子，一般牵恨又今年。

【注释】

①中酒：醉酒。

又

【原文】

茗碗①香炉事事幽，每当相对便无愁。

金笼自结双栖愿，那得齐纨怨早秋。

【注释】

①茗碗：茶碗。茗，由嫩芽制成的茶或者由老叶制成的茶。

暮春见红梅作，简梁汾①

【原文】

杏花庭院月如弓，又见江梅一瓣红。

知是东皇②深着意，教他终始③领春风。

【注释】

①康熙二十一、二十二年春季纳兰性德都不在京城，只有二十三年春天在京城，所以此诗应该是作于那时。

②东皇：指司春之神。

③终始：即始终。

咏絮

【原文】

落尽深红绿叶稠，旋看轻絮扑帘钩①。

怜他借得东风力，飞去为萍②入御沟③。

【注释】

①帘钩：卷帘用的钩子。古代的床上都有幔，睡觉时拉上，白天用帘钩挂在两旁，就像现在的蚊帐一样。

②萍：水上的浮萍。

③御沟：也叫禁沟，指的是宫墙外面的护城河。

柳枝词

【原文】

一枝春色又藏鸦①，白石清溪望不赊②。
自是多情便多絮③，随风直到谢娘④家。

【注释】

①藏鸦：乌鸦躲藏起来。此处是说柳树枝繁叶茂，春色渐深。
②赊：远。
③絮：双关语。既指柳絮，又指思绪。
④谢娘：晋朝女诗人谢道韫有文才，所以后人把才女称为"谢娘"。

又

【原文】

春到江南春草生，乍惊摇曳扑帘旌①。
黄鹂无语昏鸦起，深闭重门②待月明。

【注释】

①帘旌：帘端所缀的装饰。也泛指帘幕。
②重门：多层的门。

又

【原文】

七香车①过殷②轻雷，十里红楼③照水开。

遥指玉鞭④鞭白马，柳阴阴下是郎来。

【注释】

①七香车：用多种香木制成的车，非常华贵，最早出现于商周时期。

②殷：雷声。

③红楼：古代富贵人家的女儿住的地方。

④玉鞭：比喻有才之士。

又

【原文】

水亭无事对斜阳，宛地①轻阴却过墙。

休折长条惹轻絮，春风何处不回肠。

【注释】

①宛地：此处应该是指纳兰性德曾经到过的北京近地宛平。

又

【原文】

何处纤腰不可怜，缠头①抛与沈郎钱②。

女儿睡觉推窗看，忽忆迎欢旧系船。

【注释】

①缠头：唐朝打赏给唱歌跳舞之人的小费。

②沈郎钱：东晋大将军王敦手下的参军沈充所造的钱币。此种钱非常轻，

并且小，就像榆钱似的。

又

【原文】

永丰坊里谢啼鹃①，移植红泥②曲槛边。

凉月一帘思往事，是他曾与伴无眠。

【注释】

①啼鹃：传说杜鹃啼血，叫声凄苦。

②红泥：因为杜鹃啼血，染红了泥土。实际上指的是花栏边上的落红花瓣。

又

【原文】

人去楼空属阿谁？月明惟见影垂垂。

寻常已是堪愁绝，何况春来赠别离。

又

【原文】

何事凭阑怨月明，乍晴楼阁倍晶莹。

相思一夕溪流涨，倒影丝丝拂水平。

又

【原文】

绿到长干①第几桥？晚晴帘幕隔吹箫。

前身自是轻狂甚，嫁得东风带水飘。

【注释】

①长干：古代建康里的巷名，此处泛指京城里的街巷名。

又

【原文】

辛夷①开罢絮纷纷，青粉墙头日未曛。

记得个人春病起，是他萦惹②绿罗裙。

【注释】

①辛夷：中药材，又叫木笔，俗称玉兰，落叶乔木，高数丈，春初开花，有香气，主要产于中国河南、陕西等地。

②萦惹：牵缠，招引。

又

【原文】

手绾长条倚水楼，困人风日懒梳头。

濛濛一抹催花雨，半系斑骓①半系舟。

【注释】

①斑骓：毛色相杂的骏马。

又

【原文】

软风吹雪带微香，曾向珠楼扫钿①床。

塘上鸳鸯三十六，只今何处月茫茫。

【注释】

①钿：把金属宝石等镶嵌在物品上作装饰。

又

【原文】

风过游丝卷落花，又随飞絮上檐牙。

东邻为约清明后，陌①上轻衫共采茶。

【注释】

①陌：田间东西方向的道路，也泛指道路。

又

【原文】

一水萦回雁齿桥，红泥亭搭绿丝绦①。

浔阳纵有麻姑②信，春雨春风自寂寥。

【注释】

①绦：用丝线编织的花边或扁平带子，用来装饰衣物。

②麻姑：道教中的神话人物。《神仙传》有记载：麻姑，修道于牟州东南
姑馀山，东汉时应仙人王方平之召，降于蔡经家，十八九岁，很漂亮，自称
"已见东海三次变为桑田"。所以古代用麻姑比喻高寿。江西有麻姑山，在今南
城县的西南部，风景秀丽，物产丰富。

又

【原文】

细细萍吹水面风，百花飞尽绿阴同。

别离管尽人如昨，罗袖长垂玉筋①红。

【注释】

①玉筋：眼泪。

又

【原文】

休栽杨柳只栽桐，待凤藏鸦好尽空①。

不见胥台②明月夜，一池黄叶但西风③。

【注释】

①好尽空：结果总是一场空。

②胥台：即姑苏台，故址在今江苏省吴县的西南部，为春秋时期的吴王阖闾间所建。

③黄叶、西风：眼前所见的秋景，也象征了吴王的失败。

又柳枝词①

【原文】

长条短叶漾东风，寒食青郊处处同。

不待含烟兼带雨，春山一半绿纱中。

【注释】

①马云翎死于康熙十七年（一六七八年）秋天，由诗意来看，此诗应当是在马云翎辞世之后所作。系康熙十八年晚春时所作。

又

【原文】

马卿①苦亿红泥阁，我亦伤心碧树村。

病骨沉绵词客死②，更谁攀折与招魂。"绿杨天半

红泥阁，朱槿风前翠袖人。"亡友马孝廉云翎《柳枝词》。

【注释】

①马卿：纳兰性德的已故的朋友马云翎。

②词客死：马云翎因为没考中回乡，却不幸早逝，年仅三十岁。

又

【原文】

池上闲房①碧树围，帘文如毂是上斜晖。
生憎飞絮吹难定，一出红窗便不归。

【注释】

①闲房：可能是马云翎曾经住过的地方。

又

【原文】

翠袖寒轻立画桥，江讴越吹激山椒①。
看来都未关情绪，别向东风弄柳条。

【注释】

①山椒：山顶。

又

【原文】

只恐随风化彩云，梦回酒醒怨斜曛①。
陌头自领行人意，可奈闲来便见君。

【注释】

①曛：落日的余光。

又

【原文】

三春何处系人情，惟有垂杨傍户明。

月到帘栊①遮不断，雨来池馆听无声。

【注释】

①帘栊：也作"帘笼"。窗帘和窗牖。也泛指门窗的帘子。

又

【原文】

萧条齐映白苹洲，宛转青蛾恨未休。

梅雨过时憔悴了，年年无绪到清秋。

又

【原文】

密护轩窗障小楼，从今不作少年游。

一生几许心闲日，不见相思见又愁。

初夏月偕仲弟作①

【原文】

云母②窗扉夜不肩③，露华和月满中庭。

可怜春去无多日，已怯微暄④敞画屏。

【注释】

①仲弟：纳兰性德的二弟揆叙，生于康熙十三年（一六七四年）二月。纳兰性德比他大十九岁。

②云母：矿石名，俗称千层纸。因为它的晶体呈片状，极薄，并且很华丽，所以古人常用云母装饰门窗。

③扃：本指从外面关门的门闩。后来用为动词，即上闩关门。

④暄：暖。

龙泉寺书经岩叔扇①

【原文】

雨歇香台散晚霞，玉轮②轻碾一泓③沙。

来春合向^④龙泉寺，方便^⑤风前检较^⑥花。

【注释】

①岩叔为经纶的字，著名画家。龙泉寺有多处。此处的龙泉山寺可能是以前曾以"龙泉寺"为名的潭柘寺或者灵光寺，两寺都在北京的西郊。

②玉轮：月亮。

③泓：深而广。

④合向：共同向某处去。

⑤方便：佛语，指诱导某人，使其领悟佛的真正意义。

⑥检较：本来写作"检校"，散官名，非正式官衔。

又

【原文】

绣幡①风定昼愔愔②，证取莲花不染心。

佛法自来空色相③，当年何事苦吞针④？

【注释】

①幡：古时仪仗用绣帛作长幅，上面围上圆罩子，下面系着铃铛，后来作为旌旗的总称。

②愔愔：寂静凄清。

③空色相：佛家讲究一切皆空之相。

④吞针：佛语。但此处是自讨苦吃的意思。

上元竹枝①

【原文】

碧落②箫声转玉壶③，踏灯④随处笑相呼。

相逢若个能相赏，消得金霞⑤照夜珠。

【注释】

①竹枝：乐府名。由古代巴蜀间民歌演变而来。唐代刘禹锡把民歌变为诗体，开始盛行起来。后来多写为《竹枝词》。

②碧落：天空。

③转玉壶：漏声已经转了好几次，夜都过午了。玉壶，即漏，计时的工具。

④踏灯：上元节的时候，街市挂满灯，人们上街赏灯叫作踏灯。

⑤金霞：妇女缀有金饰的礼服。

又

【原文】

舞散应怜化彩云，尽收红紫付东君①。

长安②一片团圆月，只有秧歌彻晓闻。

【注释】

① 东君：司春之神。

②长安：泛指京城。

又

【原文】

天上^①朱轮绣幰^②车，几看春色到梅花。

而今却畏春寒甚，独掩重门自试茶。

【注释】

①天上：皇帝所住的地方。

②幰：车上的帷幔。此处指皇宫里的车。

又

【原文】

半落银灯爆麝煤^①，似闻秾^②李踏歌回。

上清^③更有新翻曲，不许琼签^④傍晓催。

【注释】

①麝煤：即麝墨，写字所用的墨。

②秾：花木茂盛的样子。

③上清：即侍女。

④琼签：漏壶的美称，报时用的工具。

杂题

【原文】

岩扉日日望城闉^①，近水谁家背市尘。

白板^②窗齐乌桕树，红衫飘曳上楼人。

【注释】

①闉：城的重门。

②白板：门。

又

【原文】

碧嶂夫容^①不可攀，闲听客话钓台间。

惟应短棹迎潮去，雷殷空江看雪山。

【注释】

①夫容：即芙蓉，荷花的别称。

又

【原文】

亦有闲园临水裔①，行来棋响渐丁丁。

新阴四面无穷竹，一迳中通白石亭。

【注释】

①水裔：水边。

又

【原文】

碧城①西去面山椒，细路缘堤未觉遥。

日上丽谯看浴马，千章②高柳赤阑桥。

【注释】

①碧城：《太平御览》有记载："元始（元始天尊）居紫云之阙，碧霞为城。"后来"碧城"指仙人住的地方。

②千章：千棵，指数量之多。

缑山曲①

【原文】

刘郎西阁阮郎东，嬴女吹箫别故宫。

嫁尽仙姬春寂寞，独留鸡犬护花丛。

【注释】

①缑山：在今河南省偃师县。

又

【原文】

人间曾见杜兰香①，乱点明珰压绣裳。

今日素衣翻贝叶②，一灯风雨拜空王③。

【注释】

①杜兰香：仙女名。

②贝叶：佛经名。

③空王：佛的别称。

又

【原文】

齐州客去九烟青，送别蓬山第二亭。

浅酌劝君休①尽醉，人间百岁酒初醒。

【注释】

①休：不要。

又

【原文】

紫诰①题衔敕众灵，明朝同谒翠华②亭。

垂鬟小女司铜漏，误报晨签落曙星。

【注释】

①紫诰：指诏书。古代皇帝的诏书装在锦囊中，用紫泥封口，加盖印章，所以称紫诰为诏书。

②翠华：皇帝的仪仗中，旗杆上的旗帜用翠装饰，后来翠华多指皇帝。

纳兰性德全集

《纳兰诗》释义

又

【原文】

智琼①携手阿环②随，同侍瑶阶看舞姬。

玉茗主人新换职，大罗宫③里教填词。

【注释】

①智琼：《搜神记》中的仙女。

②阿环：仙女名。

③大罗宫：天宫。

又

【原文】

绿蒲经雨叶初齐，箫鼓楼船下碧溪。

风散满衣红蜡泪①，五更同化杜鹃啼。

【注释】

①蜡泪：蜡油顺点着的蜡烛向下流，像流泪一样。

又

【原文】

鹤俸①分田②过海隅，碧窗鹦鹉记呼卢③。

唐家空有王摩诘④，不识瑶池⑤雪后图。

【注释】

①鹤俸：泛指微薄的官俸。

②分田：分得田地里的作物。

③呼卢：古代一种赌博游戏。总共五子，五子全黑的叫"卢"，头彩。掷子时，大声喊叫，希望全黑，因此叫"呼卢"。

④摩诘：即王维，号摩诘，唐朝大诗人，著名的画家。

⑤瑶池：传说中西王母为天子祝寿的地方。

又

【原文】

校书①香案石函②开，楚庙③残碑绣紫苔。

一纸黄封呼宋玉④，好携《天问》礼瑶台⑤。

【注释】

①校书：本来是汉魏时期校勘书籍的官员，后来用来形容有才的女子。但也把能诗能文的妓女称为女校书。

②石函：石头制成的匣子。

③楚庙：巫山的神女庙。

④宋玉：又名子渊，东周战国时鄢（今襄樊宜城）人，楚国的诗人。

⑤瑶台：仙人住的地方。

又

【原文】

侍女开笼放白云，两天晴雨一山分。

上元①不喜方壶②住，借与苏家玉局③君。

【注释】

①上元：仙女名。

②方壶：传说是东海仙山。

③玉局：地名，在今四川成都。

和元微之《杂忆诗》①

【原文】

卸头才罢晚风回，茉莉吹香过曲阶。

忆得水晶帘畔立，泥人②花底拾金钗。

【注释】

①元稹（七七九至八三一年），字微之，别字威明，唐代洛阳（今河南洛阳）人，著有爱情诗《杂忆诗》五首。早年和白居易一起提倡"新乐府"。后人常把他和白居易并称"元白"。

②泥人：低声细语乞求别人。

又

【原文】

春葱①背痒不禁爬，十指掺掺②剥嫩芽。

忆得染将红爪甲，夜深偷捣凤仙花③。

【注释】

①春葱：形容女子手指嫩白的样子。

②掺掺：形容女子的手指纤细。

③凤仙花：也叫指甲花、小桃红、金凤花等。花有红白紫等色，把花捣碎加上明矾可以用来染指甲。

又

【原文】

花灯小盏聚流萤，光走琉璃贮不成①。

忆得纱橱和影睡，暂回身处妩分明。

【注释】

①形容萤火虫发出的光就像琉璃一般，一直飞动，就是没法贮存。

柬西溟①

【原文】

廿载疏狂世未容，重来依旧寺门钟。

晓衾何处还家梦，惟有凉飙起古松。

【注释】

①西溟是纳兰性德的好友姜宸英的字。柬：信件等，此处以诗代信，即寄。此诗是姜宸英南归之后的寄诗。

题歌儿诗册①

【原文】

分明雪面②转金铃③，红烛娇歌倚画屏。

作使④座中诸狎客⑤，泥他沉醉唤他醒。

【注释】

①给歌女的诗册题诗。

②雪面：此处是说歌女涂白粉涂的很厚。

③金铃：本是一种植物。此处形容歌女长时间跳舞歌唱，白粉已经被汗水洗掉，脸色发黄了，然而还得像金铃一样摇摆。

④作使：强作姿势应付人。

⑤狎客：本义是伴随皇帝游玩的人，后来指嫖客。

松花江①

【原文】

弥天塞草望逶迤②，万里黄云四盖垂。

最是松花江上月，五更曾照断肠时。

【注释】

①纳兰性德在康熙二十一年春随皇帝东巡，又在同年秋天奉命"觇梭龙"，都经过松花江。此诗应是其中一次经过此地所作。松花江流域在我国东北地区的北部，是黑龙江右岸最大的支流。

②逶迤：也作逶迆、逶蛇。形容道路、山脉、河流等弯弯曲曲，拐来拐去，此处指松花江弯弯曲曲。

渌水亭①

【原文】

野色湖光两不分，碧云万顷变黄云。

分明一幅江村画，着个闲亭挂夕曛②。

【注释】

①渌水亭是纳兰性德与朋友们相聚的地方，性德还把自己的一处住宅叫作"渌水亭"，然而渌水亭所在的位置说法不一，有的说在北京什刹海边，有的说在西郊玉泉山下，还有的说在封地皂甲屯玉河边，有待考证。渌水，即清澈干净的水。

②夕曛：落日。

玉泉

【原文】

芙蓉殿①俯②御河③寒，残月西风并马看。
十里松杉清绝④处，不知晓雪在西山。

【注释】

①芙蓉殿：皇宫内的宫殿名。

②俯：俯瞰。

③御河：即玉泉，因为河流源于玉泉。

④清绝：十分凄清幽静。

西苑杂咏，和苏友韵①

【原文】

宫花半落雨初停，早是新炎撒画屏。

何必醴泉①堪避暑，藕丝风好水西亭。

【注释】

①纳兰性德的好友严绳孙（字荪友）写七言绝句《西苑侍直》诗二十首，根据朱彝尊《曝书亭集卷三十七》中的《严中允（瀛台侍直）诗序》记载"诗作于二十一年六月"，那么纳兰性德的和诗应当在其后不久，由诗意看来，各诗不是作于同一时间。此诗写作时间当在康熙二十一年（一六八二年）六月之后，到这一年九月上旬性德赴东北边疆"觇梭龙"前。

②醴泉：即甘泉，泉水里带有甘美的味道。此处指唐代的醴泉宫（在今陕西麟游）。

又

【原文】

离宫近绕绿苹洲，冰簟银床①到处幽。

好是万几②清暇日，亲持玉勒③奉宸游④。

【注释】

①冰簟银床：本意是清凉的竹席，以银装饰床。此处是说湖面平静的样子。

②万几：皇帝治理国事称为万几。

③玉勒：玉装饰的马衔，此处代指御马。

④宸游：皇帝出巡游玩。

又

【原文】

太液①东头散直②迟，一双水鸟掠杨枝。

从臣献罢乎滇③颂，坐听中涓④报午时。

【注释】

①太液：太液池，此处指北京的西华门外的北海、中海、南海三海。元明清都有太液池，元时叫西华潭；清时叫太液池。

②直：今作值，值班的意思。

③滇：云南。④中涓：宫中的侍卫。

又

【原文】

进来瓜果每承恩，豹尾前头拜至尊①。

正是日斜花雨散，传呼声在望春门②。

【注释】

①至尊：对皇帝的尊称。

②望春门：宫门名，故宫内的一道宫门。

又

【原文】

幔展轻罗一色裁，琐窗①深映拂云槐。

重帘那得微风入，叶叶荷声急雨来。

【注释】

①琐窗：雕有或者绘有花纹的窗子，指妇人的居室。

又

【原文】

黄幄临池白鸟飞，金盘初进鲙鱼肥。

太平时节多欢赏，丝络雕鞍①半醉归。

【注释】

①丝络雕鞍：本指马饰，此处指受到皇帝赏赐的官员。

又

【原文】

射生①才罢晚开筵②，十部笙箫动暝烟③。
月上南湖波似练，几星灯火是龙船。

【注释】

①射生：射猎鸟兽等。
②筵：酒席。
③暝烟：本来是比喻战乱的，此处形容暮色昏暗。

又

【原文】

青丝蜀锦护银塘①，谁许延秋②报早凉。
缥缈③蓬山应似此，不知何处白云乡。

【注释】

①银塘：清澈干净的池塘。
②延秋：本是唐宫的宫门名。此处泛指宫门。
③缥缈：高远，隐隐约约的样子。

又

【原文】

才翻①急雨②暗金河③，曲罢催呈杂技多。

一自花竿身手绝，那将妙舞说阳阿④。

【注释】

①翻：编制辞曲，此处指吹奏、演唱。

②急雨：比喻气势宏伟的歌曲。

③暗金河：此处反映塞外歌曲的内容。

④阳阿：古代著名的娼女阳阿擅长歌舞，后来便将乐曲称为阳阿。

又

【原文】

玉映窗扉静不开，藕花深处绝①尘埃。

三更露坐清无暑，共待蕉园彩鹢②回。

【注释】

①绝：隔绝。

②彩鹢：古人常在船头画上鹢，绘以彩色。后来便借指船。

又

【原文】

香引轻飔①散玉除②，下帘声微退朝初。

马曹③此日承恩数，也逐清班④许钓鱼。

【注释】

①飔：凉风。

②玉除：用玉石砌成或装饰的台阶，此处指皇宫宫殿的台阶。

③马曹：管理马匹的官。纳兰性德做侍卫期间曾管理御用的马匹，所以此诗中自称"马曹"。

④清班：清贵的官员。多指文学侍从等官员。

又

【原文】

烟柳①千行宿鸟多，虹梁②曲曲水萤过。

新凉却爱中元节，万点荷灯散玉河。

【注释】

①烟柳：烟雾笼着的柳树林。也泛指柳树林。

②虹梁：拱桥弯弯像彩虹一样，所以叫虹梁。

又

【原文】

夜深帘幕卷银泥①，十二楼②高望欲迷。

莲漏③滴残闻动锁，一钩斜月碧河西。

【注释】

①银泥：用金银装饰窗棂的花纹窗户。

②十二楼：此处指皇宫中的楼阁。

③莲漏：计时用的工具。

又

【原文】

轻云欲傍最高楼，重露看垂白玉旒①。
处处红芳零落尽，众香国里不曾秋。

【注释】

①旒：旗子下面悬挂的饰物。

又①

【原文】

时攀御柳拂华簪②，水槛行开玉一函。
几日乌龙江上去，回看北斗是天南。

【注释】

①此诗作于康熙二十一年秋天，纳兰性德奉命"觇梭龙"离京前几天。
②华簪：头饰，华贵的冠簪。

又

【原文】

玲珑朱阁拟三山，上驷门①依御柳间。
倦听月中歌吹杳②，晨凫③秣④罢夜分还。

【注释】

①上驷门：即上驷院的门。上驷院是康熙年间隶属内务府管的三院之一（三院是上驷院、奉宸苑、武备院），掌管宫内所用的马。

②杳：渺茫，深远。

③晨凫：野鸡，因为它常常在早晨飞，所以叫晨凫。

④秣：本义是喂马的饲料，此处用作动词，即饲喂。

又

【原文】

制胜由来仗德威，夜郎何物敢轻违！

河清①欲颂惭才尽，空羡儒臣②赐宴归。

【注释】

①河清：形容国家太平盛世之貌。

②儒臣：泛指读书人出身或者有学问的大臣。

又

【原文】

讲帷迟日记花砖，下直归来一惘然。

有梦不离香案①侧，侍臣那得日高眠。

【注释】

①香案：放置香炉的长方形桌子。此处指皇帝的御案。

又

【原文】

不须惆怅忆江湖，身人金门①待漏图。

中使擎来仙掌露，薰羹风味得如无？

【注释】

①身人金门：指自己在朝廷做官。

又

【原文】

花映初阳覆绮寮①，玉珂②双引望中遥。

凭君莫作烟波③梦，曾是烟波梦早朝。

【注释】

①绮寮：雕刻或装饰的漂亮的窗子。寮，小窗。

②玉珂：本义是马头上的装饰。此处指马。

③烟波：本指烟雾缭绕的湖面。此处是归隐的意思。

从军曲

【原文】

细柳门开部曲①闲②，元戎③亲送六飞④还。
预陈辟谷⑤他年志，许赐华阳十里山。

【注释】

①部曲：军队。

②闲：安静的样子，此处形容军队纪律严肃分明。

③元戎：主将，统帅。

④六飞：古代皇帝的车用六匹马驾驭，所以叫六飞。

⑤辟谷：不吃五谷，只食气，吸取自然的正能量，是道家修炼成仙的一种方法。

又

【原文】

锦衾①千里惜余香，独宿天山五月凉。

梦断荒城天欲晓，李陵②祠下月如霜。

【注释】

①锦衾：锦缎制成的被子，此处代指家人。

②李陵：字少卿，西汉将领，陇西成纪（今甘肃天水市秦安县）人。率军与匈奴作战，战败投降于匈奴，后来病死在匈奴。后人为他建了祠堂，即李陵祠。

塞垣却寄

【原文】

绝塞山高次第登，阴崖时见隔年冰。

还将妙写簪花手①，却向雕鞍②试臂鹰。

【注释】

①簪花手：比喻中了进士。因为纳兰性德也是进士，所以用簪花手自称。

②雕鞍：雕刻着华美图案的马鞍，此处指宝马。

又

【原文】

千重烟水路茫茫，不许征人不望乡。

况是月明无睡夜，尽将前事细思量。

又

【原文】

碎虫零叶共秋声，诉出龙沙①万里情。

遥想碧窗红烛畔，玉纤②时为数归程。

【注释】

①龙沙：即白龙堆，是非常著名的罗布泊景观之一。

②玉纤：纤细如葱，洁白如玉的手指，此处指代女人。

又

【原文】

枕函①斜月不分明，梦欲成时那得成。

一派西风连角②起，寒鸡已到第三声。

【注释】

①枕函：中间可以藏东西的枕头。

②角：号角。

平山堂①

【原文】

竹西歌吹忆扬州，一上虚堂②万象③收。

欲问六朝佳丽地，此间占绝广陵④秋。

【注释】

①平山堂：在今扬州市西北郊蜀的大明寺内，是扬州西北名胜之地。康熙二十三年十月二十二日（一六八四年十一月二十七日）纳兰性德随皇帝南巡到扬州，曾在此游玩，此诗应该是作于那时。

②虚堂：没有人住的地方。

③万象：江南的各处名胜。

④广陵：即江苏扬州。

江南杂诗①

【原文】

妙高云级试孤攀，一片长江去不还②。

最是销魂难别处，扬州风月润州山。

【注释】

①纳兰性德在康熙二十三年十月下旬至十一月初随皇帝南巡，曾先后到镇江、苏州、无锡、江宁。

②去不还：江水东去不复返。

又

【原文】

邓尉溪村万树梅，霜残月白半春开。

金台游客时相忆，那得年年看一回。

又

【原文】

九龙①一带晚连霞，十里湖堤半酒家。

何处清凉堪沁骨，惠山泉试②虎丘③茶。

【注释】

①九龙：山名，在今江苏无锡的西郊，因为泉水著称。

②试：品尝。

③虎丘：在今苏州西北郊，传说春秋时期吴王夫差把他的父亲葬在这里，葬后三天有白虎盘踞在坟墓，所以叫虎丘。

又

【原文】

紫盖黄旗①异昔年，乌衣朱雀②总荒烟。

谁怜建业③风流地，燕子归来二月天。

【注释】

①紫盖黄旗：比喻皇帝的气势。

②乌衣朱雀：乌衣巷、朱雀桥。东晋王导、谢安所住的地方，两个地方离得很近，故址在今南京的秦淮河一带。

③建业：吴国的都城，今江苏省南京市的旧称之一。

秣陵怀古

【原文】

山色江声共寂寥，十三陵①树晚萧萧。

中原事业如江左，芳草何须怨六朝。

【注释】

①十三陵：中国明朝皇帝的墓葬群，从明成祖到明毅宗共十三个皇帝。在北京市昌平区的天寿山。

四时无题诗^①

【原文】

挑尽银灯月满阶，立春先绣踏青鞋。
夜深欲睡还无睡，要听檀郎^①读《紫钗》。

【注释】

①此诗的第一首及第十四首是根据张纯修在康熙三十年（一六九一年）刊刻的《饮水诗词集》补进来的。

②檀郎：妇女对丈夫或所倾慕的男子的赞称。

又

【原文】

一树红梅傍镜台，含英次第晓风催。

深将锦幄①重重护，为怕花残却怕开。

【注释】

① 锦幄：用锦绣的帐幕。幄，帐幕。

又

【原文】

金鸭①香轻护绮棂②，春衫一色飏蜻蜓。

偶因失睡娇无力，斜倚熏笼③看画屏。

【注释】

①金鸭：鸭形的香炉，金属铸造。

②棂：窗户或者阑干上的格子。

③熏笼：古代放在炭盆上的一种烘烤和取暖的用具，可以熏香，熏衣。

又

【原文】

手捻红丝凭绣床，曲阑亭午柳花香。

十三时节春偏①好，不似而今惹恨长。

【注释】

①偏：正好，恰巧。

又

【原文】

青杏园林试越罗，映妆残月晓风和。

春山①自爱天然妙，虚费筠奁②十斛螺。

【注释】

①春山：形容女人的眉毛很美。

②筠奁：女人用的梳妆匣。

又

【原文】

绿槐阴转小阑干，八尺龙须①玉簟寒。

自把红窗开一扇，放他明月枕边看。

【注释】

①龙须：多年生草本植物，根茎贴着地生长，极细软，多分枝。茎可以用来织席，叫作龙须席。

又

【原文】

水榭同携唤莫愁①，一天凉雨晚来收。

戏将莲菂^②抛池里，种出花枝是并头。

【注释】

①莫愁：古代传说之女子名，后来常用来当作女孩儿名。

②莲菂：莲实，即莲子。

又

【原文】

小睡醒来近夕阳，铅华^①洗尽淡梳妆。

纱幮^②此日偏惆怅，剪取巫云^③做晚凉。

【注释】

①铅华：即铅粉，古代妇人用的化妆品。

②纱幮：也作"纱厨"，即纱帐，室内用来避蚊。

③巫云：巫山的云。巫云是云的一种极致。用来比喻爱情。

又

【原文】

追凉池上晚偏宜，菱角鸡头^①散绿漪。

偏是玉人怜雪藕，为他心里一丝丝。

【注释】

①鸡头：芡实的别称。一年水生草本植物，有白色的须根及不明显的茎，茎上和花叶都有刺，夏天茎端开花，结果实。新鲜鸡头可生吃。煮熟的鸡头味

像莲子，也可酿酒及入药。

又

【原文】

却对菱花①泪暗流，谁将风月印绸缪②？

生来悔识相思字，判与齐纨③共早秋。

【注释】

①菱花：菱的花。菱，一年水生草本植物，夏天开白色的花，果实有硬壳，有角，可以食用。

②绸缪：男女之间的情爱缠绵。

③齐纨：齐地产的扇子，扇子以齐地出产的白细绢制作的为佳品。

又

【原文】

解尽余酲①蒸②尽香，雨声虫语两凄凉。

如何刚报新秋节，便觉清宵分外长。

【注释】

①余酲：即宿醉，酒没有醒。

②蒸：烧。

又

【原文】

《璇玑》①好谱断肠图，却为思君碧作朱。

几夜西风消瘦尽，问侬还似旧时无？

【注释】

①《璇玑》：前秦窦滔的妻子所织的回文诗图。总计八百四十一字，纵横反复，纵、横、斜、交互、正、反读、退一字、迭一字读都可成诗，诗有三、四、五、六、七言不等，堪称绝妙，广为流传，叫作璇玑图。她为寻回真爱所做的故事也流传至今。

又

【原文】

菊香细细扑重帘，日压雕檐起未饮①。
端的为花憔悴损，一枝还向胆瓶添。

【注释】

①饮：想要。

又

【原文】

是谁看月是谁愁？夜冷无端上小楼。
已过日高还未起，任教鹦鹉唤梳头。

又

【原文】

凝阴容易近黄昏，兽锦①还余昨夜温。

最是恼人风弄雪，睡醒无事总关门。

【注释】

①兽锦：织有兽形图案的锦被。

又

【原文】

玉指吴盐①待剖橙，忽听楼外马蹄声。

问郎今日天寒甚，却是何人抵暮行？

【注释】

①吴盐：江淮一带晒制的散盐，色白而味淡。

又

【原文】

漫学吹笙苦未调，娇痴且自阅焚椒^①。

博山^②香尽残灰冷，零落霜华带月飘。

【注释】

①焚椒：椒有香味，可以做饮食用，也可入酒，还可以焚烧当作香薰或者取暖用。

②博山：香炉。

又

【原文】

漫燕甜香漫煮茶，桃符①换却已闻鸦。

宿妆②总待侵晨③换，留取鬓心柏子花。

【注释】

①桃符：用桃木刻成的符，古人在元旦，用桃木板写上"神荼""郁垒"二神的名字，或者用纸画上二神的图像，挂在或者贴在门首，来祈福消灾。

②宿妆：夜晚画的妆容。

③侵晨：天快亮的时候。

艳歌①

【原文】

红烛迎人翠袖垂，相逢长在二更时。
情深不向横陈②尽，见面消魂去后思。

【注释】

①有的学者认为《艳歌》四首是纳兰性德为爱妻卢氏所作，也有学者认为，是为住在外面的沈宛所作，有待考证。
②横陈：横卧，横躺。

又

【原文】

欢近三更短梦休，一宵才得半风流。
霜浓月落开帘去，暗触玎玲碧玉钩①。

【注释】

①碧玉沟：挂门帘用的玉制成的钩子。

又

【原文】

细语回延①似属丝，月明书院可相思？

墙头无限新开桂，不为儿家折一枝②。

【注释】

①回延：形容雨细并且绵长。

②古代把科举中第称为"折桂"。

又

【原文】

洛神①风格丽娟肌，不见卢郎年少时。

无限深情为郎尽，一身才易数篇诗。

【注释】

①洛神：神话中的女神。

为友人赋①

【原文】

不将才思唱临春②，爱着荷衣③狎④隐沦⑤。

分付芙蓉湖上月，好留清影待归人。

【注释】

①此诗中的景物像极了江南风光，且有"才思"之女子也与沈宛相一致。
所以有的学者认为此诗虽以《为友人赋》为题，然实则表达出纳兰性德对沈宛
的思念之情。

②临春：南朝陈后主所建的楼阁。此处代指宫廷。

③荷衣：如荷叶般的衣裳，后来常指隐者的服饰。

④狎：亲近，接近。⑤隐沦：指隐者。

又

【原文】

梦里谁曾与画眉，别来几度燕相窥。

小楼日暮愁无那①，折取藤花寄所思。

【注释】

①无那：无可奈何。

又

【原文】

往事惊心玉镜台①，分香庭院长莓苔。

百花深护桃源犬，不许潜吟②起夜来。

【注释】

①玉镜台：晋代温峤的玉镜台。温峤北征刘聪，获得一枚玉镜台。从姑有女，嘱咐温峤替她寻找女婿，温峤有和此女成婚的意思，所以下玉镜台为定礼。后引申为结婚的聘礼。

②潜吟：低吟。

又

【原文】

长安北望杳茫茫，泣向薰笼忆旧香。

惆怅玉环空寄与，紫薇郎①是薄情郎。

【注释】

①紫薇郎：唐朝的官名。紫薇侍郎的简称，后来改名叫中书侍郎。

又

【原文】

珍重娇莺啄柳芽，清狂曾赋压墙花。

皑皑①自许人如雪，何必丁宁②系臂纱③？

【注释】

①皑皑：雪白的样子。

②丁宁：即"叮咛"。

③系臂纱：比喻宫女受宠。

又

【原文】

朝衣①欲脱换轻衫，无恙西风旧布帆②。

秋入玉潭新月冷，休因索寞③怨崔咸④。

【注释】

①朝衣：即官衣，朝官所穿的官服。

②布帆：用布作船帆的小船。后人以此比喻旅途平安。

③索寞：形容消沉，没有生气。

④崔咸：字重易，咸元和二年中进士。尤善诗歌，死于太和八年十月。

偕梁汾过西郊别墅①

迟日②三眠伴夕阳，一湾流水梦魂凉。

制成天海风涛曲，弹向东风总断肠。

【注释】

①此诗是在康熙二十四年（一六八五年）春天所作。

②迟日：即春天。

又①

【原文】

小艇壶觞晚更携，醉眠斜照柳梢西。

诗成欲问寻巢燕，何处雕梁有旧泥？

【注释】

①此首诗未载于《通志堂集》，而是据张纯修的《饮水诗词集》补入。

别苏友口占①

【原文】

离亭人去落花空，潦倒③怜君类转蓬。

便是重来寻旧处，萧萧日暮白杨风。

【注释】

①纳兰性德的好友严绳孙，在康熙二十四年（一六八五年）四月离京返家乡无锡，所以纳兰性德以此二诗送别。②潦倒：颓废，失意。比喻仕途曲折不顺，十分艰难。

又

【原文】

半生余恨楚山①孤，今夜送君君去吴。

君去明年今夜月，清光犹照故人无？

【注释】

①楚山：即巫山，因为战国时期巫山属于楚国。

《纳兰赋》精选

雨霁赋

宿雾开，阴霾豁。纸窗明，檐溜寂。柱础润收，鸟啼音悦。爰启户以驰眸，快晴光之朗澈；瞻暖曦以渐高，觉霶霈之顿绝。尔乃风帷开卷，云绮舒张；鹊刷羽以出树，日穿漏而逗光。远山皎兮如沐，流水奔兮若狂。园林被濯以呈彩，草砌迎薰而异香。密筱摇烟而挺翠，幽兰含露而腾芳。鱼喁喁以喻水，蝶款款以轻飏。炉烟直而缭绕，琴韵调而铿锵。此则积雨初晴之候，诚不禁其惊异而徜徉也。至若涂泥静涤，平原旷邈；油衣乍脱，轻轩载道；足轻蜡屐，颇掀雨帽；乘盈潦而行舟，曳晴丝以垂钓。落彩虹于天半，挂朱霞于木杪。叹万象之俱新，羡两仪之信好。

回思风雨如晦，鸡鸣不已之时，魂消夜暗，梦断晨曦。谁知天漏忽补，毕宿差池。谁炼女娲之石，长曳醉酒之旗。是则有往必有复，有戚必有怡。观初晴于积雨，乐天命而奚疑。更有霭霭浮云，去若飘蓬；恢恢碧宇，独露苍穹。目无纤翳，皎魄当空；天君安泰，清明在躬。摄伏群阴，以成大工。万汇昭苏，其乐融融。不又以悟改过迁善之业，与惩忿窒欲之功也哉！于是瞻眺庭除，中心豁如；静坐晴轩，乐志琴书。观我生之消息，任天运以卷舒。知显晦之维命，而又何所用其健羡与?

　　注：有学者认为这篇赋应为纳兰性德的早期作品，具体的写作年代尚待考证。

自鸣钟赋

　　缅昔二仪肇判，三辰初曦。轩辕制器尚象，伊祁治历明时。岐伯铸钟而调巂竹，挈壶司漏以协璇玑。用能揆合昏旦之盈缩，平章度数之精微。是以仲叔、羲和守之百世而勿失，天官、太史用之亿代而靡违者也。丕惟圣祖龙兴，造邦中宇。聪明时宪，风云应虞。改革制度，厘定规矩。历授西洋，法依古里。

　　厥初爰有自鸣之钟，创于利马豆氏。虽形体之大小多所殊，而循环于亥子初无异。至其后人之传教推步，益臻于神妙。帝乃命以钦天，纪官司于凤鸟；易刻漏以兹钟，建灵台于云表；显列众辰之图，深藏运机之奥；抉《宣夜》之渊弘，殚《周髀》之浩渺尔。其外之可见者，加尺茎于图上，俨窥天之玉衡；譬夸父之逐日，莫之推而勇行。辰标上下四刻之初正，刻著一十四分之奇赢。尺每交于一辰之疆界，则内钟之不可睹者，若为考击而闻声。始则宫商间发，继则剽栈齐鸣。琤琤丁丁，钹钹铮铮。随烟高下，从风飘零。既犹伦夔之和律

吕，渐若襄旷之奏韶頀。逾半晷而稍歇，遇中正而愈钧。盖如龙吟寂而虎啸旋起，猿啼息而鸡号迭兴。实动仪苍昊健行之无息，而一准朱轮飞辔之均平。赐谷虞渊，蚤暮不差于累黍；昆吾蒙汜，昼宵罔忒于权衡。故其为声也，不假鲸鱼之象，非由乐人之撞。

四序流音于汉殿，奚关铜岫之颓？终年叶韵于丰山，岂尽繁霜之降？于以范围岁月，统章而无乖；消息寒暑，晦朔而勿爽。此其造历之密，不徒与太初麟德为颉颃；制作之精，非仅同弘度承天相揖让。知自此枫庭萐莆，可勿生阶；彤陛鸡人，无烦戴绛。总由一机柚所自舒卷，若有群鬼神为之鼓荡。于是深宫

听之，不失九重之宵旰；在位闻之，毋愆百职之居诸。纵令雨晦风潇，而惜阴之士自识晨昏而运甓；即使终霾且噎，而刺绣之姬应知中昃而添丝。或处深山幽谷之中，若聆音而起，当弗昧于茅索绹之候；或居修竹长林之内，若辨响而兴，亦勿迷弋凫与雁之期矣。余为转辗思维，末由悟其蕴，低徊俯仰，惟有叹其神。则知为是钟者，诚默夺造化之工巧，潜移二气之屈伸。洵足媲铜仪玉箫，垂为典则而难改；且可配大挠章亥，祀之奕世而常新。迨将黜公输而褫子野，夫何《周礼》凫氏之足云。

注："自鸣钟"是指一种按时自击，发出声音来报告时间的钟。

五色蝴蝶赋

　　夫惟昆虫之羽化兮，俨离俗而登仙。矧彩翼之有斐兮，备文章之自然。伊蝴蝶之微物兮，久托兴于囊篇。陋唐人短赋之未工兮，余因感徼外之有五色者，乃为之抽茧绪于毫端。肆考载籍所记，则产自丹青之树；流观博物之编，则生于橘柚之园。腻软纤腰，若荆艳临风而婵婉；参差舞翼，似阳阿长袖之翩翩。尔其啄芳尘于蕊里，饮玉露于花间。弱比收香之么凤，清同翳叶之寒蝉。柳院儿童，解惜轻须除细网；兰闺窈窕，最怜新粉扑齐纨。双飞款款，并戏娟娟。所由荡子之妻，见悠扬而兴愧；怀春之女，对夹拍而含酸者也。又尝旁搜《尔雅》之书，泛览方舆之记。曾闻栖香鹤蔓者，则帏帐牵情；绚彩罗浮者，则车输比翅。既小大之形殊，亦玄黄之色异。说者谓南方朱鸟之乡，位属离明之地。故其山川卉木，悉炫菁华；鸟兽虫鱼，咸彰绮丽。

　　囊余奉使出塞，吉日脂车。晓背阳乌而轳辘，宵瞻玄武而驰驱。经途万里之远，径陟大荒之隅。讵知绝漠固阴之薮，太蒙冱寒之区。葱菁乔陵，匪乘春而燠若；逶迤深谷，不吹律而阳舒。其中乃有同心并蒂之葩，含英而翕艳；四照九衢之萼，吐秀而扶疏。遥而睇之，初疑百阵文禽之翔集；迫而观之，乃识千群锦蝶之翱飞。尔时忽觌斯蝶，目夺志丧；玩其藻缋非常，斑斓诡状；几为延伫而流连，几为凝神而仿像。或玄如阆风之鹤，或赤若炎洲之雀。或黄如金衣公子，或缟若雪衣慧女。或彪炳如长离之羽，或错落如孔爵之尾。或黑若喻麋之墨，或黝若秋蝼之翼。或青如木难之珍，或红如守宫之殷。或绿若雉头之毳，或晃如鹦鹉之背。或赪似珊瑚，或纹成玟瑁。或缥碧如八蚕之绵，或绀翠若螺子之黛。或蔚若天台建霞，或鲜如蛦蛛垂华。或褐若伊蒲之色，或绛比鸡人之帻。或炯炯如银睛，或辉辉若金星。或紫似河庭之贝，或蓝同琼岛之瑛。或烂熳若析支氍毹，或璀璨如大秦琉璃。于斯益信宇宙之广大，造化之绸缪。

地何生而非美，物何处而无尤。假有绘于紫茸云气之帐者，必谓赵后香魂之变化；若有绣于冰绡雾谷之裙者，必非汉宫赤凤所能留。是岂止唐家芍药阑前，仅有玉屑金麸之熠熠，南氏桂椒厨内，但诧离红脍白之翛翛而已哉！意惟是域也，远接昆仑之丘，遥连星宿之海。玄圃群玉之恒储，碧水九芝之常莜。女床鸾鸟之攸栖，丹穴凤皇之是萃。故为珍族所诞生，而有此文婿之可爱者欤？爰是遂命从者麾筵，仆夫张罗，剪取组羽，全生修柯。曜灵时未匿，停骖聊复歌。歌曰："翩翩者蝶，飏彩幽墟。与蜂为侣，作凤之车。偷得嫦娥月华帔，裁为蛾女五云裙。诗人遇物能成赋，那羡滕王《蛱蝶图》。"歌毕就枕，倦游华胥，不觉梦为蝴蝶而栩栩，寤同庄叟而蘧蘧也。噫！异矣！

注：《五色蝴蝶赋》写于康熙二十一年至康熙二十四年之间，应是纳兰性德奉命出使太皇太后的家乡科尔沁草原后回京所做的颂扬文字，以表示对太皇太后的敬意。

金山赋

粤艮兑之涵峙，毗覆载之殊观；矧金山之灵秀，矗砥柱于波澜；踞南徐之京口，对瓜步之江干。焦屿东浮，则抹微云而似髻；石帆西漾，则罨轻霭而如鬟。尔其为山也，形惟特立，势若凌空。岩巚砌云而磊石可，洞穴漱浪而玲珑。珍卉含葩而笑露，虬枝接叶而吟风。芝英翕艳，兰蕊青葱。仙杏敷霞以弄色，江梅吐玉以舒容。青鸟扬音于修竹；天鸡耀羽于芳<u>丛</u>。上栖鹳鹊之危巢，下潜

髯鬣之幽宫。其中则有绀宇栉比，丹楼鳞集。高台崔巍而孤耸；虚亭弘厂而双立。登殿则绚烂丹青，瞻像则辉煌金碧。周廊庑于山根，俯檐楹于水侧。镂珉

石以为阑，饰椒泥而成壁。亘宇宙之古今，历乾坤之阖辟。阳侯荡之而不动，蜚廉鼓之而不仄。远而望之，疑蜃气之结银楼；近而即之，恍鲛人之开绡室。时而烟霏雾凝，则水天杳冥，不辨灵仙之宅，惟闻钟磬之声。时而云开日霁，则景色澄丽。两岸之间，可晰鳌峰之毫发；百里之外，能窥贝阙之参差。或当秋月如练，金波漱艳，则山阁晶莹，若冰壶之濯桂殿也。或当雪密寒江，林峦玉装，则浮图倒景，若玻璃之涌实幢也。

曾闻韵士至此相羊，亦有名流于焉寄赏。苏子瞻留玉带于山门，滕元发乘扁舟而破浪。贤如鸿渐，漫云冽井在盘涡；智若景纯，何事栖神于浩荡？以山僻在东南，孤悬沆瀣。故为轩驾之所弗游，虞巡之所未上。今皇帝膺宝箓，揽乾纲；轶羲农，跨陶唐。武功诞著，文德丕彰；兼总六合，并包八荒。勋高乎千古，道冠乎百王。赐粟帛于庶老，蠲田赋于万邦。河海清宴，中外乐康。以岳镇为苑囿，以溟瀣为池隍。爰稽自古巡狩之典，诹吉上元甲子之辰。命屏翳先驱而洒道，使箕伯挥扇而清尘。肃天驷王良之万骑，戒羽林列宿之千屯。飙驰玉轶，雷动金根。旌旗蔽云日，鼓吹咽山林。

天子乃升泰岱，越徐扬，逾淮泗，渡长江，泛楼船于中流，遂登兹山驻跸而骋望焉。于是南眺江路，百川争赴。始汗漫于巴梁。恣汪洋于荆楚。北眷海门，万壑竞奔。吐潮汐而不息，注扶桑而无垠。乃眷西顾，泮涣邗沟。实京坻于天庾，宜漕运之咽喉。左睇丹徒，襟江带湖。鹜百粤之商贾，辏三吴之舳舻。是日也，皇情既畅，天颜有喜，爰亲展宸翰，麾毫陟厘，星流电激，龙翔凤翥。笑汉帝章草之弗工，陋唐宗飞白之无势。聿题以"江天一览"，永宠光于山寺。时某以小臣幸得备虎贲之执戟，隶宿卫于钩陈。虽不敢追踪于风后、力牧，陪游襄城、姑射之盛；庶窃比迹于相如、扬雄，扈从上林、甘泉之伦也。因逡巡匍匐于帐殿之下，谨再拜手稽首而献颂曰：

圣德备矣巡万方，鸾旂羽葆纷蔽江，蛟龙为驾鼋鼍梁，陟彼金山瞰大荒，朝宗碧海波不扬，雕题穷发尽来王，带砺江山历服长，南巡游豫岁为常，亿万斯年乐未央。

注： 纳兰性德曾于康熙二十三年十月二十三日随皇帝游览金山，此赋应为当时所作。

灵岩山赋

神仙堂奥，阛阓屏藩。万峰环拱，百渎横奔。问吴宫之故址，伤越国之兵屯。楼台非昔，川谷犹存。惟南斗之星分，实咸池之禀气。山势天平，湖光日沸。路羊肠以南趋，水龙池而东溉。倚孤塔之凌霄，俯姑苏之丛卉。北枕支硎，西瞻邓尉。接穹窿以为宗，镇岑崿以为纬。东带横山五岛，前瞰胥溪一市。万顷苍茫，四时暧霭。既采掇乎芳菲，亦顾盼以雄毅。思夫三让之高风，使荆蛮之俗同。及两国之仇始，乃吴都之更雄。凭高论守，隔水谋攻。石室羁人，囚栋梁之策士；苎萝娇女，备酒扫于后宫。既开四域，渐薄侯封。酒已倾而连醉，歌益妙而未终。

山川际盛，草木向荣。既安逸乐，遂广游踪。春泾采香，溪花如倩。扁舟驾风，锦帆似箭。泛越女于溪中，馆吴娃于天半。步廊响屧，离宫酣晏。妆台秋镜，万六千顷之波；黛点春螺，七十二峰之变。坐峨石以鸣琴，临平池而洗砚。浓淡俱鲜，阴晴各善。亦有豨巷鸡陂，鹿洲鸭苑。洞庭消夏之湾，浮玉可盘之甸。岂若云岫参差，林岚隐见。台阁玲珑，烟霞舒卷。雪积璘璘，晴开面面。东吴胜游，兹实其选也。夫何阊阖晨开，不废长洲之猎；艅艎夕至，遂径酿酒之城。有目空悬，无心效鼙。虎丘谁踞，鹤市多惊。惟兹岩石，巍然不倾。乃至辘轳断緪，双井犹清；罗绮烟销，百花常发。松杉古路，反为竹杖盘桓；兰桂深岛，惟是棋枰暂歇。彼老人之枯坐，石不点头；乃艳女之经游，迹余深窟。无生国里，高阁涵空；有色天中，讲堂喻筏。亦人事之更新，非天道之若阙。龟望水而能化兮，鱼听讲而不没；信斯岩之有灵兮，亦何异乎林屋之终塞。

注：纳兰性德于康熙二十三年随扈南巡到苏州，此赋应写于当时或其后不久。灵岩山是苏州的名胜，又因塔前的一块"灵芝石"而得名"灵芝山"。

《纳兰杂文》精选

石鼓记

　　予每过成均，徘徊石鼓间，辄悚然起敬曰：此三代法物之仅存者！远方儒生或未多见，身在辇毂，时时摩挲其下，岂非至幸！惜其至唐始显，而遂致疑议之纷纷也。《元和志》云：石鼓在凤翔府天兴县南二十里，其数盈十，盖纪周宣王田于岐阳之事。而字用大篆，则史籀之所为作也。自贞观中，苏勉始志其事。而虞永兴、褚河南、欧阳率更、李嗣真、张怀瓘、韦苏州、韩昌黎诸公，并称其古妙，无异议者。

　　迨欧阳文忠，则疑自周宣至宋垂二千年，理难独存。夫岣嵝之字，岳麓之碑，年代更远，尚在人间，此不足疑一也。程大昌则疑为成王之物，因《左传》成有岐阳之蒐，而宣王未必远狩丰西。今蒐岐遗鼓既无经传明文，而帝王辙迹可西可东，此不足疑二也。至温彦威、马定国、刘仁本，皆疑为后周文帝所作，盖因史"大统十一年西狩岐阳"之语故尔。按古来能书如斯、冰、邕、瑗无不著名，岂有能书若此而不名乎？况其词尤非后周人口语。苏、李、虞、褚、欧阳近在唐初，亦不遽尔昧昧。此不足疑三也。至郑夹漈、王顺伯，皆疑五季之后，鼓亡其一，虽经补入，未知真伪。然向傅师早有跋云："数内第十鼓不类，访之民间，得一鼓，字半缺者，较验甚真，乃易置以足其数。"此不足疑四也。郑复疑靖康之变未知何在；王复疑世传北去，弃之济河。尝考虞伯生尝有记云："金人徙鼓而北，藏于王宣抚宅。追集言于时宰，乃得移置国学。"此不足疑五也。予是以断然从《元和志》之说而并以幸其俱存无伪焉。

尝叹三代文字，经秦火后至数千百年，虽尊彝鼎敦之器，出于山岩屋壁陇亩墟墓之间，苟有款识文字，学者尚当宝惜而稽考之，况石鼓为帝王之文，列胶庠之内，岂仅如一器一物供耳目奇异之玩者哉！谨记其由来，以告夫世之嗜古者。

注：石鼓于唐代初年发现于陕西凤翔三畤原，上面刻有四言诗，但文字已残缺不全。对于此石是何时之物众说纷纭，无有定论。石鼓先后曾被安置在凤翔孔庙和学府，宋大观二年，徽宗将其迁到汴京国学。金兵入汴京后，见到石鼓颇以此为奇，便将其运到燕京，后由元大德间虞集移置于国子监。纳兰性德于康熙十年辛亥（一六七一年）就读国子监，当有机会观览石鼓，并于其后撰此记。纳兰性德旁征博引，力主石鼓为周宣王时物，可供参考。

贺人婚序

桥填乌鹊，停梭传天上双星；门列鸳鸯，挟瑟艳人间三妇。荧荧碧月，玉镜临台；扰扰绿云，珠帘动幌。谱秦箫于岭上，岂有他欤？解郑佩于江皋，方斯盛矣！东家某子，芙蓉秋藻，杨柳春姿。临琪树于崔生，照玉山于裴叔。纪瑜逸藻，青镂投怀；江令高情，彩毫入梦。才擅枯珠之岸，缘成种玉之田。青锁窥窗，香染尚书之宅；红绡系幌，丝牵宰相之楼。觅杵臼于玄霜，得灵犀于彩翼。于是雀屏夜启，鸳帐晨开；旭日初升，方当奠赞；晓霞未烂，早赋催妆。

争萦潘岳之车，轻飔弱袂；顾盼王濛之镜，重整新冠。百子催铺，七香待驾。路焚石叶，携来红泪之壶；台照环榴，看挂火齐之钏。流苏四角，垂锦带于中心；罗绣双缠，系朱丝于上腕。正安抹额，反插搔头。繁休伯之窀情，相于永结；贾公间之联句，叹息应知。莞蒻横陈，丽三星于洞户；葳蕤浅闭，对满月于高楼。况复七日初还，五云方现。纹添弱线，可知缘结今生；漏永银壶，幸值筹长此夜。风皇应律，自识阳回；鹖旦销声，无忧天曙。仆燕贺未能，凤占有庆。美人公子，宁代董生却扇之词；名士倾城，庶同曹植感婚之赋。聊疎短引，用佐美谈云尔。

拟《设东宫官属谢表》

康熙十五年月日臣等恭遇皇上册立东宫，特设詹事府、左右春坊、司经局等官，以资辅导。臣等谨奉表称谢者：伏以宫悬银榜，长男题青石之书；门启铜扉，元良居白鹤之禁。正重离之位，玉册金文；命洊震之官，银章紫绶。爰求博望之多才，允入瀛洲之妙选。庆流宗柘，欢洽舆图。窃惟冢嫡所以系人心，储闱所以贰宸极。是以帝王大典，豫教为先；辅导得人，宫僚为重。承华斯建，必资羽翼之功；崇贤既开，即勤师傅之任。不登嗜鲍，引礼惟严；旋赋钓鳌，绳愆特峻。

晋重贺循之儒宗，亲受太子之拜；汉尚桓荣之稽古，群看博士之尊。温峤上侍臣补益之箴，伯药献赞导嬉游之讽。未有九旗初建，四友即宾，五胜夙娴，三长咸集如今日者也。陛下太室呈祥，尧门启瑞。幼敏等于汉幄，孝德迈于周门。胥臣之答文公，端俟贤良之赞；贾生之规汉帝，快瞻有道之长。将君我而齿让之惟先，自长世而慈保之无尽。亦有山涛作傅，小辇称荣；刘寔为师，行高致誉。于是斟酌隋唐之制，增设辅导之员。一宫弹肃，答于王珉之书；一时才贤，让诸王恭之表。萧傅风高于杜曲，殊宠攸加；窦婴戚重于西京，清秩斯显。遂使龙楼应制，瞻驰道而从容；凤阁登英，向苍旂而赓拜。五礼六乐，无非毓性之方；三德九功，并是储精之具。岂直处瑶山而作咏，见诸山海之经；吹铜律以迎和，得之太师之户。臣等愧家丞之秋实，鲜庶子之春华。藻思难窥，本乏卞兰泉涌之赞；盛德靡际，惟矢乐人海润之歌。伏愿天姿玉裕，茂德川沉。得保傅若二疏，有宾客如四皓。问安视膳，克尽两宫之欢；继体重轮，大慰兆民之望。则千年少海之波，光浮若镜；五色前星之曜，气蔚成珠矣。

注：胤礽于康熙十四年十二月十三日（一六七六年一月二十七日）被立为皇太子，纳兰性德拟此谢表以颂圣。

节录嵇中散《与山巨源绝交书》并书后

"不涉经学，性复疏懒，筋驽肉缓。头面常一月十五日不洗，不大闷痒，不能沐也。每常小便而忍不起，令胞中略转，乃起耳。又纵逸来久，情意傲散，简与礼相背，懒与慢相成，而为侪类见宽，不攻其过。又读《庄》《老》，重增其放。故使荣进之心日颓，任实之情转笃。此由禽鹿，少见驯育，则服从教制；长而见羁，则狂顾顿缨，赴汤蹈火；虽饰以金镳，飨以嘉肴，愈思长林而志在丰草也。"

嵇中散绝交书为澹兄写，丙辰余月哉生明成德

赋性迂僻，落落寡合，益成真懒。澹兄索书甚久，不为握管。偶于案间见中散绝交书，喜其懒与予同，乃为书此。

注： 此文并未载入《通志堂集》中。正文中前几行为纳兰性德节选并亲手书写的嵇康《与山巨源绝交书》来应答高士奇的请求，其后则为纳兰性德为此文所写的"书后"，虽然只有寥寥数语，但从中仍可看见浓浓衷曲。

高士奇，字澹人，号江村、全祖。清朝史学家。官至詹府少詹事，为清圣祖康熙帝所崇信。后因结党营私被弹劾，解职归乡。他与纳兰性德是字交，颇有才华。

嵇康，字叔夜，三国著名思想家、音乐家、文学家。他的《与山巨源绝交书》是历史上第一篇真正体现文人独立性格的讽喻作品。

拟《御制大德景福颂贺表》

康熙十六年月日臣等恭遇皇上御制《大德景福颂》，恭祝太皇太后万寿。臣等谨奉表称贺者：伏以瑶池高宴，白云飞长乐之宫；骞树清歌，玉霞映濯龙之殿。青瞳白发，下金母于西池；琼佩仙琚，联婺光于南极。集九重之庆，君子惟祺；进万年之觞，天颜有喜。窃惟大电绕斗，统辟寿丘；瑶光贯虹，庆流华渚。吞神珠而诞禹，晕璧月而生汤。仰圣哲之降祥，实隆慈之载育。他若汉皇提三尺剑，瑞启昭灵；唐宗成一统功，美钟神武。各本让善于天之义，以展事亲如帝之思。然上和熹圣德之颂，著述徒出史官；尊文明崇化之宫，徽号空加文母。未有兼禄位寿名之德，致显扬祝嘏之休，焕彩兰宫，增华桂殿，如今日者也。陛下仁孝性成，尊养备至。两宫定省，奉太任太姒之欢；一德趋承，竭文子文孙之力。

钦惟太皇太后福懋三朝，恩昭九有。诚周方甸，非止崇曳练之风；机协圆灵，不仅恃观图之识。诒谋恭俭，上掩汉京；缔造艰难，争光邠室。犹念非景福咸备，曷瞻四海之母仪；惟大德在躬，斯表九重之福禄。维时当阳春布泽之辰，正宝媪腾辉之日。玉舆随侍，翟服齐班。八千岁为春秋，孰比大椿之遐算；三千年一花实，谁似蟠桃之植根。亲制《卿云》《晨露》之词，恭上南山万寿之颂。奏《霓裳》于大内，如聆侍女之笙；庆长宁之永年，应送上元之酒。乌飞可祝，引彼虎贲之弓；鸽放未央，纪以金笼之数。岂止奚斯颂鲁，燕喜来寿母之诗；文考歌风，思媚及周姜之妇。臣等《内则》粗窥，阴教未谙。学惭博物，讵进张华女史之箴；才谢天人，敢效陈思姜嫄之颂。伏愿道洽彤庭，范垂椒寝。启贤启圣，龙栋盘于亿龄；母地母天，燕玺宝于百世。法宋家圣后，号尧舜于女中；追汉代贤妃，习经典为博士。不须泰山进长生之枕，授术神仙；新垣刻延寿之杯，讵休人主矣。

注：康熙十六年（丁巳）四月二十五日（一六七七年五月二十六日）为太皇太后的寿辰，圣祖康熙帝制《大德景福颂》，书锦屏，进献给太皇太后。纳兰性德撰此《拟御制大德景福颂贺表》以贺。也有学者怀疑此文乃为代明

珠拟。

赋论

诗有六义，赋居其一。记曰：登高能赋，可为大夫。诗一变而为骚，骚一变而为赋。屈原作赋二十五篇，其原皆出于《诗》。故《离骚》名经，以其所出之本同也。于时景差、唐勒、宋玉之徒相继而作。而原之同时大儒荀卿亦始著赋五篇。原激乎忠爱，故其辞缠绵而悱恻；卿纯乎道德，故其辞简洁而朴茂。要之，皆以羽翼乎经，而与三百篇相为表里者也。

汉之兴也，名儒则有董仲舒、贾谊、儿宽、司马迁、萧望之、扬雄、刘向、刘歆父子；东京则有班固、崔骃、崔寔、张衡、蔡邕之徒，多者至数十篇，少者亦数篇。而其最著者曰司马相如。相如之词虽称侈丽闳衍，失讽谕之义。然考之佚传，相如尝受经于胡安，蜀人多传其业，其功至与文翁等。故曰："文翁倡其教，相如为之师"《地里志》语。后世以俳优目相如之词者非也。班固书称枚皋善为赋，特以皋不通经术，为赋颂，好嫚戏，以故得黷贵幸，仅比东方朔、郭舍人，而皋亦自言为赋不如相如。由此观之，则知相如之赋之所以独工于千古者，以其能本于经术故也。其言曰："赋家之心包括宇宙，总览人物，斯乃得之于内，不可得而传。"推相如之意，盖真有所谓不可传者哉！其可传者侈丽闳衍之词，而不可传者其赋之心也。若能原本经术，以上溯其所为不传之赋之心，则所可传者出矣。

经术之要莫过于三百篇，以三百篇为赋者，屈原、荀卿而下至于相如之徒是也；以三百篇为诗者，苏、李而下至于晋、魏、六朝、三唐以及于今之作者皆是也。《艺文志》曰："自孝武立乐府而采歌谣，于是有代、赵之讴，秦、楚之风，皆感于哀乐，缘事而发，亦可以观风俗，知厚薄云。"则乐府者，又赋之变也。诗变而为骚，骚变而为赋，赋变而乐府，乐府之流漫浸淫而为词曲，而其变穷矣。穷则必复之于经。故能以六经持万世文章之变，即诗赋一道犹可以见贤人君子之用心。若遂薄之为雕虫末技，吾未见扬雄之《法言》《太玄》，谓可直驾《离骚》而上之。天下万世可无《法言》《太玄》，决不可无《离骚》；《法言》《太玄》或有时可泯没，《离骚》决不可泯没也。愚按赋之心本一原，而其体制递换，亦可缕数：骚，一也；两京之浑融博奥，一也；黄初以还及乎晋、宋之初，潘、陆、孙、许以隽雅为宗；南北朝以降，颜、鲍、三谢以繁丽为主；萧氏之君臣，争工月露；徐、庾之排调，竞美宫奁；至唐例用试士，而骈四俪六之习，风雅之道，于斯尽丧。中世杜牧之辈始推陈出新，更为奇肆，实以开宋人潓漫无纪极之风，而赋之体又穷矣。本赋之心，正赋之体，吾谓非尽出于三百篇不可也。

注：文中提到的《地里志》为《汉书·地理志》，《艺文志》为《汉书·艺文志》。《法言》《太玄》二书皆由西汉扬雄所著。《法言》一书旨在捍卫和宣扬儒家的仁义道德思想；而《太玄》一书则是以儒家思想为出发点，阐发了作者

的哲学思想。

原诗

　　世道江河，动成积习。风雅之道，而有高髻广额之忧。十年前之诗人，皆唐之诗人也，必嗤点夫宋。近年来之诗人，皆宋之诗人也，必嗤点夫唐。万户同声，千车一辙。其始亦因一二聪明才智之士深恶积习，欲辟新机，意见孤行，排众独出，而一时附和之家，吠声四起。善者为新丰之鸡犬，不善者为鲍老之衣冠。向之意见孤行，排众独出者，又成积习矣。盖俗学无基，迎风欲仆，随踵而立，故其于诗也，如矮子观场，随人喜怒，而不知自有之面目，宁，不悲哉！

　　有客问诗于予者曰："学唐优乎？学宋优乎？"予曰："子无问唐也，宋也，

亦问子之诗安在耳？《书》曰：'诗言志'虞挚曰：'诗发乎情，止乎礼义。'此为诗之本也。未闻有临摹仿效之习也。古诗称陶、谢，而陶自有陶之诗，谢自有谢之诗。唐诗称李、杜，而李白有李之诗，杜自有杜之诗。人必有好奇缒险、伐山通道之事，而后有谢诗。人必有北窗高卧，不肯折腰乡里小儿之意，而后有陶诗。人必有流离道路，每饭不忘君之心，而后有杜诗。人必有放浪江湖，骑鲸捉月之气，而后有李诗。近时龙眠钱饮光以能诗称。有人誉其诗为剑南，饮光怒；复誉之为香山，饮光愈怒；人知其意不慊，竟誉之为浣花，饮光更大怒，曰：'我自为钱饮光之诗耳，何浣花为！'此虽狂言，然不可谓不知诗之理也。"客曰："然则诗可无师承乎？"曰："何可无也！杜老不云乎：'别裁伪体亲风雅，转益多师是汝师。'凡骚、雅以来，皆汝师也。今之为唐为宋者皆伪体也，能别裁之，而勿为所误，则师承得矣。"作诗原。

注：此文体现了纳兰性德诗论的最主要的核心思想，即诗要有自家的面目。

原书

予笃好书，每谓书有天分，而非尽关乎仿效；书有兴会，而不必出乎矜持。《传》云："人心不同，有如其面。"桓温欲似刘琨，而琨婢以为甚似而非。予谓惟书亦然。聚千百能书之人于此，其笔迹无一同。聚千百不能书之人于此，其笔迹亦无一同。使必出于同，则千古书法止一右军足矣。即如右军学卫夫人，而究之卫自卫，王自王，临《兰亭》者亦各自见笔意也。若铢而较，寸而合，岂复有真面目耶？王绍宗曰："我书每精心空思，率意而成。闻虞世南不临摹，但被中画肚，我亦如之。"坡公云："我书意造，本无法。"盖古人绝技必有神明所寓，兴会所触，动与天随而不自知。

予每当笔砚精良时，或无意中有得意之笔，否则不但掣肘迫书，即稍一勉强，而愈作愈不佳。程子所云："作字须敬。"此亦儒者持心语，而书法岂关此哉！古之能书者或观剑器，或听江声，或见蛇斗，此岂有书之事哉！然而会心有在矣。予尝谓熟读蒙庄即可悟作书之理。悠悠千古，解吾语者谁也？予恐书家之涉仿效矜持者有鹦哥娇、秦吉了之诮，故作书原。

注："鹦哥娇"为鹦鹉的俗称，宋代苏轼《仇池笔记·李十八草书》有云："刘十五论李十八草书，谓之鹦哥娇。"比喻书艺犹鹦鹉之学人语仅能数句。尚未成熟。秦吉了，鸟名，又称吉了、了哥、八哥，能说人语。

忠孝二箴

有序

　　窃惟含齿戴发之伦，罔不知有君亲。而生成高厚，在某更有不同者。肉食锦衣，朱轮华毂，出自襁褓，至于弱壮，承恩席宠，溢分逾涯。而悠悠岁月，'罔知报称，朝夜兴思，怵惕靡安。夫苍穹之高，非虫豸所能感；春晖之煦，非寸草所能答。然而犬马之诚，乌鸟之私，有不能自已者。敬赋二箴，书之座右，庶几出入观览云。

　　济济群工，盈盈朝列，独臣卑微，瞻天近日，缀衣趣马，俾之供职。长杨五柞，豹尾龙脊，晷刻无离，时呼在侧。尔发尔肤，咸帝之德。尔食尔衣，咸帝之泽。恩之渥矣，真同罔极。葵思倾阳，马思竭力。曾是有知，不共朝夕。胝踵可捐，敬勤无忒。

右忠箴

　　高门悬薄，孰不有亲？藐予小子，独异等伦。有怙有恃，玉叶金茎。鞠我育我，早被华缨。程母画荻，韦相传经。延师就塾，望尔有成。箕裘之业，庶几克承。婉兮娈兮，突弁如星。有玉勿琢，恐坠家声。先师垂训，显亲扬名。敢不黾勉，无忝所生。

右孝箴

　　注：此文应是纳兰性德于康熙十五年（一六七六年）三月中进士后所作。与他其他的作品相比较，这篇文章流露出的情感明显的有某些"违心"的地方，想必在当时的处境下，纳兰性德自有他的苦衷。

　　纳兰性德虽从小便受忠孝的礼教熏陶，但思想开明、抱负远大的他却屈为

一个朝廷侍卫，且他的父亲结党营私、收受贿赂，这些使得性德对内心深处的
忠孝观念产生怀疑。

《易》九六爻大衍数辨

《易》，言理也。而数有不通，则无以明理。何先儒亦似有昧于数以昧于理
者乎？他不具论，即如每卦六爻，必分冠之曰九曰六。先儒曰："九为老阳，六
为老阴，君子欲抑阴而扶阳，故阳用极数，阴用中数。"是说也，予窃疑之。

夫阴阳天道，岂徒用数而能抑之扶之哉？尝深思而得之曰：此无他，天地之正数不过一二三四五之正数，至六七八九十之成数则各有所配，非正数矣。作《易》者每用正数。故孔子曰："参天两地而倚数。"其参天，不过一也，三也，五也，而一与三与五非九乎？其两地，不过二也，四也，而二与四非六乎？此九六为天地正数，故可分冠于各爻。若日扶阳抑阴，于分爻之义无取，其昧于数者一也。又如大衍之数五十，其用四十有九。先儒曰："数所赖者五十。"又曰："非数而数以之成。"是说也，予尤疑之，夫数贵一定，而曰所赖五十，非数而数，不大诞缪哉？

尝深思而断之曰：此脱文也。天一，地二，天三，地四，天五，地六，天七，地八，天九，地十，数正五十有五。故乾坤之策始终此数。《系辞》明曰："天数二十有五，地数三十。"五十有五，岂不显然？而何独于此减其五数，以另为起例哉？至于所用之数，或曰："除六虚言之。"引揲蓍为证，亦非也。盖数始于一，终于五。天道每秘其始终，以神其消长。故虚一与五，以退藏于密，则其用四十有九而已。此后世遁甲之术所由出也。若曰除六虚，于始终之义未明，其昧于数者二也。虽然，亦谓其理当如是耳。有不信者，试为焚香静坐以深探之。

《诗》名物驺虞辨

身为大儒，则毋务为新奇之论。如《诗》驺虞之为仁兽，其说旧矣。独贾谊《新书》本《韩诗》章句，谓驺为文王之囿名，虞乃司兽之官。后儒竟无有从之者。欧阳文忠学博才鸿，常力诋先儒穿凿附会之非，其立论不波，固粹然大儒也。乃独于《新书》有取焉，谓毛、郑未出之前，说者不闻以驺虞为兽，汉人侈称祥瑞，亦无有以为言，不知其何物也，于是直断以无此义。噫，误矣！

　　按《山海经》云："林氏国有珍兽，大若虎，五彩毕具，名曰驺牙。"即《诗》所谓驺虞也。太公《六韬》、淮南《鸿烈》皆云散宜生曾得驺虞以献纣。相如《封禅书》曰："囿驺虞之珍禽，徼麋鹿之怪兽。"又一见于《瑞应图》，一见于《王会图》，皆是物也。张平子《东京赋》则曰："圉林氏之驺虞。"何平叔《景福殿赋》则曰："驺虞承兽，素质仁形。"晋安帝时，新野有驺虞见。又罗愿《尔雅翼》以为似马。王伯厚以为驺吾、驺牙、驺虞一物也。然则确证甚多，安得谓无是物乎？其他纵不可信，而太公在毛、郑之前，淮南、相如、《山海经》与毛同时，比郑为先，尚亦不足信乎？乃知毛、郑之说不为无据，而欧公此论特未之详考耳。吁！是诗词旨与序义相合，较更明白，似无待辨。而吾独惜文忠大儒乃有此误也，或亦其好新奇之过与？

元旦帖子

　　黍谷阳回，葭灰气动。车迎三素，斗转七星。晓莺传第一新声，早识上林树色；江鲤破于层冻浪，遥连太液波光。句芒始届东郊，青帝旋居左个。销沉寒漏，胥归爆竹声中；绽泄春光，先到梅花影里。于时青袍朝士，金谷名流，并簇辛盘，争烧甲煎。举尊前柏叶，夸盛事于年年；传胜里金花，览物华于处处。达夫常侍，怀故乡客鬓之篇；摩诘词臣，赋元旦早朝之什。莫不惊心岁腊，属望书云。至于鸟卜年丰，蚕烧岁稔；燕裁双尾，鸡画重睛；当门并贴桃符，委巷竞称椒颂。尔乃对景物之更新，伤华年之易逝；醉屠苏而耳热，拨商陆而心寒。噫嘻！庭除拥篲，漫陈崔寔之书；旃厦横经，空梦戴凭之席。倘化工假我以岁月，花鸟助我以文章，庶几日丽嘤鸣，即待寸珠之照；当此冰开鱼曝，可无尺素之移。

端午帖子

　　节自天中，时当夏仲。五花施帐，争歌长命之词；重碧盈尊，叠和延年之颂。钗名玉燕，两两斜飞；臂绕朱丝，双双并结。捕鸱枭而作供，惜鸲鹆之能言。草是宜男，共斗五时之胜；镜呼天子，相传百炼之金。团扇鲛绡，画凤文而绕户；赤符神印，穿金镂以垂门。采术浴兰，俗传万井；觡蒲簪艾，胜极千秋。水跃丹鱼，广泽鼓青龙之舰；风高黄雀，灵飙迥彩鹢之帆。哭曹女于婆娑，吊屈平于湘汉。既望古而增慨，遂即事以兴怀。于是接景光，睹云物，可以处台榭而居高，相与升山陵而眺远。翩跹羽扇，把清飔以俱来；缥缈仙舟，泛绿波而竟去。我之怀矣，眷言念之。嗟乎！胜事常存，良辰难再。孟尝不作，空余木梗之悲；胡广既生，乃有葫芦之弃。回思往昔之陈陈，勿使今兹之寂寂。情有同乎？乐可知矣！

书《昌谷集》后

　　尝读吕汲公《杜诗年谱》，少陵诗首见于"冬日雒城谒老子庙"。时为开元辛巳，杜年已三十，盖晚成者也。李长吉未及三十已应玉楼之召，若比少陵，则毕生无一诗矣。然破锦囊中，石破天惊，卒与少陵同寿千百年。大名之垂，彭殇一也。优昙之华，刹那一现；灵椿之树，八千岁为春秋，岂计修短哉！

题米元章《方圆庵碑》

探河源者于星宿，寻地脉者于昆仑。书家之有钟、王，诗家之有李、杜，其昆仑、星宿也。书至南宫，而书之能事毕矣，然南宫书从钟、王来。诗至东坡，而诗之能事毕矣，然东坡诗从李、杜出。山谷云："老杜之诗，昌黎之文，无一字无来历处。"书犹是矣。见近时学苏诗米字者，不知其来历而径学苏、米，且并不见苏、米而学。夫学苏、米者之点画与唇吻，每况愈下，久而弥失其真。吁！可慨也！近有人自龙井得米元章《方圆庵碑》初揭示予。其笔法瘦劲，全学《圣教序》，与俗所摹痴肥一种迥异。学米者见之，当知老颠来历，必不专专为天马赋伎俩矣。

注：宋代大书法家米芾（一〇五一年至一一〇七年），字元章，号襄阳漫士、海岳外史。祖籍山西，后迁居襄阳，世人又称他为"米襄阳"。传说他个性怪异，爱穿唐装，嗜洁成癖，遇石称"兄"，膜拜不已，因而人又称其为"米颠"。《圣教序》即唐代储遂良所写的《大唐三藏圣教序》。

题董文敏《秋林书屋图》

世之目文敏者动于巨然、北苑内求之，非是辄云伪。此如画竹林诸贤，必写其沉湎潦倒、科头祖胸之状，而不知山公启事，叔夜挥弦，彼自有正笏端绅，目送飞鸿时也。此卷红树绿莎，朱阑石砌，颇极雅丽，是文敏少年得意之笔，以为赝者乃见橐驼谓马肿背也。识者辨之。

注：董其昌（一五五五年至一六三六年），字玄宰，号思白、香光居士。明代书画家。华亭（今上海松江）人，祖籍山东莱阳。直至其三十四岁之时，即万历十七年方中进士，授翰林院编修，后官至南京礼部尚书，卒后谥文敏。

题文与可《墨竹》

读东坡《筼筜谷记》，便如有兔跐蛇腹之干凌霄汉而出，以为与可之竹在是也。观与可之竹，亦如见掀髯扪腹、兔起鹘落之笔，拂拂在丛筱间。两者俱有神遇，知笔墨外，别有事在矣。京师苦无竹，得此幅挂壁，恍身在潇湘淇澳

间也。王子猷曰："何可一日无此君。"知言哉！

注：文仝（一〇一八年至一〇七九年），字与可，宋代梓州永泰人。善长画墨竹，曾任陵州、湖州等知州或知县。云"画竹必先胸有成竹，不能节节叶叶为之"。有《墨竹图》传世。

募建普同塔引

盖闻惠必旁敷，史著泽枯之德；慈当下逮，礼垂掩骼之文。烟横古冢，骚人以此徘徊；月隐北邙，词客缘斯愀怆。讵必过桥公之墓，始解回车；奚须上董相之坟，方图渍酒。蛇犹思报，愿酬魏颗于他年；蚁尚衔恩，敢让宋郊于异日。因尘不谬，果报非虚。旧有普同塔者，屡经缔构，多历岁年。敛万骨以同埋，聚千骸而并坎。人天共鉴，庶免荒榛蔓草之悲；魂魄咸依，可无怪雨盲风之恨。然而，运逢历劫，积蜕何多！

　　人比恒沙，陈根不少。叹瓶罍之已满，舍此安之？嗟泉壤以难容，逝将不免。纵使付咸阳之烈焰，灰烬堪怜；假令投白马之洪流，漂浮足惜。爰有沙门，弘斯善愿。拟买松楸之隙地，充彼牛眠；欲求虞芮之闲田，封兹马鬣。然而，画饼奚裨，望梅曷补。定藉檀施之乐助，共成震旦之良因。不揣刍荛，为之乘韦。嗟乎！丹丘不到，人间少换骨之方；绿字无名，海上乏返魂之术。嬴政之鲍鱼空载，园寝同归；茂陵之鹤驾终荒，辒辌共尽。茫茫绝壑，难禁幽独之宵啼；窅窅穷尘，忍听黎丘之夜哭。但获少施涓滴，千秋郁原氏之阡；第令共损锱铢，万鬼安滕公之室。敢邀花雨，仰庇慈云。

　　注：有学者说纳兰性德的老师徐乾学对于僧人扩建普同塔一事曾给予支持，而此文并未说到，可能是由于此文写在扩建普同塔之前的原因。虽然对于徐乾学与扩建普同塔一事的关系还尚待考证，但如何对徐乾学其人做出比较客观而

全面的评价则是个值得探讨的话题。

世人对徐乾学这个人物一直颇有争议。纵观其一生，他确实做过一些好事，但也不是什么道德高尚之士，对于有关他的一些"负面评价"不应笼统地认为是"诋毁""颠倒黑白"等等，而有待研究者实事求是地加以分析考证。

渌水亭宴集诗序

清川华薄，恒寄兴于名流；彩笔瑶笺，每留情于胜赏。是以庄周旷达，多濠濮之寓言；宋玉风流，游江湘而托讽。《文选》楼中揽秀，无非鲍、谢珠玑；孝王园内搴芳，悉属邹、枚黼黻。予家象近魁三，天临尺五。墙依绣堞，云影周遭；门俯银塘，烟波滉漾。蛟潭雾尽，晴分太液池光；鹤渚秋清，翠写景山峰色。云兴霞蔚，芙蓉映碧叶田田；雁宿凫栖，杭稻动香风冉冉。设有乘槎使至，还同河汉之皋；倘闻鼓枻歌来，便是沧浪之澳。

若使坐对亭前渌水，俱生泛宅之思；闲观槛外清涟，自动浮家之想。何况仆本恨人，我心匪石者乎？间尝纵览芸编，每叹石家庭树，不见珊瑚；赵氏楼台，难寻玟瑰。又疑此地田栽白璧，何以人称击筑之乡？台起黄金，奚为尽说悲歌之地？偶听玉泉呜咽，非无旧日之声；时看妆阁凄凉，不似当年之色。此浮生若梦，昔贤于以兴怀；胜地不常，曩哲因而增感。王将军兰亭修禊，悲陈迹于俯仰，今古同情；李供奉琼筵坐花，慨过客之光阴，后先一辙。但逢有酒，开尊何须北海；偶遇良辰，雅集即是西园矣。且今日芝兰满座，客尽凌云；竹叶飞觞，才皆梦雨。当为刻烛，请各赋诗。宁拘五字七言，不论长篇短制。无取铺张学海，所期抒写性情云尔。

注：太液池在京师西苑内，是如今的北海、中海、南海的统称。而关于渌

水亭的所在地，各家则颇有争议。或云在京城什刹海畔。或云在西郊玉泉山下，亦或云在其封地皂甲屯玉河之浜，总之，该亭依水而建，是纳兰性德与朋友们的雅聚之所。此文的写作年代应为康熙十八年（一六七九年）初秋之时。

《名家绝句钞》序

夫圜流千顷，鸡犀划而中分；灵岳三成，缑翮开而独擘。吴淞之水，并剪双裁；昆岫之瑶，昆刀缕切。只袜溅杨家之泪，自尔温磨；半鬟窥徐后之妆，居然掠削。团圝三五，乍看新月宜人；烂熳千行，时或残英照眼。靡不宝文鼯之单翼，珍赤鲤之片鳞。物既有之，并以偏隅擅胜，文亦宜尔，自应断句专长也。然则《阳春》《渌水》，缔构差同；《子夜》《前溪》，体裁相类。较之《易水》两言之制，《大风》三叠之章，机上盘中，迴旋隐互；焦卿秦女，飒沓纵横。似犹凫鹤之异短长，不啻马牛之殊逆顺。而乃同收乐府，狎处词坛。泾渭可以不分，涪汉于焉相混。盖古人言以足志，声律不以为程；情见乎辞，字句非其所限。流泉呜咽，行止随时；天籁噫嘘，洪纤应节。无律体之可称，何绝句之能准乎？

自夫沈宋连镳，斫雕破朴；高岑继轨，毁瓦为方。则有沉香倾妃子之杯，画壁下女伶之拜。仲初新体，并咏宫中；少伯悲吟，都由塞上。柘枝蛮舞，鼓腰魂断流官；杨柳妍词，笏面神飞节使。恼鄜州之从事，何物红儿；悲蜀国之夫人，当年白帝。固不独义山咏史，讽托情深；抑岂惟杜牧闲愁，风流调逸。迩来作者，代不乏人。始则蒐洪公，继复校雠于赵氏。观斯止矣，可略言焉。独有明起元宋之衰，昭代际唐虞之盛。洪河岱岳，既颒洞而惊神；拳石偃松，亦留连而动目。短章片什，可喜可观。至乃鹤裘客妇，裂长笛于五湖；乌犍伴狂，垫角巾于三泖。四杰之争芳兰蕙，月死珠伤；七子之互有薰犹，水清石见。谢山人邺下琵琶，徐博士扬州烟月。昆仑兀臬，不减白襄青笠之游；蒙叟幽忧，可怜红豆碧梧之句。尧峰山麓，踏歌旧有汪伦；历下亭隅，觞咏夙推王令。并可以发挥《雅》《颂》，领袖《风》《骚》。迷谷之华，四照炜炜欲浮；版桐之圃，九层峣峣直上。顾以简编杂沓，载重牛腰；后学模糊，情惊鼠吓。于是杜陵蒋诩宣虎，扫径余闲；吴郡顾荣茂伦，挥扇多暇。适逢吴札乍返延州汉槎，遂相与研露晨书，然糠暝写。撷两朝之芳润，掇数氏之菁英。凡若干篇，都为一集。

按新词于菊部，磊磊敲珠；奏丽曲于芍阑，声声戛玉。若彼文犀翠羽，拣自金盘；因而合组纂綦，织成璇锦。藏之秘帐，顿令更得异书；悬彼国门，定是难增一字。某技愧雕虫，识惭窥豹。入贾胡之肆，目炫琳琅；游广乐之庭，梦迷阊阖。惊看妙选，悬冰鉴而呈形；快睹雅裁，衔烛阴而照夜。自此南山望雪，何妨意尽终篇；抑令东海熬波，不惮应声成韵。循环在手，似获灵珠；吟讽忘疲，如探束锦。爰题简首，载以芜词。拟玄晏先生之笔，非所敢居；诵昭

明太子之编，实缘多幸尔。

　　注：后人有认为《名家绝句钞》是由蒋诩、顾荣、吴兆骞（汉槎）和纳兰性德四人编选，实为有误。纳兰性德只是应其请作序，并非编者。此书现在已失传。

万年一统颂

有序

　　恭惟皇帝陛下神凝得一，学懋通三，建八柱于天枢，张四维于地络，固已德隆宙始，功焕乾金者矣。至如敬天深钦若之心，法祖大配京之烈。龙骧奋武，绍智勇于商汤；虎观雠经，接心源于羲《易》。圣孝之侍膳，问安无间；皇慈之训储，毓德尤勤。莫非万善咸该，一中独运，故能万邦和协，而四海永清者也。犹恐精一危微，史册有难详之粹美；圣神文武，廷臣多未悉之载飏。臣日侍螭坳，亲依黼座，游街衢而鼓腹，比葵藿以倾心。白鸟栖周围之中，饮和既久；青冀托尧阶之上，沾泽惟多。扈从之余，见闻无非至理；趋锵之下，纪述已积名言。敢为击壤之歌，用伸天保之祝。识同萤爝，宁有见于曦舒；才极涓埃，曾何加于海岳。第枥马恋主，自知盈缶之诚；而梧凤鸣时，聊卜过历之瑞云尔。颂曰：

巍巍惟天，穆穆惟皇。帝力何有？有此万方。有风有雨，有日月光。休兹皞皞，澹然以忘。万年一统，世跻羲黄。天祚有清，万方颂圣。譬彼观天，在衡齐政；譬彼测海，蠡智私逞。康衢之谣，辎轩无靳，臣师其意，对扬休命。天眷在帝，帝益虔虔。陶匏藁秸，匪直郊坛。亦临亦保，举念皆天。怀柔百神，爰及竺乾。面稽昭格，灵贶殷阗。猗与那与，世有浚哲。绍庭上下，无竞维烈。开创守成，同涂合辙。万物作睹，缵承不辍。昭克配功，万世是揭。念典于学，逊志时敏。乐此不疲，广览博引。理学洙泗，异端无踪。勤若儒生，五夜功准。况天纵资，一览而尽。问夜辨色，寒暑视朝。天颜龙表，云日则尧。委裘垂莪，政简科条。惟廉与法，以肃百僚。

无汉杂霸，迈周诵钊。勤政之后，孝奉两宫，问安侍膳，尊养必躬。天子而孝，其德弥弘。而又斋邀，以时谒陵。六飞屡驾，感慕遗弓。重兹国本，元良庆衍。毓德少阳，承华乃践。慎简名臣，谕道以善。鲍鱼必除，邪蒿弗荐。礼乐诗书，圣训不倦。鲸鲵横海，猰貐载涂。不思报德，恣其啸呼。爰飞金矢，张我天弧。皇威所暨，拉朽摧枯。山无伏莽，海不扬波。加以文治，临雍讲学。璧水环桥，陈经扬推。绝域从师，虎贲磨琢。四海弦歌，九州礼乐。一道同风，群归祓濯。忧劳万姓，罔或宴安。翠华所至，亲问闾阎。民依轸念，知悉艰难。撙节爱养，财货无殚。九年之蓄，式是周官。于铄放勋，昭兹万世。声教四敷，下蟠上际。民时雍哉，尧曰治未。小臣何幸，亦是悠憩。沐泽沾渥，臣节自励。

何以事君？曰忠与爱。暨清慎勤，以效感戴。踊跃欢欣，颂其梗概。帝德如天，治隆三代。寿祚悠长，万有千载。

注：观此文意，此文的写作时间应在康熙二十年年底平定三藩之乱和二十二年七月平台湾以后，其时国家版图刚刚统一不久。系康熙二十二年的下半年或更晚些时候。

祭吴汉槎文

呜呼！我与子昔爱居爱处，谁料倏忽死生异路！自我别子，子病虽遽，款款话言，历历衷素。初谓奄旬，尚可聚首，俄然物化，杨生左肘。青溪落月，台城衰柳。哀讣惊闻，未知是否。畴昔之夜，元冕垂缨，呼我永别，号痛就醒。

非子也耶？仿佛精灵。我归不闻，子笑语声。子信死矣！传言是矣！帷堂而哭，寡妻弱子；七十之母，远在故里。返輀何日？倚闾何俟？嗟嗟苍天，何厚其才，而啬其遇，亦孔艰哉！弱龄克赋，左马右枚；未题雁塔，先泣龙堆。中郎朔方，亭伯辽海，萧萧寒吹，荒荒破垒。

　　子穷过此，二十四载。凌云欲奏，狗监安在？自我昔年，邂逅梁溪，子有死友，非此而谁！《金缕》一章，声与泣随，我誓返子，实由此词。皇恩荡荡，磅礴无垠，皂帽归来，呜咽沾巾。我喜得子，如骖之靳，花间草堂，月夕霜辰。未几思母，翩然南棹，凭舻发咏，临流垂钓。舟还巨壑，鹤归华表，朋旧全非，容颜乍老。中得子讯，卧疴累月，数寄尺书，趣子遄发。授馆甫尔，遂苦下泄，两月之间，便成永诀。自古才人，易夭而贫，黄金突兀，白玉嶙峋。以彼一日，易我千春，知子不愿，卓哉斯文。子志未竟，子劳已息。有子与女，块然苫席。言念交期，慰尔营魄，灵兮鉴之，无嗟远客。尚飨！

　　注：吴汉槎，名兆骞，字汉槎，江苏吴江人，为纳兰性德之好友。顺治十四年中举人，后因科场案被流放宁古塔。康熙二十三年十月在北京去世，当时

纳兰性德正在随扈南巡，十一月初在江宁闻此噩耗，书写此文遥寄哀思。

曹司空手植楝树记

《诗》三百篇，凡贤人君子之寄托，以及野夫游女之讴吟，往往流连景物，遇一草一木之细，辄低迥太息而不忍置，非尽若召伯之棠"美斯爱，爱斯传"也。又况一草一木，倘为先人之所手植，则眷言遗泽，攀枝执条，泫然流涕，其所图以爱之而传之者，当何如切至也乎！余友曹君子清，风流儒雅，彬彬乎兼文学政事之长，叩其渊源，盖得之庭训者居多。子清为余言：其先人司空公当日奉命督江宁织造，清操惠政，久著东南；于时尚方资黼黻之华，闾阎鲜杼轴之叹；衙斋萧寂，携子清兄弟以从，方佩觿佩韘之年，温经课业，靡间寒暑。

其书室外，司空亲栽楝树一株，今尚在无恙；当夫春葩未扬，秋实不落，冠剑廷立，俨如式凭。嗟乎！曾几何时，而昔日之树，已非拱把之树，昔日之人，已非童稚之人矣！语毕，子清愀然念其先人。余谓子清："此即司空之甘棠也。惟周之初，召伯与元公尚父并称，其后伯禽抗世子法，齐侯伋任虎贲，直宿卫，惟燕嗣不甚著。今我国家重世臣，异日者子清奉简书乘传而出，安知不建牙南服，踵武司空。则此一树也，先人之泽，于是乎延；后世之泽，又于是乎启矣。可无片言以志之？"因为赋长短句一阕。同赋者，锡山顾君梁汾。

注：此文没有载入《通志堂集》，是根据周汝昌先生的《红楼梦新证》补入的。文中所说的司空就是曹寅的父亲曹玺。曹寅，字子清，号荔轩，与纳兰性德为好友，曾邀人为其画《楝亭图》题咏。据考，此文似是纳兰性德为《楝

亭图》第一卷所题之文。此文的写作时间大约是在康熙二十三年十一月纳兰性德随扈到金陵之时或更晚一些时候。

渌水亭杂识

　　癸丑病起，披读经史，偶有管见，书之别简。或良朋莅止，传述异闻，客去辄录而藏焉。逾三四年遂成卷，曰《渌水亭杂识》，以备说家之浏览云尔。

一

　　燕山窦十郎故居，或云在城西，或云在昌平，或云在涿州，或云在蓟州。当时冯瀛王道赠诗有"灵椿一株老"之句，今北城有灵椿坊，疑是十郎旧里，此灵椿所以名坊也。

　　元时，海子岸有万春园，进士登第恩荣宴后，会同年于此。宋显夫诗所云："临水亭台似曲江"也。今失所在。元有甄氏访山亭，在城西，今莫详其处矣。

　　李长沙赐第在西长安门西，俗呼李阁老胡同是也。其别业在北安门北。集中《西涯十二咏》，程篁墩学士和之，有桔槔亭、杨柳湾、稻田、菜园、莲池，而响闸、钟鼓楼、慈恩寺、广福观皆在十二咏中，今其遗址不可问，当在越桥相近。盖响闸即越桥下闸，而钟鼓楼则园中可遥望尔。

　　红螺山大明寺碑，元昭文馆大学士、太史院使、领司天监事樊从义撰文，宣文阁监书博士兼经筵译文官王与书。称寺始于唐，金世宗大定间，召佛觉禅师于真定之弘济来住兹山。元仁宗时，诏云山禅师以荣禄大夫、大司空、佩一品银章主大圣安寺。内侍大司徒王伯顺以大明为圣安宗派，请太皇太后发帑五万为修寺之赀。至正中，云山从圣安归老于此，尽捐前后所赐金帛重修焉。盖沙门检校司空，在辽时已然，金元循之不改也。碑又云两红螺死，为双浮图瘗之寺中。今寺南一池曰红螺池，三面皆果园，花时游览颇胜。殿西有竹一亩。寺东南二里许为明怀宁侯孙武敏公墓，有两碑，一李贤撰，一彭时撰，中一碑刻谕祭文。

呼奴山白云观，有元大德八年集贤学士宋渤碑。

千佛寺建于明万历初，中有长沙杨守鲁、安阳乔应春二碑，皆镇阳林潮书。潮以鸿胪寺主簿直文华殿中书。应春碑称诸天、阿罗汉皆太监杨用所铸。刘同人《帝京景物略》（注：刘侗，字同人，号格庵，明代著名散文家。和于奕正合撰《帝京景物略》，于收集材料，他撰写文字。）乃谓为朝鲜国王所贡，当以碑为实也。

药王庙，天启中魏忠贤所建，落成时帝加奖谕，赐赏甚厚，当年必有丰碑，今无片石，盖为人所蹭矣。（注：此当指普济药王庙，位于今北京地安门西大街，建于明朝万历三年十月，民国十二年重修，属私建。现已无存。）

龙华寺明碑二：其一播阳释道深撰，广陵赵昂书，抚宁侯朱永篆额；其一金陵朱之蕃撰，高阳孙承宗篆额，永春李开藻书。文辞甚俚，不足观。

资福寺，明正统间僧圆升建。至嘉靖初，尚膳监太监马潮修之。中有山西按察司金事、督理宣府边储四明钱俊民碑，书之者礼部左侍郎任丘李时也。殿前梵塔上勒片石，有壬寅三月三日字，未知何时所建。明正德癸酉司礼监太监张雄建寺于宛平县香山乡畏吾村，赐额曰大慧，并护敕勒于碑。寺有大悲殿，重檐架之。中范铜为佛像，高五丈，土人遂呼为大佛寺。嘉靖中，太监麦某提督东厂，于其左增盖佑圣观。于是合寺、观计之，殿宇凡一百八十三楹，拓地四百二十一亩。盖是时世宗方信道士而厌缁流。内官惟恐寺刹之毁，故建道观于其旁。而寺后之山又有真武祠，藉此以存寺也。寺之始建，大学士茶陵李东阳为碑，工部尚书汤阴李燧书之，新宁伯谭祐篆额。其增置佑圣观也，大学士余姚李本撰文、礼部尚书高安吴山书之，成国公朱希忠篆额。其后万历壬辰重修，则太子太保、礼部尚书太仓王锡爵撰记。

功德寺有木球使者，其事近于怪。按宋·张世南《游宦纪闻》载：雪峰寺僧义存于唐懿宗咸通十一年开山创寺，乾符二年赐号真觉禅师。寺有木球，相传受真觉役使，呼仆延客，球皆自往来。嘉泰间寺灾，球忽滚入池中，得不坏。然则以木球为使，浮屠固有其术，盖有先版庵而役之者矣。

五台山僧侈言娑罗树灵异，至画图镂版。然如巴陵、淮阴、安西、伊洛、临安、白下、峨嵋山，在处有之。闻广州南海神庙四本特高，今京师卧佛寺二株亦有干霄之势。顾或著、或不著，草木亦有幸、不幸也。

怀柔城极坚整，西南在平地，东北则因山为之。其南瓮城可盘马。丽谯片石，记万历九年增修丈尺，末云并用纯灰铺底，灌抿全完，以垂永久。宜其历百年尚如新筑也。

钓鱼台在怀柔县西三里，山水殊胜。涧流至此广丈余，横板桥以渡，东南一望，渚烟村树，仿佛江乡。

琼华岛土取自塞外，《辍耕录》《西轩客谭》可稽也。石移自艮岳，明宣宗《广寒记》可证也。

西山有君子口，疑即《寰宇记》所云君子城，讹为箕子城者也。

驾到口在西山，其日驾到，不知何年事。

斋堂村在西山之北百余里，产画眉石处也。元豫章熊自得偕崇真张真人往居，撰《燕京志》。欧阳元功、张仲举皆有诗送之。元功诗云：“先生去隐斋堂村，境趣佳处如桃源。西出都门二百里，山之蛰屋水浩亹。一重一掩一聚落，一溪十渡深而浑。羊肠险径挂山腹，蜂房小屋粘云根。立当阨塞若关隘，视入衍沃同川原。市朝甚迩俗尘远，土产虽少人烟繁。鉏畬艺陆宜麦菽，树栅作圈收鸡豚。园蔬地美夏不燥，煤炭价贱冬常温。前年熊郎入卖药，施贫者药人感恩。熊君携笈今就子，绕舍木叶书缤翻。崇真真人又继往，况是偓佺之子孙。紫箫夜吹辽鹤至，林响谷应松风喧。登高东望直沽口，海日涌出黄金盆。应怜曼倩恋象阙，坐羡庞公归鹿门。”仲举诗云：“燕垂赵际中有村，正在西湖之上源。源头落花每流出，亦有浴凫时在亹。隐君葺茅据幽胜，仿佛小庄如陆浑。环之苍松数十树，拔出太古虚无根。攒峰叠壁何盘盘，地多硗碗少平原。先生生计虽苦薄，最喜静无人事繁。黄精本肥术苗脆，疆场有瓜牢有豚。吟诗作画百不理，一家笑语常春温。功名只遣世涂累，饱暖已荷皇天恩。近闻“京志”将脱稿，贯穿百氏手自翻。朱黄堆案墨满砚，钞写况有能书孙。云晴辄辱羽客去，谷熟方来山鸟喧。土床炕暖石窑炭，黍酒香注田家盆。要知精舍白鹿洞，不待公车金马门。”元之《大一统志》卷帙繁富，考证亦綦详矣，而自得复撰《燕京志》，仲举谓其贯穿百氏，必有出于《大一统志》之表者。惜乎其书之不传也！

"圣朝建都燕山，民物日富。八九十岁翁，敦茂庞硕，朝廷优之，徭役弗事。岁时得升殿上，上皇帝寿。百官衣朝服鞠躬以进，视班次惟谨，毋敢越尺寸。而诸耆老高帻博褐，从容暇豫，以齿后先。门者不敢谁何。视百官退乃陟峻陛，承清光。归而娱戏井陌，或骑或步，更过饮食，和气粹如。大驾出，则

庞眉黄发序勾陈环卫间。见者咸曰：'乐哉太平之民也'！"此元·王士熙《张进中墓表》。进中居京师，亦耆老之一也。进中字子正，善为笔。管以坚竹，毫以鼬鼠。淇上王仲谋，上党宋齐彦，吴兴赵子昂，皆与之游。以一笔工而数得持笔以入禁中。观元盛时尊养耆老之典，亦庶几上庠之风矣。

明初有玉鸽十二从南方来，飞集燕山，识者谓北平当王，盖兆燕山十二陵也。

都中遗老述万历间西山戒坛四月游女之盛，钿车不绝，茶棚酒肆相接于路，

至有挟妓入寺者。一无名子嘲以诗云："高下山头起佛龛，往来米汁杂鱼盐。不因说法坚持戒，那得观音处处参。"

项羽徙齐王田市为胶东王，徐广曰："都即墨。"又立齐将田都为齐王，都临淄。又立故秦所灭齐王建孙田安为济北王，都博阳，《正义》曰："在济北。"是为三齐。后田荣自立为齐王，并王三齐之地。《正义》"三齐记"云："右即墨，中临淄，左平陆，谓之三齐。"

句吴，按《史记》泰伯奔荆蛮，荆蛮义之，从而归者千余家，号曰句吴。《正义》引《世本》注云："泰伯始所居地名。"许慎《淮南子注》云："吴人语不正，言吴而加以'句'。"颜师古云："'句'，夷俗发声，亦犹'越'为'于越'。"《正义》又云："泰伯居梅里，在常州无锡县东南六十里。至十九世孙寿梦居之，号句吴。"《吴越春秋》："泰伯号句吴越，在城西北隅，名日故吴。"注："泰伯所都谓之吴城，在梅里平墟，今无锡县境。"其后楚封春申君黄歇为相，以吴故墟为都邑，即此也。

吴有数称。《汉书·项羽传》：举吴中兵，曰吴中。《汉书·灌婴传》：渡江破吴郡，长吴下。按吴县本平地，概言之犹言稷下、敖下云。见叶氏《过庭录》曰：吴下。今人多称平江为吴门。按李德裕文，指润州为吴之门户。又王充《论衡》云：孔子与颜渊上泰山，东望吴阊门外白马如练。充谓：人目所见不过十里，鲁去吴千有余里，使离朱望之终不能见。他书作吴门，而此云阊门者，误也。此吴门，即冀郭门也。冀与鲁为邻，非今阊门明矣。又见汉《五行志》洪州亦有吴门镇，曰吴门。又吴县有大吴乡，曰大吴。沈休文安陆王碑文："鸿骞旧吴。"李善注刘琨《劝进表》："奄有旧吴。"曰旧吴。梁简文帝《浮海石像铭》云："长处全吴。"今昆山有全吴乡，又长洲县上元乡全吴里是也。梁同光二年，升苏州为中吴军节度。吴越时称中吴府，亦曰东吴。

吴会，世多称平江为吴会，意谓吴为东南一都会也，自唐以来如此。今郡中有吴会亭，府治前有吴会坊，皆承其误。按"史""汉"等书所载，皆以吴会为吴越。汉《吴王濞传》："上患吴会轻悍。"此时未分会稽为吴郡，盖指吴，会稽之地耳。至吴郡既立之后，若曹子建诗云："行行至吴会，吴会非吾乡。"诸葛孔明论荆州形势云："东连吴会。"东汉《蔡邕传》云："寄命江海，远迹吴会。"谢承《后汉书·施延传》云："吴会未分。"吴·张纮谓："收兵吴会，则荆扬可一。"王羲之为会稽内史时，朝廷赋役繁重，吴会尤甚。石崇论伐吴之功曰："吴会僭逆。"则斥言孙氏。《庄子》"释文"："浙江今在余杭郡，后汉以为吴会分界，今在会稽钱塘。"以上皆指二浙之地。又按《吴·孙贲传》云："策已平吴、会二郡。"《朱桓传》云："使部伍吴、会二郡。"宋·褚伯玉，吴郡钱塘人，隐居剡山。齐太祖即位，手诏吴、会二郡，以礼迎遣。六朝亦有下吴、会两郡造船若干者。此类甚多，证据尤切。或谓为会稽二字可独称会乎？按宋元嘉时，以扬州、浙西属司隶校尉，而分浙东五郡，立会州，以隋王诞为刺史。晋、宋间亦以会稽为会土，故谢灵运有《会行吟》，此独称会之征也。

苏台，《青箱杂记》云："苏州有姑苏台，故谓苏台。相州有铜雀台，滑州有测景台，故亦称相台、滑台。"又见《古迹考》。

三楚，《史记·货殖传》："淮南为西楚。彭城以东，东海、吴、广陵为东楚。衡山、九江、江南、豫章、长沙为南楚。"孟康曰："旧名江陵为南楚，吴为东楚，彭城为西楚。"

水乡，陆士衡答张士然诗云："余固水乡士。"注："吴地也。"当时水势弥漫，流亦湍急，自后人筑堤立塘，村市错置，水稍平减，流渐宽缓。

三吴之说互有不同。《十道四蕃志》以吴郡、丹阳、吴兴为三吴。《通典》及《元和郡国图志》并同。又以义兴、吴郡、吴兴为三吴。《郡国志》同。郦道元注《水经》云：永建中，阳羡周嘉上书，以县远赴会至难，求得分置。遂以浙江西为吴，东为会稽，后分为三，号三吴，即吴兴、吴郡、会稽也。按《晋书》：咸和三年，苏峻反。吴兴太守虞潭，与庾冰、王舒等起义兵于三吴。

时冰为吴郡，舒为会稽，则是吴郡、吴兴、会稽为三吴矣。安帝隆安三年，孙恩陷会稽，刘牢之遣将桓宝率师救三吴。及陶回为吴兴太守时，大饥，谷贵，三吴尤甚。回开仓赈之，不待诏及，割府库军资以救乏绝，一境获全。诏会稽、吴郡依回赈恤。据此则与《水经》合矣。又《虞潭传》：苏峻反，潭为吴兴太守，诏加潭督三吴、晋陵、宣城、义兴五郡事。孝武帝宁康二年，太后诏曰：

"三吴奥壤，水旱并臻，宜时拯恤。三吴、义兴、晋陵及会稽遭水之县，全除一年租。"以此两事考之，则义兴固在三吴之外。而太后之诏，亦不在三吴之数，岂一时称谓，初无定说，抑史传各有详简差互耶？或云虞潭所督三吴、晋陵、宣城、义兴计六郡，而称五郡，潭自为吴兴，增督五郡，盖丹阳其一也。桓宝救三吴者，以孙恩既陷会稽，遂逼吴中，故云。今当以《十道四蕃志》及《郡国志》别说为正。

陆广微《吴地记》，以金陵为中吴，鄂州为南吴，武昌为下吴，即三吴也。《地理指掌图》："三吴，今苏、润、湖州。"亦据吴、丹阳、吴兴三郡而言也。

虎丘山，在吴县西北九里，唐避讳曰武丘。先名海涌山。高一百三十尺，周二百十丈。山在郡城西北五里，《吴地记》云去吴县西九里二百步。遥望平田中一小丘，比入山，则泉石奇诡，应接不暇。《吴越春秋》："阖闾葬此三日，金精为白虎，踞其上，因名虎丘。"《郡县志》云："秦皇凿山以求珍异，孙权穿之亦无所得，其凿处遂成深涧。今剑池，两压划开，中涵石泉，深不可测，为吴中绝景。王元之、张敬夫皆有铭。"晋·王珣《虎丘铭》曰："虎丘先名海涌山。山大势，四面周迴，岭南则是山径，两面壁立，交林上合，蹊路下通，升降窈窕，亦不卒至。"王僧虔《吴地记》云："虎丘山绝岩耸壑，茂林深篁，为江左丘壑之表。吴兴太守褚渊昔尝述职，路经吴境，淹留数日，登览不足，乃叹曰：'今之所称多过其实，今睹虎丘逾于所闻。'斯言得之矣。"顾野王《虎丘山序》云："高不抗云，深无藏影。卑非培塿，浅异棘林。路若绝而复通，石将断而更缀。抑巨麓之名山，信大吴之胜壤也。"御史中丞沈初明等游山赋诗，并书屋壁。梁郡守谢举有《虎丘山赋》。宋·何求及二弟点、胤，陈·顾越，唐·史德义，并隐此山。绍兴中，洛人尹焞避地山中，书堂存焉。旧有东西二寺，即王珣别馆，皆在山下。山半大石盘陀数亩，高下如刻削，因神僧竺道生于此说法，号千人坐石，他山所无。白莲池、虎跑泉亦生公遗迹。陆羽泉即藏殿侧石井。试剑石因大石中裂，故名。及望海楼、真娘墓，皆有古人赋咏。

旧称虎丘为王珣宅，未审所据。王劭《诸州舍利感应记》："虎丘山寺，其地是晋司徒王珣琴台"，是矣。

三江，《史记正义》曰："在苏州东南三十里，名三江口。"下文：于分处号"三江口"。此三十里太近。一江西南上七十里至太湖，名曰松江，古笠泽江。一江东南上七十里白蚬湖，名曰上江，亦曰东江。一江东北下三百余里入海，名曰下江，亦曰娄江。三百里当云二百余里。于其分处号三江口。顾夷

《吴地记》顾野王《地理志》同。云："松江东北行七十里得三江口，东北入海为娄江，东南入海为东江，并松江为三。"《水经》云："松江自太湖东北流径七十里，江水奇分，谓之三江口。"《吴越春秋》称范蠡去越，乘舟出三江之口，入五湖之中，此亦别为三江、五湖。庾仲初《扬都赋》注："太湖东注为松江。下七十里有水口，流东北入海，为娄江，东南入海为东江，与松江而三也。"古迹如此，先儒蔡仲默取以证《禹贡》之说。

吴王阖闾十九年伐越，越王勾践迎击之。吴败于檇李。《左传》谓阖庐伤将指，卒于陉。《史记》乃谓败之姑苏，自是夫差败处。《史记正义》谓姑苏、檇李相去百里，疑太史公误。又吴王夫差二年悉兵伐越，败之夫椒，报姑苏也。此语亦当云报檇李矣。

姑胥台，台因山名，合作胥。今作苏者，盖吴音声重，凡胥、须字皆转而为苏，故后人直曰姑苏。隋平陈，乃承其讹，改苏州。以《吴越春秋》《越绝》二书考之，一作姑胥，一作姑苏，则胥、苏二字，其来远矣。

山得水而景物奇变。泰山在平地，不及匡庐之多态。澎浪为彭郎，小孤为小姑，诗人借景作情，不宜坚索故实。

牡丹近数曹、亳，北地则大房山僧多种之，其色有夭红浅绿，江南所无也。白樱桃生京师西山中，微酸，不及朱樱之甘硕。

福建、江西、广东深山中有畬民，同于摇獞，不与平民相接。有作工于民家者，食之阶石，不以人礼待之。其人射鸟兽，种麦，此山住一二年移至别山，官府不能制，有数种姓，自相婚配。

今之黑鬼，可人可鱼，晋时谓之昆仑，即蛋民也。海船用以守缆，恐为鱼蟹所伤。

高丽、日本之间，海中有釜山，为往来之中顿。海道无程，而顺风行一日夜可得千里。贸易者曾有顺风行五日至长岐岛者，故知其国去宁波五千里。

日本海中有鱼，与人无异，而秃首有尾，通番者谓之海和尚。

日本至中国海面五千里，而禽鸟有来去者，望见海船即来，息力于樯篷，倦不能动，或施之以米，或掇而食之。

日本之外有一国，彼人谓之东京。其间有夜海，白日昏黑得见天星，海水有一处高起二三丈如槛然。凡有东京贩者，而日本人为驵侩，则中国货贵，若日本居货以待东京人之来则贱也。日本人操场练兵必以夜，盖灯火整，乱易见也。其教艺处不令中国人见之。

日本，唐时始有人往彼，而留居者谓之大唐街，今且长十里矣。

日本之东北有食人者，倭亦畏甚，因山作关以拒之。倭人精于刀，且不畏死。登岸则难敌，而舟甚小，故汤和立法，于海中以大船冲沉其船。

二

唐肃宗撤西北边兵平内贼，代、德遂以京师为边镇。明弃三卫亦然。

明于金陵、关中、洛阳无不可都。本朝惟都燕，足以兼制南北。而明预建宫殿于三百年前，天也！

陆广微《吴地记》云："宋时苏州田租三十万。"王圻《续文献通考》云："南宋江南水田每亩租六升。"明洪武年，凡淮张之文、武、亲、戚及籍没富民之田，皆为官田。《宣德实录》载太守况钟疏云："苏田以十六分计之，十五分为官田，一分为民田。"所以洪武加租至二百二十万也。建文曾减之。燕王篡位，悉复洪武之制。后又渐次增之至二百七十万。苏之田租虽重，其逋负时有蠲赦。民谣曰："朝廷贪多，百姓贪拖。"万历末年，上司恐州县横征，揭榜令民纳至八分，不许复纳。

宋之漕法，积于半途，次年至京。遇有凶馑处，转运使得以转移其间，民以不困。蔡京改为直达，以济徽宗之妄费，而漕法始变。

明之军卫，仿唐府军之法，其后官存而军丁渐消，遂无实用，召募起焉。既有召募之兵，而军卫之屯田如故，徒为不肖卫官所衣食，亦困民之一端也。

明都于燕，海运最为便利。《元史》载，海运之遍负，少者每石不及三合，多者不及三升。然须选近海为官丁乃可，陆地之人谈海色变，不足与言。

捕勒鱼处当兖、济之东，海运之半道也，何独于北半道而难之！

铸钱有二弊，钱轻则盗铸者多，法不能禁，徒滋烦扰。重则奸民销钱为器。然红铜可点为黄铜，黄铜不可复为红铜。若立法令民间许用红铜，惟以黄铜铸重钱，一时少有烦扰，而钱法定矣。

禁银用钱，洪、永年大行之，收利权于上耳。以求赢利，则失治国之大体。

中国天官家俱言天河是积气，天主教人于万历年间至，始言气无千古不动者，以望远镜窥之，皆小星也，历历分明。

西人云，望远镜窥金星，亦有弦望。夫月借日光以有光，故有弦望。金星自有光，不仗日光，不知何以有弦望。

武侯木牛流马，古有言是小车者。西人有自行车，前轮绝小，后轮绝大，则有以高临下之势，故平地亦得自行，或即木牛流马乎？而坎壈曲折，大费人力也。

西人测五星，谓近地二十度，虽晴时亦有清濛气，星体为此气浮而上登，不得其真数，须于此气以上测之，又须有次第，乃正。如木、水、金前后相次而行。欲测金星，先测木星在何处，俟其西行至某度，乃于其度测水星，又于水星上测金星，乃不受清濛之混，诚良法也。

西人历法实出郭守敬之上，中国曾未有也。

西人医道与中国异，有黄液、白液等名。其用药，虽人参，亦以烧酒法蒸露而饮之。

西人之字，因人之语声而作之。其书名曰《耳目资》，唯谐声一门，非六书也。

西人长于象数，而短于义理。有书名《七克》，亦教人作善者也。尊其天主为至极而谤佛，又全不知佛道。

后世言历者必宗《元史》，以历书为郭守敬所作，高出古人故也。明朝郑世子之于乐亦然。余尝谓作《明史》，乐书宜以冷谦所作用于朝庙者为上卷，刺聚郑世子乐书之精义为下卷，后世言乐者亦必宗之同郭守敬矣。

世子千古人惟取管仲、子长之说，而极轻班固，荀勖以下不论也。自汉至宋，能历历详举其故，可谓异人。世子外祖何塘谓黄钟之体，本是一尺，乃度尺也。以度尺分为九寸，名为律尺，非有二也。此论既出，孟坚以下之醉梦皆醒矣。世子之学自何公开之。

世子谓汉人以度尺之九寸为黄钟，律短故乐高，最为有据。且出自世子，谁敢有疑！窃谓乐声之高，不始于汉也。男外阳而内阴，力壮而声下。女外阴而内阳，力弱而声高。故女之歌声高于男者二律，倚之箫而可证也。夏桀作女倡，乐声之高殆始于此。古之箫，即律管也。三十六律管长短作一排，形如凤翅，故《楚辞》曰："吹参差兮谁思"也。然管多而一人吹之，何以高下曲折绎如？今之箫，乃古之龠，名异而体同。王褒有《洞箫赋》，不言其状，未知洞箫即龠否？

王子晋之笙，其制象凤，形亦如参差竹。《九歌》："吹参差兮谁思。"王元长《曲水序》："发参差于王子。"皆言笙。李善《注》则谓洞箫。

五音有二义，一者高下，二者类聚。高下者宫、商、角、变征、征、羽、变宫也。类聚，宫大而浊，商清而洌，角径而直，征文而繁，羽细而碎，此之谓类。聚其类以成调，故曰类聚。竹声惟有高下，丝声兼备二义。

今世以琴之第一弦为宫，非也，乃太律之征，林钟也。第二弦为太律之羽，无射也。第三弦乃为正律黄钟宫，故《国语》曰："声莫大于征。"非谓正律征也。

唯作八音而无人之歌声，谓之徒奏；唯人声而无八音，谓之徒歌。徒歌曰谣谓此，非谓民谣也。旋宫至姑洗、仲吕则声高极，非人声所能倚，故有徒奏，而徒歌则兴到者随便为之耳。

明代之乐，冷启敬所作。声下而浊，其黄钟乃太律之无射，下于正律黄钟二律。朝天宫道士云："凡用于郊庙者，以启敬之大蔟为宫，若如启敬之法，声如梵呗矣。"作者无过习者之门，道士所用，适是古之黄钟。所以房庶为伶人所侮而不觉。

革薄则声亮，厚则声雌。木、金、石薄则声下，厚则声高。议乐须学士与伶工共成之。学士知古不知今，言理不言器；伶工知今不知古，言器不言理。彼此相讥，在虚心者，则彼此可以相成也。人之虚心者鲜则成偏见。郑世子博极群书，又甚习伶工之器，所以特绝。

乐者，声也。凡以算数言乐者，多拘泥，参差不合于律。郑世子二艺俱精，以算算乐，妙有神解。河南久被兵火，未知书版不散失否？世子文笔稍芜，书繁，难于翻刻，得健笔径省其辞，存三分之一，庶可易传。

《考工》云：鱼胶黏，凡黏之类不能方。不能方，谓易翻也。而今世之弓，必以海中石首鱼之膘为之，未有用鼠胶者也。《考工》弓体又上檿而下竹，今弓胎多用竹，激矢能远，木胎者不及也。

　　宋人歌词，而唐人歌诗之法废。元曲起而词废。南曲起而北曲又废。今世之歌《鹿鸣》，尘饭涂羹也。

　　獶读猱伶盛于元世，而梁时《大云》之乐，作一老翁演述西域神仙变化之事，獶伶实始于此。

　　宋时士大夫犹有起舞以劝酒者，自擭作而舞遂废。

　　今所噉之烟草，孙光宪已言之，载于《太平广记》："有僧云：'世尊曾言山中有草，然烟噉之，可以解倦。'"则西域之噉烟，三千余载矣。

　　《史记》：乌氏倮，用谷量牛马，秦始皇令比封君与朝请。巴寡妇用财自卫，为筑女怀清台。此用礼安富遗意，亦秦致富强之本教也。后世动破坏富家，诡云强干弱枝之计者，亦暴秦之不如矣。高欢问尔朱荣，闻公有马十二谷云云，以谷量马，乃边陲旧俗也。

高允伯恭以昔岁同征零落将尽，感逝怀人，作《征士颂》，合三十四人。其颂末曰："昔因朝命，与之克谐。披襟散想，解带舒怀。此欣犹昨，存亡奄乖。静言思之。中心犹摧。"亦后世敦厚同年之意也。东汉同举者谓之同岁生，见《李固传》。

周·李孝轨封奇章公。隋·牛引封奇章公。

齐氏胄子以通经入仕者，唯博陵崔子发，广陵宋游卿而已。

隋·秦孝王妃生男，文帝大喜，颁赐群官。李文博云："王妃生男，于群官何事，乃妄受赏？"此与晋元帝所云："此事岂容卿等有勋？"正可相合。

宋文帝欲犯河南，行人日云云。太武帝闻而大笑曰："龟鳖小竖，自顾不暇，何能为也！"宋时有龙虎大王，亦佳对也。

唐昭宗欲伐李克用、李茂贞，无可将者，而朱温、杨行密辈其下智勇如林。盖朝廷用卢携、王铎之流，其所举者李系、宋威耳。智力勇艺者壅于下，悉为强藩所用。

永嘉时事大坏，惟有南迁而已。王衍卖车牛以安众心，不久随司马越径去，弃其君于贼手。《世说》载之以为美谈，刘临川非有识者也。

宋文帝时员外散骑侍郎孔熙先与范晔谋逆事露，付廷尉。熙先望风吐款，辞气不挠。上奇其才，遣人慰勉之曰："以卿之才而滞于集书省，理应有异志，此乃我负卿也。"又责前吏部尚书何尚之曰："使孔熙先三十年作散骑郎，那不作贼？"此与唐武后之见骆宾王讨己檄文曰："有才如此而使之沦落不偶，宰相之过也。"皆绰有帝王之度，足令才士心死。若梁元欲赦王伟，却不可同年而语。

沈庆之议北伐曰："今欲伐国，而与白面书生谋之，事何由济？"后颜峻曰："今举大事，而黄头小儿皆得参预，何得不败？"白面、黄头恰可相对。

刘歆自以朝政多失，作《遂初赋》以叹往事而寄己意。其乱曰："处幽潜德含圣神兮，抱奇内光自得真兮；宠幸浮寄奇无常兮，寄之去留亦可伤兮；大人之度品物齐兮，舍位之过忽若遗兮；求位得位固其常兮，守信保己比老彭兮！"其言颇似旷达，而为莽佐命，终致夷灭。视孙绰之赋，义正桓温，相去何啻霄壤！

宋真宗时知制诰周起患贡举之弊，建议糊名以革之，糊名之制始此。

中晚唐立君必由寺人，南宋立君必由权相，其国可知。

刘琨经略远不及祖逖，东晋人绝重之，寻名不责实之故习。

陶侃勤于职业，虚浮之士，不敢议之，功名显著故也。何敬容亦勤于职业，虚浮之士即大讥之。敬容能早知侯景之反梁，人不能及，后世亦颇忽其人。甚矣邪说之害正也。

汉·陈蕃曰："期月之间不见黄生，则鄙吝之萌复存于心。"唐·陆象先谓人曰："贺季真清谈风流，吾一日不见，则鄙吝生矣。"是学蕃语。

骐骥得伯乐，而后脱盐车；青萍、结绿得薛卞，而后长价。然则伯乐、薛卞有功于良马、宝剑也多矣。二子名亦以是不朽，则良马、宝剑亦有功于二子矣。

北宫纯，凉州所遣以卫京师者也，于汉兵恣横时累挫其锋。陆氏不负晋，纯亦不负陆氏矣。

白敏中以李赞皇荐得入翰林，及为相，诋赞皇者甚力。吕惠卿以王荆公汲引得预政，所以摧害荆公者无所不至。三代以还，似此者指不胜屈。是可叹也！

黄雀，白龟、蛇鱼之类，犹知衔恩图报，况人乎！彼怀私罔上，负恩蔑礼者，曾虫鱼之不如矣。

灌夫不负窦婴于摈弃之时；任安不负卫青于衰落之日；徐晦越乡而别临贺；后山出境以见东坡；刘元诚事司马公，在朝不通书问，闲居则问无虚月；巢谷徒步访颖滨于潼海之南；今无复若人矣。

韩退之自其远祖麒麟以文名于北朝，文业不绝。数世后，至其父仲卿、兄会，文誉益甚。传至退之，遂为一代醇儒。其子昶、符与诸孙，皆举进士。而昶子襄复状元及第。韩氏流泽可谓长矣。

汉·晁错议削七国，其父曰："刘氏安，晁氏危矣。"南齐·徐文景方贵盛，其父深忧之，曰："我正当扫墓待丧耳。"唐·路严屡迁要地，其父寄书曰："闻汝已判户部，是吾必死之年；又闻欲求仆射，是我必死之日也。"彼皆不学无术，而识见若此。严延年之母为其子扫墓地。李络秀知其子周嵩、周顗俱不得善终。二人女子耳，而有识见，尤难得。

李益文名与李贺相埒，每一篇出，乐工争以贿求之，被声歌供奉天子，天下施之图绘。与太子庶子李益同在朝，世称文章李益，以别之。大历十才子，韩翃之名独重，时又有刺史韩翃。德宗命知制诰曰："与诗人韩翃。"

汉高帝素恨雍齿。比沙中偶语，张良劝帝封之，以厌众心。偶语果息，曰："雍齿且侯，吾属无患。"晋文公出亡，里凫须盗其资而去。文公饥饿不能行，介之推割股以食，然后能行。文公返国，国人多不附，乃赦里凫须之罪，使之骖乘游于国中。见者皆曰："里凫须且不诛，吾何惧也。"晋国大宁。良策殆本诸此。

蔡京当国，刻党籍碑，凡忠臣名士，一网俱尽。然其中亦有本非君子，而偶以一事不合京意，亦指为党，平生过愆，顾反得洗雪。如曾布、曾肇、王觌、章惇辈不可枚举。宦竖亦近三十人。汉·皇甫规深以不与党人为耻。数子碌碌，乃获附骥尾。士固有幸不幸耶？

汉·颜驷对武帝曰："文帝好文而臣好武，景帝好美而臣貌丑，陛下好少而臣已老。"唐·卢照邻著《五悲文》，自以高宗尚吏而己独儒，武后尚法而己独黄老，后封嵩山，屡聘贤士，而己已废。噫！士之不遇如二子者亦多矣。悲夫！

泰陵金井内，水孔如巨杯，水仰喷不止。杨名父子器亲见之，归而疏诸朝，请易地。事下工部，汤阴李司空鐩怒其多言，害成功，阴令人塞其孔，谓诽谤狂妄，奏命锦衣官校枷杻押赴陵所验看。名父《亲三木朝辞候驾》诗曰："禁鼓无声曙色迟，午门西畔立多时。楚人抱璞云何泣？杞国忧天竟是痴！群议已公须首实，众言不发但心知。殷勤为问山陵使，谁与朝廷决大疑！"孝庙竟葬此中。

符坚锐意伐晋，曰："以吾之众，投鞭于江，足断其流。"及登晋阳城，望晋兵部阵严整，怃然而惧，曰："此亦劲敌，何谓弱也。"五代—慕容彦超谓汉隐帝曰："臣视北军，犹蟓蠓耳。"退问兵数及将校姓名，颇惧，曰："此亦剧贼，未易轻也。"兵甫合辄先遁。二事如出一辙。

耿弇为张步所攻，光武自往救之。或谓剧贼兵盛，宜闭营休士，以须上来。弇曰："乘舆且到，臣子当击牛酾酒以待百官。反欲以贼遗君父耶！"李道宗将四千骑击高丽，皆以为众寡悬绝，宜深沟高垒，以俟车驾之至。道宗曰："吾属为前军，当清道以待乘舆，乃更以贼遗君父乎！"二子武夫也，其所见乃有儒生不及者，人臣当以此为法。

尚书令左雄荐冀州刺史周举为尚书，又荐故冀州刺史冯直任将帅。直尝坐赃受罪，举并以劾雄。雄曰："诏书使我选武猛，不使我选清高。"举曰："诏书使君选武猛，不使君选贪污。"雄曰："进君适所以自伐。"举曰："昔赵宣子任韩厥为司马，厥以军法戮宣子仆。宣子谓诸大夫曰：'可贺我矣，吾选厥也任其事。'今君不以举之不才，误升诸朝。不敢阿君以为君羞。不窬君之意与宣子殊也。"雄悦谢曰："吾尝事冯直之父，又与直善。今宣光以此奏吾，乃是韩厥之举也。"宣光，周举字也。天下益以此贤之。梁冀跋扈，带剑入省。尚书张陵叱令出，敕虎贲羽林夺剑。冀跪谢，陵不应，劾奏冀，请廷尉论罪。诏罚一岁俸，百官肃然。冀弟不疑为河南尹，尝举陵孝廉，谓陵曰："昔举君，适所以自罚也。"陵曰："明府不以陵不肖，误见擢序，今申公宪以报私恩。"不疑有愧色。二事乃相类。

黄门监魏知古本起小吏，因姚崇引荐，以至同为相。崇意轻之，请摄吏部尚书，知东都选。知古憾焉。时崇二子分司东都，恃其父有德于知古，颇招权请托。知古归，悉以闻。他日，帝召崇曰："卿子才乎？皆安在？"崇揣知帝意，曰："臣二子分司东都。其为人多欲而寡慎，是必尝以事干魏知古。"帝始以崇必为其子隐，及闻崇奏，乃大喜。问安从得之，对曰："知古微时，臣卵而翼之。臣子愚，以为知古必德臣，容其为非，故敢干之耳。"帝于是爱崇不私而

薄知古，欲斥之。崇曰："臣子无状，挠陛下法，而逐知古，外必谓陛下私臣。"乃止，然卒罢为工部尚书。《新唐书》载此事，谓姚崇巧于料事，而知古薄待所知，至动人主之疑，终身不复用。可见伦理一也，交友不能信者，事君必不忠。

《钱徽传》：长庆元年，徽为礼部侍郎。时宰相段文昌出镇蜀川。故刑部侍郎杨凭子浑之求进，尽以家藏书画献文昌，求致进士第。文昌将发，面托徽，继以私书保荐。翰林学士李绅亦托举子周汉宾于徽。及榜出，浑之、汉宾皆罢。李宗闵与元稹有隙，宗闵子婿苏巢及杨汝士季弟殷士俱及第。文昌、绅大怒。文昌赴镇，辞日，内殿面奏，言"徽所放进士皆子弟，艺薄，不当在选中。"穆宗访于学士元稹、李绅，二人对与文昌同，遂命中书舍人王起、主客郎中、知制诰白居易重试。内出题目《孤竹管赋》《鸟散余花落》诗，而十人不中选。寻贬徽为江州刺史，中书舍人李宗闵剑州刺史，有补阙杨汝士开江令。初议贬徽，宗闵、汝士令徽以文昌、绅私书进呈，上必开悟。徽曰："不然。苟无愧心，得丧一致，修身慎行，安可以私书相证耶?"令子弟焚之。呜呼！如徽居心行事，休休有容，大臣器量也。

王勃"落霞与孤鹜齐飞，秋水共长天一色"，当时以为奇绝，然亦有所本。庾信《马射赋》："落花与翠盖齐飞，杨柳共青旗一色"，隋《长寿寺碑》："浮云共岭松张盖，明月与岩桂分丛。"然勃则青出于蓝也。

考《唐书》，"文庙"下不言笾豆之数。《明宪宗实录》：成化十二年七月，祭酒周弘谟请增笾豆舞佾，言"唐玄宗既正孔子南面之位，服以衮冕。宋徽宗考正孔子冠服加十二旒。金世宗加孔子冠十二旒，服十二章。今圣朝尊崇孔子，既用天子之礼，而笾豆则非天子之制。乞敕礼部会议，增十笾十豆各为十二。"从之。是成化以前至唐宋用十笾十豆，逮宪宗始用十二笾十二豆，后张璁更定祀典，复用十笾十豆也。其略如此。

李焘《续资治通鉴长编》：一、孝宗隆兴元年癸未，进太祖建隆至开宝十七年事。一、孝宗乾道四年戊子，进太祖建隆元年至英宗治平四年闰三月五朝事迹。一、孝宗淳熙元年甲午，进熙、丰、祐、圣、符、靖、崇、观、和、康六十年事。一、孝宗淳熙九年壬寅，合写长编重进；又进《续资治通鉴长编举要》六十八卷。今只存五朝事迹。

明制，父兄官三品大僚，子弟不得居言路。考之前代不然。《唐书》"三郑"列传：郑余庆，宪宗立，复拜同中书门下平章事。子瀚，本名涵，第进士，累迁右补阙，敢言无所讳。宪宗谓余庆曰："涵，卿令子而朕直臣也，更可相贺。"郑覃，文宗太和九年拜同中书门下平章事。弟朗，由山南幕府人迁右拾遗。郑絪，宪宗即位，拜中书侍郎同中书门下平章事。絪，余庆从父，视瀚为从孙，时正官右补阙。只以"三郑"列传证之，唐父子兄弟从祖孙不相避，明矣。惟《杜佑列传》：佑子从郁，元和初为左补阙，崔群等以宰相子为嫌，再徙秘书丞。然不过嫌之云尔，初未尝如明制必相避者也。

韩魏公三守乡郡，每谒先垅辄有诗，自矜其荣遇。如曰："至日郊原拥节旄，先茔躬得奉牲醪。霜威压野寒方重，山色凌虚气自高。衣锦不来夸富贵，报亲惟切念劬劳。"又曰："昼锦三来治邺城，古人无似此公荣。首过先垅心先慰，一见家山眼自明。"又曰："风人旌旗撼晓光，两茔亲展喜非常。浓阴蔽野瞻乔木，逸势横天认太行。自叹重岗宁及养，纵垂三组敢夸乡。路人或指荣虽甚，明哲何如汉子房。"又曰："暂趋先垅弭旌旄，因恤吾民稼事劳。田舍罕逢车骑过，聚门村妇拥儿曹。"又曰："两飨先坟已致诚，却严轩从指东茔。鸿惊去旆参差起，马避柔桑诘曲行。"又曰："乡守三逢禁火天，每驱旌纛扫松轩。衰残岂足酬恩遇，光宠徒知及祖先。"如此者不一而足。孟郊云："春风得意马蹄疾，一日看遍长安花。"王禹玉云："出门四塞如黄雾，始觉身从天上归。"论者咸议其器量。二人者虽不可与公同语，然比之向时刺客取首，延颈以授，吏碎玉残，笑而抚之，若两人矣。

辽曲宴宋使，酒一行，觱篥起歌。酒三行，手伎入。酒四行，琵琶独弹。

然后食入，杂剧进，继以吹笙、弹筝、歌击、架乐、角觚。王介甫诗："涿州沙上饮盘桓，看舞春风小契丹。"盖纪其事也。至范致能北使，有《鹧鸪天》词，亦云："休舞银貂小契丹，满堂宾客尽关山。"则金源燕宾或袭为故事，未可定耳。

玉堂赏花会，赋诗者四十人。学士则南阳李贤、安成彭时、携李吕原、莆田林文、安成李绍、永新刘定之、钱塘倪谦、东吴钱溥；侍读则金城黄谏；詹事则庐陵陈文、长洲刘铉；侍讲则眉山万安、渔阳李泰；中允则古杞孙贤；赞善则范阳牛纶；修撰则吴中陈鉴、博野刘吉、钱塘童缘、华容黎淳；编修则西蜀李本、昆陵王㒜、余姚戚澜、宜兴徐溥、琼山丘濬、泰和尹直、安成彭华、雷川陈秉中、临川徐琼、四明杨守陈、临江吴汇；检讨则严州傅宗、安成张业、河东邢让；翰林五经博士则天台鲍相；典籍则西蜀李鉴、泰和陈谷；侍书则浙江谢昭。其二人则礼部员外郎临淮凌耀宗，中书舍人江东曹冕。诗成，李贤序之，彭时作后序。

妇人匀面，古惟施朱傅粉而已，至六朝乃兼尚黄。《幽怪录》：神女智琼额黄。梁简文帝诗："同安鬟里拨，异作额间黄。"唐·温庭筠诗："额黄无限夕阳山。"又，"黄印额山轻为尘。"又，词"蕊黄无限当山额。"牛峤词："额黄侵腻发。"此额妆也。北周静帝令官人黄眉墨妆。温诗："柳风吹尽眉间黄"，张泌词："依约残眉理旧黄"，此眉妆也。段氏《酉阳杂俎》所载有黄星靥。辽时俗，妇人有颜色者目为细娘，面涂黄，谓为佛妆。温词："脸上金霞细"，又"粉心黄蕊花靥"，宋·彭汝砺诗："有女天天称细娘，真珠络髻面涂黄"，此则面妆也。

泽州李俊民用章，举承安五年进士第一。金亡后，其同年三十三人惟高平赵楠仅存，又挈家之燕京。俊民感旧游，以诗题"登科记"后云："试将小录问同年，风采依稀堕目前。三十一人今鬼录，与君虽在各华颠。"又云："君还携幼去幽燕，我向荒山学种田。千里暮鸿行断处，碧云容易作愁天。"录中：张孺卿介甫、晁李中宝臣、任德维公理、孔天昭文安、王毅知刚、赵铢敬之，皆中都大兴府人。

元裕之寄书耶律中书，荐当时士大夫在河朔者，固安李天翼、渔阳赵铸、燕人张舜俞、曹居一、王铸，且曰：凡此诸人，虽其学业操行，参差不齐，要皆天民之秀，有用于世者也。"按虞文靖《学古录》有田氏《先友翰墨序》，称彰德田师孟辑其先友手翰，中有刘百熙字善甫，曹居一字通甫，赵著字光祖，俱燕人。其称著日大侠。按元集作铸者，字才卿，别是一人也。

唐设九科，童子居其一。负半千、杨炯、吴通元、裴耀卿、李泌、刘晏，皆由是举。宋则杨亿、宋绶、晏殊、李淑，均以童子出身。然汉有童子郎，梁有童子奉车郎，以童子拜官者多矣。元童子科见于《选举志》者一十六人。仁宗延祐占七年举陈聃，则大兴人也。

明弘治壬戌状元康德涵海、榜眼孙直卿清，皆以不拘小节被劾去国。然二君实才雄一代，德涵词锋如云，直卿劲气毅然不可夺。论者谓二君为是科冠冕，以忌嫉者多，老于摈斥，可惜。

萧道成既篡宋，光禄大夫王琨在晋世已为郎中，攀废帝车恸哭曰："人以寿为欢，老臣以寿为戚，不能先驱蝼蚁，乃复频见此事。"西涯李阁老咏田蚡乐府曰："谁云死速不如迟，幸未淮南语泄时。"语意本诸此。

庚子嵩目和峤曰："森森如千丈松。"卞壶目叔向曰："朗朗如百间屋。"乃成一佳对。汉人目李元礼曰："谡谡如松下风。"此等标榜语亦是当时习气。

郑锐、郭仙舟献诗，不切时事，惟崇道德。玄宗皆令罢官为道士。萧瑀好奉佛，亦令出家为僧。孔武仲曰："如使佞佛者为僧，谄道者为道士，则士夫为异论者息矣。"

官制：五品以上者为大夫，六品以下者为郎官，皆散官也。然各置于官衔之上，如曰："光禄大夫、太保""承德郎、某部主事"之类，惟翰林则置于官衔之下，如曰："翰林院学士、奉政大夫""翰林院检讨、从仕郎"之类。盖史官尊重，不欲以散官压之，自明时重翰林始。

明时，朝贵三品则乘轿，荫子，封及三代，俸入优厚，例以隶执长柄大扇拥护。四品以下只于马上用要扇遮日而已。自九卿外三品者多在闲散地，如太常、太仆、光禄卿、京兆尹之类。弘治间多升金都御史，威权虽重，然金都系四品阶，仪制反减削矣。至末年，金都御史出城即乘轿。至今金都为巡抚者肩舆用八人，假用三品仪从也。国子祭酒则自灯市以北改用大轿。故祭酒、金都与府尹皆日半城轿。府尹本三品，不知于何处骑马。

明朝翰林官五品多借三品服色。讲官破格，有赐斗牛服者。毛公纪《归田杂识》云："当孝宗朝，东宫出阁选侍讲读。是时礼重官僚，特赐予。或亲御春坊，面赐温谕。坊局官即用孔雀金带服色，及奉朝省亲，便用仙鹤服色犀带。"又云："故事，每岁亲郊庆成，赐文武大臣宴于奉天殿上。御宝座，尚膳进馔，传旨官人满饮。教坊九奏乐，具如仪。余自为翰林院学士，即得如例升殿，以五品官坐于四品之上，三品后，盖屡预焉。我朝大臣赐座仅见此与耕藉幸学，而此为尤重。"又言："春秋二丁祭文庙，遣大学士一人行礼，前一日御

殿，百官朝服侍班，传制。廷试天下贡士，上御文华殿，内阁率诸臣以第一甲三卷面奏，上亲批定名次。明日早先御华盖殿，内阁复于黼座前拆卷奏名，中书填黄榜，然后御奉天殿传胪。丘文庄公谓谨身读卷，即华盖也。华盖读卷，外朝臣无由而至。是日惟内阁得入殿内，而九卿以下皆在阈限之外。"此亦一代典故。

建置官署，必立土谷祠。翰林院所祠则昌黎伯韩子也。古称乡先生殁而祭于社。夫以土谷名祠，亦祭社之义，宜以乡先生主之。京师燕地，窃谓祀昌黎伯不若易以常山太傅婴也。

《大兴县题名记》，光禄少卿新安尹校书，隆庆四年立。《顺天府尹丞题名记》，工部尚书丰城雷礼文也，嘉靖三十九年立。《寮佐题名碑记》二：一为礼部左侍郎铅山费寀撰，嘉靖二十二年立；一为顺天府通判晋江张问仁撰，万历十三年立。

《宛平县题名记》，翰林院检讨郭盘撰，嘉靖二十八年立。

古葬宫人之所，谓之宫人斜。京城阜成门外五里许有静乐堂，砖甃二井，屋以塔，南通方尺门，谨闭之。井前结石为洞，四方通风。宫人有病，非有名称者，例不赐墓，则出之禁城后顺贞门傍右门，承以敛具，舁出玄武门，经北上门、北中门，达安乐堂，授其守者，召本堂土工移北安门外，易以朱棺，礼送之静乐堂，火葬塔井中。凡宫人故，必请旨；凡出必以铜符，合符乃遣。嘉靖末，有贵嫔捐赏，易民地数亩，其焚烬不愿井者悉内地中。

卢沟河畔元有苻氏雅集亭。蒲道源诗："卢沟石桥天下雄，正当京师往来冲。苻家介侧敞亭构，坐对奇趣供醇酿。"又有野亭，见贡仲章《云林诗集》。今一望礧砾，并民居亦寥寥也。

懿安皇后张氏，性贤明。魏珰诛戮朝士，后闻杨、左诸君子死，色不豫者累月。李自成入犯，思陵将殉社稷，传旨后宫令自裁。时周皇后及贵妃、宫嫔之承宠者皆遵旨毕命。独长公主年尚幼，未奉诏，帝怒，拔刃斫其臂，公主仆地。而宫监王永寿方从懿安皇后宫至，白帝曰："懿安皇后业缢死宫中矣。"帝乃走煤山自经。当魏忠贤柄国时，有养女任氏，美而狡，进之熹宗，立为贵妃。及贼入宫，任诡曰："我天启皇帝后也。"贼不敢犯。既而流转民间，或送于官，永寿从旁窃窥之，曰："此任贵妃也。"贵妃睨永寿，面发赪，旋闭目如不闻见者。永寿终亦不敢置讦也。永寿事熹宗，不入魏党；甲申寇乱后，削发为僧，往来西山间，谈及故宫事，辄语人云。

三

今人多云，设虚位祔其祖之所自出，如杨志仁复议论者，仅嘉靖十年举行一次，后不复行。适考之《实录》，嘉靖十年辛卯举行，诏以后丙辛年行之。

十五年丙申四月仍行大禘礼。二十年辛丑四月九庙火，诏暂罢，遂永停矣。其实行大禘凡两次。

《洪范》五福六极，无贵贱。盖古无不肖而贵，亦无有德而贱者。贵，则禄及之而富矣，故富可以概贵；贱，则禄弗及而贫矣，故贫可以概贱。《周礼》八柄驭群臣，二曰禄，以驭其富；六曰夺，以驭其贫。是也。

"'望其轂，欲其掣尔而纤也'。《注》：'郑司农云：读为纷容掣参之掣'。《疏》：'先郑云此，盖有文，今检未得。'"（注：'先郑'指的是东汉儒家学者郑众，官至大司农，后世又称之为'郑司农'，而'后郑'则指晚于他且与他同宗的郑玄。）此句本见《上林赋》："纷溶掣参，猗犯从风。"前注"迤崇于轸"："读为'倚移从风'之'移'。"《疏》："司马长卿《上林赋》云：'从风倚移'"。此二句连文，而复云"检未得"，未知何意？

兑，为口舌。其于人也，但可以为臣为妾而已。以言说人，岂非妾妇之道乎！

凡人于交友之间，口惠而实不至，则其出而事君，必至于静言庸违。故舜之御臣也，敷奏以言，明试以功。而孔子之于门人，亦尝听其言而观其行。

《淮南子·泛论训》："直躬，其父攘羊，而子证之。尾生与妇人期而死之。"是径以"直躬"为人名矣。然此说本于《吕氏春秋》。

吕子："昔者禹一沐而三握发，一食而三起，以礼有道之士。"周公吐握之说见于《荀子》，人罕称禹也。

齐武帝云："学士辈不堪经国，惟大读书耳。经国，一刘系宗足矣。沈约、王融数百人，于事何用！"此大字是多字义。

《艺术传》："徐之才常与朝士出游，遥望群犬竞走，诸人请令试目之。之才即应声云：'为是宋鹊，为是韩卢，为逐李斯东走，为负帝女南徂！'"此段复见之序传，是温子升与李神俊语。当时传闻之讹，亦失于检正。

宋人有嫁子者云云，其子窃而藏之。君公知其盗也，逐而去之。君公，其舅之称欤？故妇人谓夫之兄曰兄公。

郭况，族姊为皇祖考夫人，谒见，光武大喜，曰："乃今得大舅乎！"按大舅称舅公。

董征迁安州刺史，因述职路次过家，置酒高会，乃言曰："腰龟返国，昔人称荣；仗节还家，云胡不乐！"诫子弟曰："此之富贵非是天降，乃勤学所致耳。"与桓荣稽古之荣，皆老生陋态，遗嗤千古。

李绅《周员外席上观柘枝》诗："画鼓拖环锦臂攘"。今京师迎年鼓制，施两铜环，以手擎之高下，环声相间。疑即其遗制也。

宋湜，字持正。名字与皇甫俱同。《诗笺》"湜"："湜，正持也。"

杜子美《昔游》诗："幽燕凤用武，供给亦劳哉。吴门持粟帛，泛海凌蓬莱。"《后出塞》云："渔阳豪侠地，击鼓吹笙竽。云帆转辽海，粳稻来东吴。"按《唐会要》：开元二十七年李适为幽州节度、河北海运使。《唐书》：姜师度穿平卤渠以避海难。盖元之海运，自崇明抵直沽；唐时海运，则自登州转而平州，以达于蓟。故子美云然也。

天、地、人，谓之三才。轮人以毂、辐、牙为三才。弓人，胶、漆、丝为三才。然其所谓三才者，亦眇矣。

史记韩世忠江上事云：金山有红袍者堕马，腾而跨之，驰去。今则未见有驰处。史言诬乎？古今地异乎？

《周礼》注疏，疏糁食菜铼蒸，若今煮菜也。按今俗蒸饼用菜为馅，此类是矣。《易·鼎·九四》："鼎折足，覆公铼。"郑注云：糁谓之铼。震为竹之萌，曰笋。笋者，铼之为菜也，是八珍之食。按周亦以笋为珍味，故其诗曰："维笋及蒲"。馈食之笾，亦有笋菹。

廪法有数名。《春秋》："御廪灾。"天子亦有御廪。单言廪，则平常掌米之廪。《明堂位》：鲁有米廪。有虞氏之学，以有虞氏尚孝，合藏粢盛之委，故名学为米廪，非廪禄也。诗："亦有高廪"，以其"万亿及秭"，非藏米之数，故以藏穗言之，与常廪、御廪又异。

《周礼》注："堂涂，谓阶前，若今令甓祴也。"疏：汉时名堂涂为令甓祴。令甓，则今之砖也；祴则砖道也。令音零，祴音阶。

羊车，注："羊，善也，羊车若今定张车。"疏：亦未知定张车何所用，但

知在宫内所用，故差小为之，谓之羊车也。愚按：定张车与果下马俱宫内所用。

服虔曰："持高帝衣冠，月旦以游于众庙，已而复之。"按：月旦，谓月出时也。

傅介子年十四，好学书，尝弃觚而叹曰："丈夫当立功绝域，何能坐事散儒！"弃觚与班生投笔相类。

《春秋》书星孛，有言其所起者，有言其所入者。文公十四年秋，有星孛入于北斗，不言所起，重在北斗也。昭公十七年有星孛于大辰西，及汉，不言及汉，重不在汉也。

按《宋史》祈报礼曰："凡旱、蝗、水潦、无雪，皆禜祷焉。"故《本纪》太祖乾德元年十二月甲寅，命近臣祈雪。开宝五年十二月乙酉朔祈雪，乙卯大雨雪。六年十二月壬午，命近臣祈雪。七年十二月辛亥，命近臣祈雪。太宗雍熙二年十一月戊子，祷雪；十二月癸卯，南康军言雪降三尺。三年十一月丙戌，幸建隆观、相国寺祈雪；十二月乙未朔，大雨雪，宴群臣玉华殿。四年十二月壬寅，幸建隆观、相国寺祈雪；丁巳，大雨雪。淳化二年十一月己酉，幸建隆观、相国寺祈雪。至道二年十二月，命宰相以下百官诣诸寺观祷雪，甲寅雨雪，大有年。仁宗天圣九年十一月己丑，祈雪于会灵观。神宗熙宁元年十一月癸未，命宰臣祷雪。十二月己亥朔，命宰臣祷雪。癸丑祷雪于郊庙社稷。哲宗元祐七年十二月庚午，祈雪。绍圣元年十二月庚辰，命诸路祈雪。终北宋之世，祈雪凡十有五见。或曰：此礼古乎？愚曰：考之《周礼》未见。而《左传》昭公元年：子产曰："山川之神，则水旱疠疫之灾，于是乎禜之；日月星辰之神，则雪霜风雨之不时，于是乎祭之。"此非祈雪之明证乎？或曰：雪风雨之不时，当禜矣；而霜则何为？愚曰：《诗》："正月繁霜。"正月，建巳之月也；《春秋》："冬十月陨霜杀菽"。十月，建酉之月也，于此二月而霜，非灾变之尤者乎？遇灾而惧，故亦为之禜祷焉。

《文献通考》止有祈雨、祈晴，并无祈雪。愚尝谓《通考》虽千古奇书，而多未备。兹其一端乎？又考《唐书·礼乐志》并祈雨、祈晴，亦缺疏矣。祈雪礼实昉于宋。

《晋书·贾谧传》：谧为秘书监，掌国史。先是，朝廷议立《晋书》限断。中书监荀勗谓宜以魏正始起年。著作郎王瓒欲引嘉平以下朝臣尽入晋史。于时依违未有所决。惠帝立，更使议之。谧上议，请从泰始为断。于是下三府，司徒王戎、司空张华、领军将军王衍、侍中乐广、黄门侍郎嵇绍、国子博士谢衡，皆从谧议。骑都尉济北侯荀畯，侍中荀藩、黄门侍郎华混以为宜用正始开元。博士荀熙、刁协谓宜嘉平起年。谧重执奏戎、华之议，事遂始行。《潘岳传》：谧晋书限断，亦岳之辞也。按：正始，魏主曹芳年号，始庚申，终戊辰，凡九年。嘉平，则芳在位之第十年，己巳，司马懿杀曹爽，自为丞相时也。又后十六年，方为泰始元年乙酉，司马炎篡魏自立矣。窃以贾谧限断请自泰始，虽圣人亦不能废其言。

《吕氏春秋·尊师》云："子张，鲁之鄙家也；颜涿聚，梁父之大盗也；学于孔子。段干木，晋国之大驵也，学于子夏。高何、县子石，齐国之暴者也，指于乡曲，学于子墨子。索卢参，东方之钜狡也，学于禽滑黎。此六人者，刑戮死辱之人也。今非徒免于刑戮死辱也，由此为天下名士显人，以终其寿，王公大人从而礼之。此得之于学也。"

《史记·李斯列传》："秦王乃拜斯为长史，听其计，阴遣谋士赍持金玉以游说诸侯。诸侯名士，可下以财者厚遗结之；不肯者利剑刺之。离其君臣之计。"又《张耳陈余列传》："秦灭魏数岁，已闻此两人魏之名士也。"

或问：名士之称何昉乎？曰：见于经，则《月令》聘名士。见于史，则《李斯传》"诸侯名士"，《张耳陈余传》"此两人魏之名士"。见于子，则子张、颜涿聚、段干木、高何、县子石、子索卢参，此六人"为天下名士显人"是也。大抵名士之称，权舆于六国之末，而极盛于东汉之世。

张天如史论有云："桓帝之世，有宦官，有名士。天子为宦官而驱除名士。灵帝之世，有宦官，无名士。宦官不复畏名士，而专制天子。"

北齐济南王立为皇太子，初学反语，于"迹"字下注云"自反"。侍者未达其故，太子曰："迹字足旁亦，岂非自反耶？"以足亦反为迹也。

《魏书》：安同，父屈，仕慕容㬉，为殿中郎将。同长子亦名屈，典太仓事，盗粳米者也。孙竟与祖同名。

魏黄门王遵业，风仪清秀，从容恬素，若处丘园。尝着穿角履，好事者多毁履以学之。可与郭泰折角巾作对。

世传宣炉由炼铜十二火，故有光彩。而云南丽江之铜甚精，曝以日光，即有光彩。安知宣炉非此铜所铸？宣炉世所重者，如鳅耳、鱼耳，雅式者也。亦有至怪之式，如波斯马槽者，而实出宣朝所作。

宋砚大抵不发墨。近年竭江以取下岩之石曰蕉叶白者，发墨如泛油。则知传世宋砚本非良材。砚取发墨，非止易浓，亦以作字有宝光耳。

宋之团茶，末之而加以香药，失茶之本味，极为可笑。而墨则必贵香，冰麝之值倍烟值。

造墨用独草取烟，独草则烟细，而烟非桐油不黑。墨工在徽、歙，而烟则产于楚地，彼处产桐子故也。

文衡山曾见一纸，广二丈。赵文敏不敢作字，题记而已。此必王家之物，不知纸工以何器成之。

墨之善者不独在烟，亦在于杵。墨料同而蒸槌多百日者则倍胜，更多更胜。李廷珪墨可以刮舌，殆亦以此。

墨用鹿角胶，非良法也。墨忌者卤气，鹿生深山中，其角犹有卤气，生海滨者更甚。但用黄牛之革，天泉漂之，至卤气去，煎之成胶，即以人烟最善。若寒凝之后更溶化而为之，即不尽美。故曰：胶新杵到。

古之车战，以一车统百人，万人只须百车统之。法甚简易。废车用步法，不得不密，密则烦矣。

古兵法只用车，驾车以马。故《周礼·夏官》称司马。国大则马多，故问国君之富，数马以对。

獠猹兵器，每洞各习一种。其习标枪者，铁刃重二斤，把围之木，一臂而

开，发无不中。狼兵则专习笓。田州岑氏则习双刃，皆绝技也。邻洞莫非世雠，其精兵留以自卫，应调乃次等者。

西人风车借风力以转动，可省人力。此器扬州自有之，而不及彼之便易。西人取井水以灌溉，有恒升车，其理即中国之风箱也。

中国用桔槔，大费人力。西人有龙尾车，妙绝。其制用一木柱，径六七寸，分八分。橘囊如螺旋者围于柱外，斜置水中而转之。水被诱则上行而登田。又以风车转之，则数百亩田之水，一人足以致之，大有益于农事。苟得百金，鸠工庀材，必相仿效，通行天下，为利无穷。

中国鸟铳，利器也。倭人来，始得其式。倭人鸟铳之底不焊，焊者有失。作螺旋铁砧，塞之不炸，又可水涤也。近处有照星，铳端有照门，照星、照门

与所击之物相应，发无不中，矢又去远，远胜弓矢。

宋之神臂弓，本弩也，名为弓者有故。弓弦必刮弩臂而行，弓力不尽于矢。神臂于臂之行矢处削而下之，弦得空行，力得尽于矢也。

龙蛰而起，其破墙屋，穴如碗许大，无风雷，无云水。蛟、蜃则乘风雷作大水出，而伤物甚多。龙故称为神也。释典言：龙有蛇形、马形、蛤蟆形者。又言：天帝宫殿在空中，乃龙持之。又言：龙能变人形，唯生时、死时、睡时、淫时、嗔时，不能变本形。又言：龙有热沙着身、烈风坏衣之苦，有金翅鸟吞噉之苦。

天龙为贵，海龙次之，江湖之龙又次之，井潭之龙下矣。

龙喜睡，数百年一觉，甚至积沙其身成村落。觉即脱神弃身而去，不伤于物。

神龙行雨以利物，毒龙为恶风以害物。

海中夏秋间，时有取水之龙。云断处如悬一带，袅袅而动。海运之道，每当龙宫而过，舟师识之，其水湛然，人不敢作语声。不知者发铳，则惊跃而破舟矣。

定海有龙夜归，目如双炬。指挥万姓者不知，以为寇警，发矢射之，伤一目。风涛大作，舟击撞而破者甚众。其后龙出止见一炬。龙于淫时不能变形，则非人所能匹。《柳毅传》亦不读释典者所作。

释典言：毒龙目光及人，其人即死。又言：以龙心念力，故水即沛然，则不在乎取水以成雨也。

龙以石为食，孥攫所及，石即如粉。夏禹凿三峡门、龙门，必是役龙为之，非人力所及也，故曰神禹。

陈宠曰：萧何草律，俱避立春之月，而不计天地之正、三王之春，实颇有违。此亦三王改月并改时之一证也。

上巳被除谓之戒浴，见被除疏。挚虞、束晳之对皆失引，或贾氏是唐人语。

明弘治六年奏准每科一选，不拘地方，不限年岁，待进士分拨办事之后行。令有志学古者各录其平日所作古文十五篇以上，限一月以里投送礼部。礼部阅试讫，编号分送翰林院考订文理。可取者按号行取，吏部该司仍将各人试卷记号名送内阁，照例考选。每科取选不过二十人，留不过三五人。

四

古人咏史，叙事无意，史也，非诗矣。唐人实胜古人，如：

"江流石不转，遗恨失吞吴。""武帝自知身不死，教修玉殿号长生。""东

风不假周郎便，铜雀春深锁二乔。""此日六军同驻马，当时七夕笑牵牛。"诸有意而不落议论，故佳；若落议论，史评也，非诗矣。宋已后多患此病。愚谓唐诗宗旨断绝五百余年，此亦一端。

咏史只可用本事中事，用他事中事，须宾主历然，若只作古事用之，便不当行。如："太平天子朝元日，五色云车驾六龙。"元者，玄元皇帝老子也，唐世奉为始祖，事固诬诞。天子五色车，用汉武甲乙日青车、丙丁日赤车事。周伯强引杜预《左传序》语，谓之"具文见意"，以其意在文中，更不出意也，乃为高手。

今世之大为诗害者，莫过于作步韵诗。唐人中、晚稍有之，宋乃大盛，故元人作《韵府群玉》。今世非步韵无诗，岂非怪事？诗既不敌前人，而又自缚手臂以临敌，失计极矣。愚曾与友人言此，渠曰："今人止是做韵，谁曾做诗？"此言利害，不可不畏。若人不戒绝此病，必无好诗。

诗乃心声，性情中事也。发乎情，止乎礼义，故谓之性。亦须有才，乃能挥拓；有学，乃不虚薄杜撰。才、学之用于诗者，如是而已。昌黎逞才，子瞻逞学，便与性情隔绝。

《雅》《颂》多赋，《国风》多比兴。《楚辞》从《国风》而出，纯是比兴，赋义绝少。唐人诗宗《风》《骚》，多比兴；宋诗比兴已少；明人诗皆赋也，便觉版腐少味。

山谷"猩猩毛笔"诗，不失唐人丰致，反自题为戏作，失正眼矣。

唐人诗意不在题中，亦有不在诗中者，故高远有味。虽作咏物诗，亦必意有寄托，不作死句。老杜"黑白鹰"、曹唐"病马"、韩偓"落花"可证。今人论诗，惟恐一字走却题目，时文也，非诗也。

自五代兵革，中原文献凋落，诗道失传，而小词大盛。宋人专意于词，实为精绝；诗其尘饭涂羹，故远不及唐人。

人情好新，今日忽尚宋诗。举业欲干禄，人操其柄，不得不随人转步。诗取自适，何以随人？

诗之学古，如孩提不能无乳姆也。必自立而后成诗，犹之能自立而后成人也。明之学老杜、学盛唐者，皆一生在乳姆胸前过日。

庾子山句句用事，固不灵动；六一禁绝之，一事不用，故遂至于澹薄空疏，了无意味。

唐人有寄托，故使事灵；后人无寄托，故使事版。

刘禹锡云："阁上掩书刘向去，门前修刺孔融来。"借古以叙时事则灵动。武元衡云："刘琨长啸风生坐，谢朓题诗月满楼。"实用古事而无寄托，便成死句。

建安无偶句，西晋颇有之。日盛月加，至梁、陈谓之格诗，有排偶而无粘。沈、宋又加剪裁，遂成五言唐律。《长庆集》中尚有半格体。

七言，汉人犹未成体，至魏文帝之《燕歌行》而成体，至梁人渐近于律，至初唐而遂成七言律诗。

七言歌行始于六朝，其间有长短句，有换韵，音节低昂，声势稳密，居然近体，非古诗也。

《北史·卢思道传》曰："周武帝平齐，授思道仪同三司，追赴长安。与同辈杨休之等数人作《听鸣蝉篇》，思道所为，词意清切，为时人所重。新野庾信遍览诸同作者而叹美之。"今读其词，居然初唐王、杨诸子。隋炀帝《江都宫乐歌》，七言律体已具，律诗亦不始于唐。

五、七言绝句，唐人加以粘缀，声病耳，其体未变于古也。

五言律诗，其气脉犹与古诗相近，至于七言律诗，则别一世界矣。

六朝人凡两句谓之联，凡四句谓之绝，非必以四句一篇者为绝句。

休文八病，宋人已不能辨。大约有声病、守粘缀、无叠韵、不口吃者，八病俱离。

口吃诗，即翻也；叠韵诗，即切也。"古今贵经教"，口吃也；"屋北鹿独宿"，叠韵也。口吃亦名双声。

"独树临江夜泊船"，或本作"独戍"。愚谓大江中有戍兵处，可泊船，以"独戍"为是。后读《宋史·王明传》，见其地有独树口，不觉自失。

唐人以韵字之少者，与他部合之为通用。哈当与佳通，以隔一部故，遂与灰通，以致字声乱极。

韵本休文小学之书，以为诗韵，已误。今人又作词韵，谬之谬也。

人之作诗，必宗"三百篇"，而用韵反不宗之，岂非颠倒？

"东"翻"登"，"冬"翻"丁"，声固不同，而非不可同押者也。休文诸公强作解事，分为二部，后人以是唐人所遵，不敢相异。

赵文敏诗，不独在元人为翘楚，在宋可比晏同叔。而本传云："以书画掩其文章，以文章掩其经济。"元世祖开国之君，所用当不谬也。

杨铁崖乐府，别是一种奇特之文，谓之乐府则不可，李宾之亦然。

汉人乐府多浓谵，"十九首"皆高澹，而"文选注"亦有引入乐府者，不知何故。

乐府，汉武所立之官名，非诗体也。后人以为诗体。

古人乐府词，有切题者，有不切题者，其故不可解。

少陵自作新题乐府，固是千古杰人。

　　大抵古人诗有专为乐歌而作者，谓之乐府；亦有文人偶作，乐工收而歌之者，亦名乐府。

　　乐府题，今人多不能解，则不必强作李于鳞。优孟衣冠，徒为人笑。

　　《焦仲卿妻》又是乐府中之别体，意者如后之《数落山坡羊》，一人弹唱者乎？

　　曲起而词废，词起而诗废，唐体起而古诗废。作诗欲以言情耳，生乎今之世，近体足以言情矣。好古之士，本无其情，而强效其体以作古乐府，殊觉无谓。

　　律诗，近体也。其开承转合，与时文相似，惟无破承起讲耳。古诗，则欧、苏之文，千变万化者也。作时文者多不敢擅作古文，而作律诗者无不竟作古诗，可乎哉？

　　古诗，汉·枚乘所作，有在"十九首"中者，然亦不殊于建安。但举建安之名，以为宗极可也。

阮公《咏怀》不下建安人作，自此而后，西晋已变，建安体绝于阮公。

西晋之《白纻舞词》不言何人作，那得下于汉人？

东晋竟无诗，至陶、谢而复振。

康乐，矜贵之极，不知者反以为才短幅狭，将为东坡如搓黄麻绳千百尺乎？

诗至明远而绚丽已极，虽不似建安，而别立门户，不肯相下也。

昌黎作《王仲舒碑》，又作志；作《刘统军志》，又作碑。东坡作《司马公行状》，又作碑。其事虽同，而文词句律乃无一字相似者。蔡中郎为陈太丘、胡广作碑，及为二公作祠铭，同者乃十七八。

韩退之作《博士李君墓志》，通无一语及其家世、宦迹、才行，直谓其误服方士柳泌药下血以死，且援引数人同以是死者，自李虚中、孟简、卢坦而下六七人。其文甚奇。公刻意而作，意欲后世永为鉴戒。然古今碑志无此体也。虞伯生作《晏氏家谱序》亦历数宋·窦俨、贾昌期而下数十人之子孙隆替，当亦效昌黎而作，然于晏氏亦有感激称颂语，不似昌黎之漠然于李氏也。

欧阳公《谢赐衣带马表》，东坡幼时，老泉命拟作，语意甚工。明成化丙午，场屋出此题以试士，所刻程文则益该博精切。至弘治壬子，复出魏征《谢黄金底马》，则益工矣。余意谓宋人尚四六，丙午刻者不失为宋表。壬子所刻，唐人则无是语也。后见常衮集中有《谢绯衣银牙笏玉带表》云："臣学愧聚萤，才非倚马。典坟未博，谬膺良史之官；词翰不工，叨辱侍臣之列。惟知待罪，敢望殊私。银章雪明，朱黻电映；鱼须在手，虹玉横腰。祇奉宠荣，顿忘惊惕。蜉蝣之咏，恐刺《国风》；蝼蚁之诚，难酬天造。"然则唐世已有此体矣。

唐之诗人惟陈子昂、张说、高适集中间有幽州之作，此外游宦于兹土者寡。宋则非奉使不至，故题咏亦无多。王之涣《九日送别》诗云："蓟庭萧瑟故人稀，何处登高且送归。今日暂同芳菊酒，明朝应作断蓬飞。"窦巩《蓟门》诗云："自从身属富人侯，蝉噪槐花已四秋。今日一茎新白发，懒骑官马到幽州。"马戴诗云："荆卿西去不复返，易水东流无尽期。日暮萧条蓟城北，黄沙白草任风吹。"张末诗云："十月北风燕草黄，燕人马饱风力强。虎皮裁鞍雕羽箭，射杀阴山双白狼。"四诗辞俱工。其余杂见于出塞送行之作，如："屡战桥恒断，长冰堑不流。"徐陵诗。"塞禽惟有雁，关树但生榆。"王褒诗也。"万里寒光生积雪，三边曙色动危旌。"祖咏诗也。"日生方见树，风定始无沙。"裴说诗也。"沙河流不定，春草冻难青。"王贞白诗也。"风折旗杆曲，沙埋树杪平。"马戴诗也。"黄云战后积，白草暮来看。"释皎然诗也。"塞馆皆无簟，儒装亦有弓。""已行难避雪，何处合逢花。"项斯诗也。"戍楼承落日，沙塞碍征蓬。"张蠙诗也。"有雪常经夏，无花空到春。下营云外火，驱马月中尘。"于鹄诗也。"野烧枯蓬旋，沙风匹马冲。"黄滔诗也。"儿童能走马，妇女亦弯弓。"欧阳修诗也。"边日照人如月色，野风吹草作泉声。"范镇诗也。皆善状燕中风景者。

李群玉《湘妃庙诗》："相约杏花坛上去，画阑红紫斗挐捕。"范摅《云溪友议》曰："群玉题庙见二女，曰：'二年当与君为云雨之游。'段成式戏之曰：

'不意足下是虞舜之辟阳。'"诗人轻薄至此,比于周秦行纪,甚矣。按舜升遐已一百十岁,三十征庸,帝妻二女,度其年已及笄,至此时亦是七八十岁老妪。后人纷纷摹拟湘筠染泪,比迹巫山,非独亵慢圣人,亦且有乖事实。

唐·李益赠卢纶诗曰:"世故中年别,余生此会同。却将悲与病,独对朗陵翁。"卢和云:"戚戚一西东,十年今始同。可怜风雨夜,相对两衰翁"句律悽惋,如出一口。

张继在临川寄皇甫冉诗曰:"京口情人别久,扬州估客来疏。潮至浔阳回去,相思何处通书。"以上三句见下一句,别是一体,然其声调亦不愧盛唐。冉答之云:"望望南徐登北固,迢迢西塞望东关。落日临川问音信,寒潮惟带夕阳还。"不但格律与之相埒,而一时相与之情亦可想见也。

王建《宫词》:"太仪前日暖房来,嘱向昭阳乞药栽。敕赐一科红踯躅,谢

恩未了奏花开。"今人有迁居或新筑室，朋侪醵金往贺，曰"暖房"，盖自唐人已有之矣。

《兰亭》记丝竹管弦之词，诚为重复。然不特右军言之，西汉《张禹传》"后堂理丝竹管弦"，则汉初已有此语矣。

六一诗云："徐福行时书未焚，逸书百篇今尚存。令严不敢传中国，举世无由识古文。"谓日本国有逸书，历问之贸易往来，不然。昔又传闻彼国无《易经》，舟中有此经，即波浪不得过，亦不然。

元遗山编唐诗，鼓吹以柳子厚"登柳州城楼"诗置之篇首。此诗果足以压卷乎？且其中许浑诗入选最多。今人脍炙不厌，无怪乎诗格日卑。

丁鹤年，西域人。洪武初，回回人禁例甚严，行止皆不得自由。丁尝有诗云："行踪不定枭东徙，心事惟随雁北飞。"刘伯温家居危疑，《九日》诗云："薏苡明珠千古恨，却嫌黄菊似金钱。"其意皆可伤也。

　　《花间》之词如古玉器，贵重而不适用；宋词适用而少贵重。李后主兼有其美，更饶烟水迷离之致。

　　词虽苏、辛并称，而辛实胜苏。苏诗伤学，词伤才。

　　宋人好推誉本朝人物。以六一比子长，犹十得五六；以放翁比太白，十不得三四。

　　昔人好取华丽字以名类事之书，如编珠、合璧、雕金、玉英、玉屑、金钥、金匮、宝海、宝车、龙筋、凤髓、麟角、天机锦、五色线、万花谷、青囊、锦带、玉连环、紫香囊、珊瑚木、金銮、香蕊、碧玉、芳林之属，未能悉数。闻国学镂版向有《玉浮图》，不知何书，当亦属类家也，又有《孟四元赋》。孟名宗献，字友之，自号虚静居士，金时冠于乡、于府、于省、于御前，故号四元。其律赋为学者法，然《金史》不入"文苑"之列，惟见于刘京叔《归潜志》。

　　三教中皆有义理，皆有实用，皆有人物。能尽知之，犹恐所见未当古人心事，不能伏人。若不读其书，不知其道，唯恃一家之说冲口乱骂，只自见其孤陋耳。昌黎文名高出千古，元晦道统自继孔孟，人犹笑之，何况余人。大抵一家人相聚，只说得一家话，自许英杰，不自知孤陋也。读书贵多贵细，学问贵广贵实，开口捉笔，驷马不及，非易事也。

　　儒道，在汉为谶纬所杂，在宋为二氏所杂。杂谶纬者粗而易破，袭二氏者细而难知。苟不深穷二氏之说，则昔人所杂者必受其瞒，开口被笑。

　　《楞严》云：以世界轮迴取颠倒，故人、畜、仙，其类充塞。世之学仙者守清净而间阴阳。非色界天无女人，但有色身，故名色界。欲念消尽者生于此。玉帝犹在欲界第二天，其上更有四层，皆有女人。有女则有欲，但以次轻微而上耳。神仙统于玉帝，事可知矣。人世事，释典无不言之，谓有力者从修罗、虎、象中来。

唐太宗命三藏法师取经，既至西域，有老僧年已七百，谓之曰："此间经籍甚多，人命短促，能读几何？须服我延年药，庶可读少分。"藏师以帝命有定期而辞之。

《楞严》翻译在武后时，千年以来，皆被台家拉去作一心三观。万历中年僧交光始发明根性，宗趣暗室一灯矣。钱牧斋研究之工，远过钟伯敬。钟于《楞严》，知有根性，钱竟不知也。生天牧斋必在伯敬前，成佛当在伯敬后。

人不可强所不知以为知。唐荆川博极群书，其作《稗编》，门类议论无不精确，唯所列释氏之徒，宗教不分，为人所议。

万松老人，耶律文正王之师也。其语文正王曰："以儒治国，以佛治心。"王亟称之，谓："云门之宗，悟者得之于紧峭，迷者失之识情。临济之宗，明者得之于峻拔，昧者失之卤莽。曹洞之宗，智者得之于绵密，愚者失之廉纤。独万松老人全曹洞之血脉，具云门之善巧，备临济之机锋，诚宗门之大匠，四海之所式范。"其倾心至矣。老人有《万寿语》，录释氏新闻。又善抚琴，尝从文正王索琴，王以承华殿《春雷》及种玉翁《悲风谱》赠之。见《湛然居士集》。且作诗寄老人，有"一曲悲风对谱传"之句。又尝寄孔雀便面，附以诗云："风流彩扇出西州，寄与白莲老社头。遮日招风都不碍，休从侍者索犀牛。"传之法门，亦佳话也。

元人事佛，最可笑者游皇城一事，作史者乃载入《祭祀志》，甚无识见。

明·慈圣太后生于漷县之永乐店，事佛甚谨，宫中称为九莲菩萨。每岁十一月十九日为其诞辰，百官率于午门前称贺，长安百姓妇孺，俱与佛寺前焚香祝禧。享天子奉养四十三年，古今太后称全福者所未有也。

火葬倡于释氏，末俗因之。焚尸之惨，行路且不忍见，况人孤、人弟乎？燕京土俗，以清明日聚无主之柩，堆若丘陵，又剖童子之棺敛而未化者，裸而置之高处，剪纸为旗，缚之于臂，此尤不仁之甚矣。或谓火化俗始自元代，然世祖至元十五年曾严焚尸之禁，且载《大元典章》，论世者未之考尔。

史籍极斥五斗米道，而今世真人实其裔孙，以符箓治妖有实效。自云其祖道陵与葛玄、许旌阳、萨守坚为上帝四相。其言无稽，而符箓之效不可没也。故庄子曰："六合之内，圣人论而不议；六合之外，圣人存而不论。"

少所见多所怪，见骆驼谓马肿背。《楞严》言十二类生甚详，而谭景升《化书》举之以为异事，人安可不学乎？

释典多言六道，唯《楞严》合神仙而言七趣。神仙在天下之人之上，虽是长年，实有死时，故又言寿终仙再活，为色阴魔也。道士每言历劫不死。夫众生以四大为身，神仙又以四大之精华为身，故得长年。至劫坏则四大亦坏，身于何有而可言历劫？旅次一食可以疗饥，一宿可以适体，谓之到家可乎？

以一药遍治众病之谓道，以众药合治一病之谓医。医术始于轩辕、岐伯，二公皆神仙也。故医术为道之绪余。

《楞严》所言十种仙，唯坚固变化是西域外道，余九种东土皆有之。而魏张人元、旌阳地元、丘长春天元为最盛。取药于人之精血者为人元，取药于地之金石者谓之地元，取药于天之日精月华者谓之天元。而餐松食柏如木客毛女辈者，名为草仙，非所贵也。地元、人元有治病接命之术，天元无之。

明·惠安伯张庆臻患痛疾，伏床七年。涿州冯相国请道师梁西台治之，吸真气二三口。再阅日，庆臻设宴请道师，能自行宾主之礼。京师人所共知者。

劳山、青城、太白、武当诸深山人迹不至之地，有宋元以来不死之人，皮着于骨，见者返走，皆草仙也。既入此途，则与三元永绝。故平叔云："未炼还丹莫入山，山中内外尽非铅"也。然唯绝于人元，而地元、天元则可作。

《楞严》所谓坚固动止而不休息，即华佗之五禽戏法，庄子所谓熊经鸟伸也，以之治病亦有效，成仙则未闻也。

什师《维摩经》注有云：天人以山中灵药置大海中，波涛日夜冲激，遂成仙药。又在《楞严》十种之外，以非人所能为故也。

兽中唯狐最灵，猿次之。狐多成仙，服役于上帝，如宫奴阉者然。猿，地仙耳。

金华人家忌畜纯白猫，能夜蹲瓦顶，盗取月光，则成精为患也。兽亦知天元哉！

鹿仙，非鹿成仙也。山中道士知人元之法者，以鹿代人取药物以有成者之名也。

人之得药者有洗心之工，丹房器皿，弃之而去，故得成仙。不弃去，只成接命者异类。类为孽，无不击于雷神，淫致祸也。乍能变为人形，以为稀事，奇味耽溺不舍，以致丧命，非药之咎也。《楞严》又有云："日月薄蚀，精气流注，著物成妖。"亦天元之意也。古人有不修而得仙者，其偶遇此精气乎？

魏伯阳以六十四卦譬喻丹道之药物火候，后人遂引《易》成仙家之书。

仙书唯《参同契》《入药镜》《悟真篇》是真书，其外《钟吕问答》《仙佛同源》等皆伪。

谚语云："剑法不传"。有王老人云："非不传也，剑以槊比之，锋锷如槊刃，而以身为之柄。徽州目连獶人之身法，轻如猿鸟，即剑法也。"

唐人小说所言剑仙，似乎寓言。而钱牧斋于明末，有客谒之，方巾青布袍，钱以下客畜之。数日后造钱之友冯班，谓曰："古有剑术，予即其人也。闻牧斋名，故来见之，乃俗流不我识也。"班问其术，答曰："亦服药，亦祭炼。术成，遇大风即蓦然起行，不觉已乘空矣。后则微风初起而为之，又后则见旭日之光即为之，久久无不如意矣。"言别送至门外，相揖。班揖起，已失其人。

由吾道荣善洞视萧轨之败，言之如目见。盖即道家之所谓出神也。

中行说难汉使曰："且礼义之敝，上下交怨，而室屋之极，生力屈焉。"此老氏之旨，当时文帝尚黄老，故其一时相习成风如此。

张紫阳之丹法，阴阳清净兼用之。不得其全者互相攻诋，终无效也。唯治病则偏者亦有效，接命则偏者不可矣。

人唯种禾以取米，则糠自得，本无种糠之法。地元之用金石亦然，而世之种糠者甚多。

　　涿州冯相国之长子名源淮，作元戎于楚时，追取银魂，每两一分，存者散碎为铜铁，天主教之法也。其人来中国，携银甚多，以追取其魂，故行囊不重滞，名"老子藏金法"。

　　以药汁蒸取黄金之汗以治火病，其效如神。明末宿将曾有之，尝以示客，状如麻油。自云："攻南方时，有大将被铳伤垂死者，与二匙即愈。"铅汗亦可用，噎隔者进之直下无阻。呕吐之甚者，大肠中粪秽从而出，立刻命尽。非得金石重药，无以治之。草木药轻浮，随呕而出也。故地元家谓草木经火则灰，经水则烂，不可为丹药。金则水火不能伤，故能养命。《抱朴子》中有服金银法。王涯置金沙于井而饮其水，甘露之变受刑，肉色如金。

　　以药汁浸珠自成粉，能治危病，又能救记性，不健忘。

　　《相如传》言：在梁著《子虚赋》，天子读而善之。相如曰：此诸侯之事未足观，请为天子游猎之赋。上令尚书给笔札。相如以"子虚"，虚言也，为楚称；"乌有先生"者，乌有此事也，为齐难；"亡是公"者，亡是人也。欲明天子之义，故虚借此三人为辞。其为"子虚"也，既立此三人名以为上林之地矣。后《上林赋》"亡是公"语与"乌有先生"齐难紧接，无从分段，不知缘何有先后篇之别？岂著《上林》时始改剟前赋而为之耶？不然，则前赋为不了语矣。

注：本篇《渌水亭杂识》，摘自《通志堂集》，包含了其中十五卷到十八卷的全部内容，且按照各卷的原篇章始末将其分为以上四节。纳兰性德于《渌水亭杂识》小序中写道："癸丑病起，披读经史，偶有管见，书之别简。或良朋莅止，传述异闻，客去辄录而藏焉。逾三四年遂成卷……"由此可知，《渌水亭杂识》应当作于康熙十二年（一六七三年）至康熙十五年（一六七六年）间，即在他 18~21 岁之间完成。而且，由小序也可以看出，纳兰性德并未将《渌水亭杂识》认为是自己的研究成果，而是通过和朋友在聊天中的相互切磋，再加上自己的研究，共同取得此成就。

《纳兰书简》精选

致张纯修简

第一简

厅联书上，甚愧不堪。昨竟大饱而归，又承吾哥不以贵游相待，而以朋友待之，真不啻既饱以德也。谢谢！此真知我者也。当图一知己之报于吾哥之前，然不得以寻常酬答目之。一人知己，可以无恨，余与张子，有同心矣。此启，不一。成德顿首。十二月岁除前二日。因无大图章，竟不曾用。

注：由此简的内容可知，这篇书简应写于纳兰性德与张纯修都在国子监学习时，其时二人刚结交不久，系年当为康熙十年十二月。

第二简

"箭决"二，谨遣力驰上。其物甚鄙，祈并存之为感！所言书幸于明朝即令纪纲往取。晤期俟再订。不尽。弟成德顿首。见阳道兄足下。

第三简

"箭决"原付小力奉上，因早间偶失检察，竟致空手往还，可笑甚矣。今特命役驰到，幸并存之。书祈于明后日即取至，则感高爱于无量也。晤期再报，不一。成德顿首。见阳道兄足下。

第四简

花马病尚未愈，恐食言，昨故令带去。明早家大人扈驾往西山，他马不能应命，或竟骑去亦可。文书已悉，不宣。成德顿首。

第五简

明晨欲过尊斋，同往慈仁松下，未审尊意如何？特此，不一。成德顿首。

注：慈仁即指大报国慈仁寺，俗称报国寺，位于北京的西城区。据考证称报国寺始建于辽代，塌毁于明代，于成化二年重建。纳兰性德曾与徐乾学、宸英、严绳孙等一众师友一同在寺内的昆卢阁吟诗作对。由此可推想，身为性德好友的纯修亦很有可能与性德同游此寺。

第六简

一二日间，可能过我？张子由画三弟像，望转索付来手。诸子及悉，特此。成德顿首，七月四日。

第七简

天津之行，可能果否？斗科望速抄出见示。聚红杯乞付来手。三令弟小照亦检发，至感，至感！特此，不一。成德顿首。

第八简

比日未奉教诲，何任思慕。前所云表帖张庆美，幸致其过荒斋。奚汇升亦遣其过我。秋色满阶，忽有迅雷，斯亦奇也，不知司天者亦有占验否？此上。不尽，不尽。九月十三日，成德顿首。

《从友人乞秋葵种》一绝呈教："空庭脉脉夕阳斜，浊酒盈樽对晚鸦。添取一般秋意味，墙阴小种断肠花。"

第九简

令弟小照可谓逼肖，然妆点未免少俗耳。吾哥似少不像，而秋水红叶，可无遗憾也。一两日可能过我？特此，不尽。来中顿首。

注：书简末句署名中的"来"字，有其他版本写作"耒"的。

第十简

正因数日不见，怀想甚切，不道驾在津门也。海上风烟，想大可观。有新

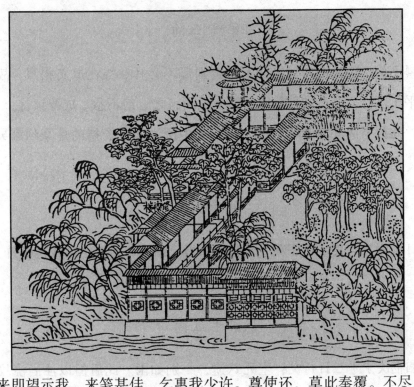

作，归来即望示我。来笺甚佳，乞惠我少许。尊使还，草此奉覆。不尽，不尽。十月五日，成德顿首。

第十一简

久未晤面，怀想甚切也，想已返辔津门矣。奚汇升可令其于一二日间过弟处。感甚，感甚！海色烟波，宁无新作？并望教我。十月十八日，成德顿首。

第十二简

日暮望即付来手，诸容另布，不一。期弟成德顿首。见阳道长兄。

注："期"在古代代表丧期一周年之意，而性德在署名中自用"期弟"二字，可见此书简应写于性德的妻子卢氏去世后服丧期间，即康熙十六年（一六七七年）。

第十三简

日暮不值，望以前所见者赐下，否则俱不必耳。恃在道义相照，故如是贪鄙也。平子已托六公，如何竟有舛谬？俟再订之。诸不悉。成德顿首。

注：此篇书简亦写于康熙十六年。文中所说的平子指的是篆刻家吴晋，犹善画兰。

第十四简

连日未晤，念甚。黄子久手卷借来一看，诸不一。期小弟成德顿首。

注：此书简写于康熙十六年。

第十五简

亡妇柩决于十二日行矣，生死殊途，一别如雨。此后但以浊酒浇坟土，洒酸泪，以当一面耳。嗟夫，悲矣！澹庵画册附去，宋人小说明晨望送来。成德顿首。

注：该书简中写道"决于十二日行矣"，是说预定于十二日送卢氏灵柩启行，由此可知，此书简应写于康熙十七年的七月上旬左右。但据考，卢氏的期为康熙十七年七月二十八日，疑似后因某事并未如期启行。前后时间有矛盾，待考。

第十六简

倪迁《溪山亭子》乃借耿都尉者，顷已送还，俟翌日再借奉鉴耳。四画若得司农慨然发览，当邀驾过共赏也。率覆，不一。弟德顿首。

欹斜一径入，门向夕阳边。何必堪娱赏，凋零自可怜。松寒疑有雪，僧老不知年。只合千峰上，长吟看月圆。（《戒坛》）

注：据考证，《溪山亭子图》为倪瓒之作品，本来由都尉耿信公所收藏

（此人擅文章，富收藏，工艺事）。纳兰性德曾多次向他借观此画，并最终把它买来，置于通志堂中，由此可见纳兰性德对此画的钟爱程度。

第十七简

德白：比来未晤，甚念。平子兄幸嘱其一二日内拨冗过我为祷。此启，不尽。初四日，德顿首。

并欲携刀笔来，有数石可镌也。如何？

第十八简

前托济公一事，乞命使促之。夜来微雨西风，亦春来头一次光景。今朝霁色，亦复可爱。恨无好句以酬之，奈何，奈何！平子竟不来，是何意思？成德顿首。

第十九简

前来章甚佳，足称名手。然自愚观之，刀锋尚隐，未觉苍劲耳。但镌法自有家数，不可执一而论，造其极可也。日者竭力构求旧冻，以供平子之锈，尚未如愿。今将所有寿山几方，敢求渠篆之。石甚粗砺，且未磨就，并希细致之为感。叠承雅惠，谢何可言！特此，不备。十七日，成德顿首。

石共十方，其欲刻字样，俱书于上。又拜。

第二十简

前求镌图书，内有欲镌"藕渔"二字者。若已经镌就则已，倘未动笔，望改篆"草堂"二字。至嘱，至嘱！茅屋尚未营成，俟葺补已就，当竭诚邀驾作一日剧谈耳。但恨无佳茗供啜也。平子望致意。不宣。成德顿首，初四日。

"卿自见其朱门，贫道如游蓬户。"容兄因仆作此语，构此见招，有诗刻《饮水集》中，适睹此简，为之三叹！贞观。

注：由"茅屋尚未营成，俟葺补已就，当竭诚邀驾作一日剧谈耳"可知，茅屋应建于康熙十八年见阳南赴江华前。最后两行是顾贞观多年后一观此简时所题，根据词意，茅屋又必建于康熙十六年冬梁汾南还之后。茅屋既已建成，改称草堂或花间草堂。草堂落成应在康熙十七年内，此词作于草堂建成之际，所以此书简的写作年代应为康熙十七年。

第二十一简

前正以风甚不得相过为憾，值此好风日，明早准拟同诸兄并骑而来，奈又属入直之期，万不得脱身。中心向往，不可言喻。另日奉屈过小圃，快晤终日，以续此缘，何如？成德顿首。见阳道兄。

第二十二简

来物甚佳，渠索价几何？欲倾囊易也。弟另觅鳅角，尚欲转烦茂公等再为之，未审如何？先此覆，不尽，不尽。初四日，成德顿首。

第二十三简

姚老师已来都门矣，吾哥何不于日斜过我？不尽。成德顿首，三月既日。

第二十四简

两日体中大安否？弟于昨日忽患头痛，喉肿。今日略差，尚未痊愈也。道兄体中大好，或于一二日内过荒斋一谈，何如，何如？特此，不一。来中顿首。
更有一要语，为老师事，欲商酌。又拜。

第二十五简

周、伊二人昨竟不来，不知何意？先生幸促之。诸容面悉，不尽。七月七日，成德顿首。见阳足下。

第二十六简

素公小照奉到，幸简入，简入！诸容再布，不尽。成德顿首，七月十一日。

第二十七简

成德白：渌水一樽，黯然言别，渐行渐远，执手何期？心逐去帆，与江流俱转，谅知己同此眷切也。衡阳无雁，音问久疏。忽捧长笺，正如身过临邛，与我故人琴酒相对。乡心旅况，备极凄其，人生有情，能不惆怅？念古来名士多以百里起家者，愿足下勿薄一官，他日循吏传中，借君姓名，增我光宠。种种自当留意，乃劳谆嘱耶？鄙性爱闲，近苦鹿鹿。东华软红尘，只应埋没慧男子锦心绣肠，仆本疏慵，那能堪此。家大人以下，仗庇安和，承念并谢。沅湘以南，古称清绝，美人香草，犹有存焉者乎？长短句固骚之苗裔也，暇日当制

小词奉寄，烦呼三间弟子，为成生荐一瓣香，甚幸。邮便率勒，不尽依驰。成德顿首。

注：此书简应写于张纯修就任江华知县后不久，即康熙十八年左右。

第二十八简

四月廿一日成德白：朝来坐渌水亭，风花乱飞，烟柳如织，则正年时把酒分襟之处也。人生几何，堪此离别？湖南草绿，凄咽同之矣。改岁以还，想风土渐宜，起居安适。惟是地方兵燹之后，兴除利弊，动费贤令一番精神。古人有践历华要，犹恨不为亲民之官，得展其志愿者。勉旃，勉旃！勿谓枳棘非鸾凤所栖也。蕞尔荒残，料无脂腻可点清白，但一从世俗起见，则进取既急，逢

迎必工，百炼刚自化为绕指柔。我辈相期，定不在是。兄之自爱，深于弟之爱兄，更无足为兄虑者。至长安中，烟海浩浩，九衢昼昏，元规尘污，非便面可却。以弟视之，正复支公所云："卿自见其朱门，贫道如游蓬户"耳。诗酒琴人，例多薄命，非为旷达，妄拟高流。顷蒙远存，聊悉鄙念。来扇并粗笺写寄，笔墨芜率，不足置怀袖间。穆如之清，借此奉扬。楚云燕树，宛然披拂，或暂忘其侧身沾臆也。努力珍重！书不尽言。成德顿首。

注： 此书简应写于张纯修于江华县任职期间，即康熙十九年（一六八〇年）左右。

上座主徐健庵先生书

某以诠才末学，年未弱冠，出应科举之试，不意获受知于钜公大人，厕名贤书。榜发之日，随诸生后端拜堂下，仰瞻风采，心神肃然。既而屡赐延接，引之函丈之侧，温温乎其貌，谆谆乎其训词，又如日坐春风，令人神怿。由是入而告于亲曰："吾幸得师矣！"出而告于友曰："吾幸得师矣！"即梦寐之间，欣欣私喜曰："吾真得师矣！"夫师岂易言哉！

古人重在三之谊，并之于君亲。言亲生之，师成之，君用而行之，其恩义一也。然某窃谓师道至今日亦稍杂矣。古之患，患人不知有师。今之患，患人知有师而究不知有师。夫师者，以学术为吾师也，以文章为吾师也，以道德为吾师也。今之人谩曰，师耳，师耳。于塾则有师，于郡县长吏则有师，于乡试之举主则有师，于省试之举主则有师，甚而权势禄位之所在，则亦有师。进而问所谓学术也，文章也，道德也，弟子固不以是求之师，师亦不以是求之弟子。然则师之为师，将仅仅在奉羔、赘雁、纳履、执杖之文也哉？洙泗以上无论已。

唐必有昌黎，而后李翱、皇甫湜辈肯事之为师；宋必有程、朱，而后杨时、游酢、黄干辈肯事之为师。夫学术、文章、道德罕有能兼之者，得其一已可以为师。今先生不止得其一也，文章不逊于昌黎，学术、道德必本于洛、闽，固兼举其三矣。而又为某乡试之举主，是为师之道，无乎不备。而某能不沾沾自喜乎！先生每进诸弟子于庭，示之以六经之微旨，润之以诸子百家之芬芳，且勉以立身行已之谊。一日进诲某曰："为臣贵有勿欺之忠。"某退而自思，以为少年新进，未有官守，勿欺在心，何裨于用，先生何乃以责某也？及退而读史，宋·寇准年十九登第，时崇尚老成，罢遣年少者，或教之增年，准不肯，曰："吾初进取，何敢欺君？"又晏殊童年召试，见试题曰："臣曾有作，乞别命题，虽易构文，不敢欺君。"然后知所谓勿欺者，随地可以自尽。先生固因某之少年新进而亲切诲之也。某即愚不肖，敢不厚自砥砺奋发，以庶几无负大君子之教育哉！承示宋、元诸家经解，俱时师所未见，某当晓夜穷研，以副明训。其余诸书，尚望次第以授，俾得卒业焉。

注：此文的标题是按照《通志堂集》的原标注名。徐乾学，字原一，号玉峰、健庵先生。性德于康熙十一年八月在由徐乾学任副主考的科考中中举人，

此文应写于其后不久。

与韩元少书

　　仆幼习科举业，即时时窃喜为古文词，然不敢令师友见也。今幸出大匠之门，且与足下为同年友，当古学振兴之日，人思自奋，仆亦妄希著述，以正有道。而作者林林，浩乎渊海，才单力弱，绠短汲深，尚同彭祖之观井，惴惴惟恐失坠，而足下遽欲引之于十洲三岛之间，以问五城十二楼之胜，其可得哉？惶恐！惶恐！至所商明文选，仆颇得其梗概，敢为足下陈之。

明之为代，近接宋、元。则明之为学，亦直承宋、元诸儒之学。三百年间追踪大家者，约略得数人焉。宋潜溪经学醇正，故文有根柢，春容大雅，无蹶张叫嚣之气，自成清庙明堂之音。虽梵宇琳宫，多其碑碣，竺书道笈，无所不收，偶或牵率应酬，尚少持择，然不足为之病也。方逊志如黄河天落，直泻万里，而风激湍迪，正复沦涟绮激，是子瞻之后身也。至其不磨之气节，涌现行墨间，又与文山、叠山颉颃矣。杨东里平澹之中饶有妙味。朱弦疏越，一唱三叹，讽讽乎多古意也。

当时仁宗最喜永叔文字，而东里似之，主臣一德，仿佛可见。王伯安以天纵之奇才，加心学之独得，故其为文如昆刀之切玉，快马之斫阵，为天地间第一种快文。即其论学有偏，然而文自单行，功斯不朽矣。王遵岩学南丰经术之气，溢于楮墨，宁迁而不径，宁拙而不巧，如入宗庙、庠序，所见无非瑚琏、簠簋也。归震川之文，源本性灵，取材经史，淘汰之功，良为心苦。柳宗元云："本之太史以著其洁"，似足当之。虽斤斤绳尺，而当其得意时，正复汪洋洸恣，故不得病其尺幅之狭耳。唐荆川如大鹏培风，游龙戏海，力量气魄，迥异寻常，世间无物可以夭阏之者。至其文多偶比，是学昌黎《原道》《原毁》之文，而尚少变化。钱牧齐腹笥既富，文笔又长，援古证今，每发一端，便如瓶水泻地，迸注分流。惟深锢于朋党之见，或有失实。而其为珰祸诸君子志传之文，淋漓感慨，足裨史乘，然亦病其杂矣。

大抵弘、正以前，皆无意为古文者也，以其学问之余，溢为鸿章巨制。嘉、隆以来，有意为古文者也，波澜驰骋，远逼古人，而未免有规摹之迹。他如刘青田、王子充之雅沽，李崆峒之雄古，罗圭峰之僻涩，罗念庵之醇茂，赵浚谷之苍莽，王弇州之瑰奇，虽非大家嫡系，亦文坛之雄霸也。自此以外，桧后无讥焉。愚见如此，足下以为然否？幸进而教我。

注：此文的题目亦是按照《通志堂集》的原标注名。此文的写作年代应是纳兰性德于康熙十一年中举人后不久。韩菼为性德好友，与性德同时中举人。韩学识渊博，淡泊名利。虽与性德交好，但是两人的学术观点颇有不同，韩的

道学气息浓重。纳兰性德去世后，韩为他撰写神道碑铭。

与某上人书

　　昨见过时天气甚佳，茗碗熏炉，清谈竟日，颇以为乐，今便不可得已。承示"万法归一，一归何处"令仆参取时，即下一转语曰："万法归一，一仍归万。"此仆实有所见，非口头禅也。上人心有不契，不复作答，仆亦畏丰干饶舌，默默而退。既而思韩昌黎性喜辟佛，然而凡为诸上人作序，必告之以吾儒之理，亦以竺氏之教虽非，而其徒皆吾万物一体中人也，何忍竟摈而不与之言？

仆何人哉？敢与昌黎比！然而既与上人交，则极欲上人之共知此理，犹如人得美饮食而不与一父之子同享之，岂情也哉？

自有天地以来，有理即有数，数起于一，一与一对而为二，二积而成万。凡二便可见，一便不可见，故乾坤也，阴阳也，寒暑也，昼夜也，呼吸也，皆可见者也。一者何？太极也。欲指一物以为太极，即伏羲、文王、周公、孔子之圣亦有所不能。故周子曰："无极而太极。"此无上妙谛也。吾儒太极之理，在物物之中，则知一之为一，即在万法之中。竺氏亦知有所为太极者，彼误认太极为一物，而其教又主于空诸所有，故并欲举太极而空之，所以有"一归何处"之语，不知物物具一太极，一即在万法中。竺氏求空而反滞于有，不如吾道之物物皆实，而声臭俱冥，仍不碍于空也。黄面瞿昙，定不河汉吾言，上人亦能再下一语否？

注：根据文章的内容来看，这应该是纳兰性德早期的作品。

致严绳孙简（八月六日）

　　成德白：前有一字托郑谷口寄去，想先后可达台览，种种非片言可尽。未审起居如何？家严病已渐差，辱吾哥垂虑，敢并附闻。弟今于闲中，留心《老子》，颇得一二人开悟，未敢云为得也。马云翎不及另字，幸道思念之意。别后光阴，不觉已四越月，重来之约，应成空谈。明年四月十七，算吾咏正是去年今日别君时也。吴伯老不专启，幸道意。赵声伯若进谒时，并望周旋之。此泐，不尽。八月六日，成德顿首。

　　注：此文写作时间系为康熙十五年八月，其时严绳孙离京返故里约四个月之久。严绳孙，字荪友，号藕荡渔人，又号藕渔。无锡人，善词，与纳兰性德结交于北京。

致严绳孙简（七月廿一日）

　　成德顿首。前有一函托汤商人寄去，想入览矣。近况已略悉前柬，兹不复具。惟乞我哥于八月间到都，以慰我愁思也。华山僧鉴乞转达鄙意，求其北来为感。留仙事今已大妥，不必为念，特此附闻。余情缕缕，不宣。七月廿一日成德白。

　　注：此篇书简的写作时间有学者称应在康熙十六年（一六七七年），有待考证。

致严绳孙简（十二月十五日）

　　十二月十五日成德白：荪友长兄足下，慕大哥去，曾附一信，想已入览矣。闻已自浙中来家，囊橐不知如何？息影之计，可能遂否？前有新词四十余阕附去，未审得细加删定否？华封在都，相得甚欢。一旦忽欲南去，令人几日心闷，数年之间，何多离别！订在明年八月间来都，若吾哥明春北来则已，否则秋间即促其发轫，亦吾哥之大惠也。前吾哥在浙时，江烟湖鸟，景物自佳，但恐如白香山所云："诚知老去风情少，见此争无一句诗"耳。江南风景如何？伯成身后事，已嘱料理，想不有误。新令韩君，觅人转致。邠仙尚留滞京中，颇见不妥。留仙亦一淹蹇人也。有新诗即寄我。二郎读书如何？并示为慰。家大人皆无恙。几年以来，吾哥意中人，想俱已衰丑零落，亦大凄凉也，呵呵：阔怀如缕，捉管顿不能言，奈何奈何！诸惟鉴，不尽。成德顿首。

注：此文的写作时间可能在康熙十六年（一六七七年）。

致严绳孙简（正月廿日）

分袂三日，顿如十载，每念清夜酒阑，残星凉月，相对言志，不禁泣下。前者因行李匆遽，未能抱臂一送，深为歉仄。驰恋之心，想彼此同之也。至叮嘱之言，以吾兄高明人，故不敢琐琐。然此中愁肠，正不知有几千结也。稍俟绿肥红瘦，即幸北来，万勿以寻旧约，作当日轻薄态，留滞时日，以负弟望也，至恳！慕鹤老处嘱其照拂。留老相会时，希致意。诸草草不一。成德顿首，左至，正月廿日。

注：有学者称该件书简所标之收件人有误，并非是严绳孙，而应是顾贞观。此书简的写作时间应为康熙十七年（一六七八年）。

致严绳孙简（九月廿七日）

中秋后曾于大恩僧舍以一函相寄，想已入览矣。弟秋深始归，日直驷苑，每街鼓动后，才得就邸。曩者文酒为欢之事，今只堪梦想耳。兹于廿八日又扈东封之驾，锦帆南下，尚未知到天涯何处，如何言归期耶？汉兄病甚笃，未知尚得一见否，言之涕下。弟比来从事鞍马间，益觉疲顿。发已种种，而执殳如

昔。从前壮志，都已隳尽。昔人言：身后名不如生前一杯酒，此言大是。弟是以甚慕魏公子之饮醇酒，近妇人也。

行前得吾哥手书，知游况不佳，甚为悬念。然人世常情，毋足深讶。东封返驾，计吾哥已到都亭，当为弹指画谋生之计。古人谓：好官不过多得金耳。吾哥但得为饱暖闲人，又何必复萌宦情耶？吾哥所识天海风涛之人，未审可以晤对否？弟胸中块磊，非酒可浇，庶几得慧心人以晤言消之而已。沦落之余，方欲葬身柔乡。不知得如鄙人之愿否耳。乘舆南往，恐难北上，如尚未发棹，须由中州从陆。以岁前为期，便当别置帏房，以炉茗相待也。此札到日，速以答书见寄。必附章藩乃能速达。九月廿七旧午刻，饮水弟顿首白。

注：此书简的写作时间应为康熙二十三年（一六八四年），纳兰性德随康熙帝南巡之前。书简中的"天海风涛之人"出自李商隐的《柳枝词序》："柳枝，洛中里娘也。……生十七年，涂妆绾髻，未尝竟，以复起去。吹叶嚼蕊，调丝擫管，作海天风涛之曲，幽忆怨断之音。"身为歌妓的柳枝乃是李商隐的红颜知己，而性德在此处指的应是与柳枝身份背景相似的沈宛。此文的原简中

其实并未署名收信人的姓名、字、号，所以有学者对于此书简是否是写给严绳孙的表示怀疑。

致阙名简

成德白：不见忽已二十余日。重城间隔，趋侍每难。日夕读《左氏》《离骚》，余但焚香静坐。新法如麻，总付不闻，排遣之法，推此为上。来言尽悉，俟面布，再宣。初三日，成德顿首。谨状。伏惟鉴察。

上颜太夫子书

成德谨禀太夫子台下：前接手谕，因悉起居佳胜，翘首南天，益增怅望。悠悠梦想，愿飞无翼，种种并志之矣。使旋，布候不宣。成德顿首。

注：颜太夫子，字逊甫，名光敏，山东曲阜人，清代著名诗人、书法家，康熙六年进士。性德与他的关系颇为复杂。颜与顾炎武是好朋友。纳兰性德的老师徐乾学是顾炎武的外甥及受业弟子，所以性德便相当于顾炎武的再传弟子。许是出于顾与颜的好友关系，性德才尊称其为太夫子，实际二人并无师生关系。

致顾贞观简

　　望前附一缄于章藩处，计应彻览。弟比日与汉槎共读《萧选》，颇娱岑寂，只以不对野王为怊怅耳。黄处捐纳事，望立促以竣，不可以泄泄委之也。顷闻峰泖之间，颇饶佳丽，吾哥能泛舟一往乎？前字所言半塘、魏叟两处如何？倘有便邮，即以一缄相及。杪夏新秋，准期握手。又闻琴川沈姓有女颇佳，亦望吾哥略为留意。愿言缕缕，嗣之再邮，不尽。鹅黎顿首。

注：章藩，指的是章钦文，因任江苏布政使一职而得名"章藩"（"藩台"为当时布政使的尊称）。"沈姓有女"指的应是沈宛；沈宛曾跟随父亲住在吴兴、常熟两地，而顾贞观也在吴兴、无锡两地之间奔波，当有机会认识沈宛。所以性德有"亦望吾哥略为留意"一说，让他帮忙注意沈宛。顾贞观于康熙二十一年正月自京返乡，二十三年秋重返京。再结合文意，此书简的写作时间应在康熙二十二年冬至二十三年春这一期间。

与顾梁汾书

扈跸遄征，远离知己，君留北阙，仆逐南云。似蚩蚰之初分，如珪璋之乍判。柳青青于客舍，魂恻恻于河梁。缱绻之情，兄固有之，弟亦何能不尔也？惟是登封大典，旷代希逢，趣马微劳，臣职已定。老父艾年，尚勤于役；渺予小子，敢惮前驱？况复王道荡平，非同九折。天清气朗，时值三秋。风伯驱尘，雨师洒路，千乘万骑，驰骤风飙。豹纛蜺旌，蔽亏日月。云门宛转，与雁唳而俱闻；铙吹悠扬，随渔歌以互答。黄华分翠凤之香，紫蓼映红云之丽。仆手携湘管，身佩吴刀。随昌宇以侍衣，偕方明而夹毂。日睹龙颜之近，时亲天语之温，臣子光荣，于斯至矣。虽霜花点鬓，时冒朝寒，星影入怀，长栖暮草，然但觉其欢欣，亦竟忘其劳勚也。

若夫登岱宗之绝顶，齐鲁皆青；涉河济之波涛，鱼龙可狎。金泥玉检，秦篆依然；瓠子宣房，汉歌不远。指匹练而吴趋在望，乘枯槎而银汉可通，此亦宇宙之神皋，河山之奥室也。虽无才藻，颇有赋心。既而自念身在属车豹尾之中，名属缀衣虎贲之列，尚敢与文学侍从铺《羽猎》而叙《长杨》也乎？至于铁锁横江，金焦矗日，倚妙高之台畔，访瘗鹤之遗踪。瓜步雄风，神鸦社鼓；

扬州逸兴，坐月吹箫。听六代之钟声，半沉流水；望三山之云影，时动褰裳。此亦可以兴吊古之思，发游仙之梦者矣。更有鹤林旧刹，甘露精蓝，近海岳之幽偏，多老颠之遗墨。零缣断素，虽不可求；薜碣牛磨，时有可问。此又仆所徘徊慨慕而不自已者也。及夫楚树连云，吴艭泊岸；牙樯锦缆，觉鱼鸟之亲人；青幰碧油，喜风花之媚客。梁溪几曲，无异鉴湖；虎阜一拳，依稀灵岫。千章嘉树，户户平泉；一领绿蓑，行行西塞。品名泉于萧寺，听鸟语于花溪。昔人所云茂林修竹，清流激湍者，向于图牒见之，今以耳目亲之矣。且其土壤之美，风俗之醇，季札遗风，人多揖让，言偃故里，士尽风流。稻蟹尊鲈，颇堪悦口；渚茶野酿，实足销忧。而况林屋龙峰，布帆不断；金阊锡岭，兰楫可通；侍绛帐于昆冈，结芳邻于吾子；平生师友，尽在兹邦；左挹洪压，右拍浮丘；此仆来生之夙愿，昔梦之常依者也。

　　夫苏轼忘归，思买田于阳羡；舜钦沦放，得筑室于沧浪。人各有情，不能相强。使得为清时之贺监，放浪江湖，亦何必学汉室之东方，浮沉金马乎？倘异日者脱屣宦涂，拂衣委巷；渔庄蟹舍，足我生涯；药臼茶铛，销兹岁月；皋桥作客，石屋称农；恒抱影于林泉，遂忘情于轩冕，是吾愿也，然而不敢必也。悠悠此心，惟子知之，故为子言之。北风多厉，千万眠食自爱。

注：根据文意，本文应写于纳兰性德跟随皇帝南巡期间。康熙二十三年九月二十八日至十一月二十九日期间性德随皇帝出行，此文应于十月末写于江南。

与梁药亭书

仆少知操觚，即爱《花间》致语，以其言情入微，且音调铿锵，自然协律。唐诗非不整齐工丽，然置之红牙银拨间，未免病其版褶矣。从来苦无善选，惟《花间》与《中兴绝妙词》差能蕴藉。自《草堂》《词统》诸选出，为世脍炙，便陈陈相因，不意铜仙金掌中竟有尘羹涂饭，而俗人动以当行本色诩之，能不齿冷哉！近得朱锡鬯《词综》一选，可称善本。闻锡鬯所收词集凡百六十余种，网罗之博，鉴别之精，真不易及。然愚意以为吾人选书不必务博，专取精诣杰出之彦，尽其所长，使其精神风致涌现于楮墨之间。每选一家虽多取至什、至佰无厌。其余诸家不妨竟以黄茅、白苇概从芟薙。青琐绿疏间粉黛三千，然得飞燕、玉环，其余颜色如土矣。

天下惟物之尤者断不可放过耳！江瑶柱入口，而复咀嚼鲍鱼、马肝，有何味哉！仆意欲有选如北宋之周清真、苏子瞻、晏叔原、张子野、柳耆卿、秦少游、贺方回，南宋之姜尧章、辛幼安、史邦卿、高宾王、程钜夫、陆务观、吴君特、王圣与、张叔夏诸人，多取其词汇为一集，余则取其词之至妙者附之，不必人人有见也。不知足下乐与我同事否？有暇及此否？处雀喧鸠闹之场，而肯为此冷澹生活，亦韵事也。望之望之！

　　注：梁佩兰，字芝五，药亭是他的号，又号柴翁、二楞居士，晚号郁洲，广东南海人，纳兰性德的好友。梁于康熙二十年离京返乡，此文应是两人离别期间纳兰性德写给梁佩兰的，又因梁于康熙二十三年冬归京，故写作时间应在其年夏秋间。

纳兰经解诸序及书后

经解总序

经之有解，自汉儒始。故《戴礼》著经解之篇。于时分门讲授，曰《易》有某家；《诗》《书》《三礼》有某家；《春秋》有某家者。某，宗师大儒也。传其说者，谓之受某氏学，则终身守其说，不敢变。党同角氏异，更废迭兴。虽其持论互有得失，要其渊源皆自圣门，诸弟子流分派别，各尊所闻，无敢私创一说者，盖其慎也。

东汉之初，颇杂谶纬；然明、章之世，天子留意经学，宣阐大义。诸儒林立，仍各专一家。今谱系之列于《儒林传》者可考而知也。自唐太宗命诸儒删取诸说为《正义》，由是专家之学渐废，而其书亦鲜有存矣。至宋二程、朱子出，始刊落群言，覃心阐发皆圣人之微言奥旨。当时如临川、眉山、象山、龙川、东莱、永嘉、夹漈诸公，其说虽微有不同，然无有各名一家如汉氏者。逮宋末元初，学者尤知尊朱子。理义愈明，讲贯愈熟。其终身研求于是者，各随所得以立言，要其归趋，无非发明先儒之精蕴，以羽卫圣经。斯固后世学者之所宜取衷也。惜乎其书流传日久，十不存一二。

余向属友人秦对岩、朱竹垞购诸藏书之家。间有所得，雕版既漫漶断阙，不可卒读；钞本讹谬尤多，其间完善无讹者又十不得一二。间以启于座主徐先生，先生乃尽出其藏本示余小子，曰："是吾三十年心力所择取而校定者。"余且喜且愕，求之先生，钞得一百四十种。自《子夏易传》外，唐人之书仅二三种，其余皆宋、元诸儒所撰述，而明人所著间存一二。请捐赀经始与同志雕版行世。先生喜曰："是吾志也。"遂略叙作者大意于各卷之首，而复述其雕刻之意如此。

注：《戴礼》分为《大戴礼》八十五篇，为戴德所著；《小戴礼》四十九篇，为戴圣所著，二人为叔侄关系。《儒林传》指的是《后汉书·儒林传》，《正义》指的是《五经正义》。

《子夏易传》序

汉《艺文志》：《易》十三家，无所谓《子夏传》者。《隋唐志》始有《卜夏传》二卷，云已残缺。今书十一卷，首尾完具，盖后人之书，托言卜商者也。案：古《易》上、下二篇惟文、周之象、爻；而孔子所系之辞则别名曰《传》，谓之《十翼》，各自为书，不相联属。今本象、爻之下即系以孔子之《传》，如今所行王弼本，其非古《易》也明矣。

陈氏谓李鼎祚、陆德明所引用皆不见是书，则亦岂隋、唐所载之旧哉。《崇文总目》虽疑之，而未能确指为何人。晁景迁始以为唐·张弧作。弧尝著《易·王道小疏》，或即此书，未可知也。唐人经解存于世者：于《易》，惟李鼎祚之《集解》；《诗》，成伯玙之《指说》；《春秋》，陆淳之《纂例》《辨疑》《微旨》三数种。若长孙无忌之《要义》，则约《正义》而为之者。其他未见也。然则是书虽近而不笃，又岂可使无传也哉。弧尝官试大理评事，别有《素履子》三卷，见道家。

注：汉《艺文志》指的是《汉书·艺文志》。《指说》即《毛诗指说》。《纂例》《辨疑》《微旨》分别为《春秋集传纂例》《春秋集传辨疑》《春秋微旨》。

三衢刘氏《〈易〉数钩隐图》序

　　三衢刘氏《易解》，晁氏《读书志》（**注**：参考下文，此处似少一'载'字。）一十五卷，《崇文书目》载《新注》十一卷，今之存者《易数钩隐图》三卷及《遗论九事》一卷而已。刘氏之《易》传于范谔昌。谔昌自谓其学出于李处约、许坚，二子实本于种放者也。其为图采撷天地奇偶之数成之，释其义于下，凡五十有五。李觏删之，止存其三，以为彼五十二皆疣赘，穿凿破碎，鲜可信用。

　　然当庆历初，吴秘献之于朝，有诏优奖，当其时田况序其书。秘之《通神》、黄黎献之《略例》《隐诀》、徐庸之《〈易〉缊》，皆本刘氏。逮鲜于优稍辨其非，其后论《易》者交攻之，而以九为《河图》，十为《洛书》，宋之群儒恒主其说。自蔡元定之论出，朱子取之，于是人不敢异议。然朱子之言曰："安在《图》之不可为《书》，《书》之不可为《图》？"朱子盖未尝胶执己见也。然则刘氏之书固宜并存焉而不可废者已。

　　注：《隐诀》指的是《室中记师隐诀》，《通神》指的是《周易神通》，皆载入《宋史·艺文志》中。

同州王氏《易学》序

　　王氏湜《易学》一卷，《文献通考》载其名，又述晁氏之论，称湜为同州

人，而不言生于何世。考书中语，约略在南渡前。其自为之序曰："予平生喜《易》，晚得邵康节'易学'，喜不自禁，昼夜覃思，未尝暂舍。"又曰："愚于《观物篇》之所得，既推其所不疑，又存其所可疑，不敢轻其去取故也。"绎其辞，盖研精邵子之学而不欲自异者矣。西山蔡氏以十为《河图》，九为《洛书》，称系邵子之说。然邵子第言："圆者《河图》之数，方者《洛书》之文。"以数之体言之，则奇为圆，而偶为方也。今王氏之学一本邵子，而主《河图》九数。又魏华父论精通"邵学"者数朱子发，亦以九为《图》而十为《书》。予未能阐《图》《书》之奥义也，序其端，以见昔人所以说"邵易"者如此。

　　注：《观物篇》指的是宋朝邵雍所著的《观物内篇解》和《观物外篇》，这两本均载入《宋史·艺文志》中。《河图》和《洛书》只是数学的一个分支，通常又称幻方或魔方。汉代孔安国曾云："《河图》者，伏羲氏王天下，龙马出河，遂则其文以画八卦。《洛书》者，禹治水时，神龟负文而列于背，其数至

九，禹遂因而第之，以成九类。"

朱氏《汉上〈易传〉并〈易图〉丛说》序

荆门朱子发以赵元镇之荐，入论《易》殿中，称帝意，除祠部员外郎。及

迁秘书少监，告词敷以"否""泰"之义。其后以起居郎兼资善堂赞读，则申
以山下出泉为喻。集传之作，命尚方给纸札。而林儵上所著《易说》，有诏俾
其详问。当时学《易》之醇深莫有远过之者，故其告词多以《易》为喻。受知
于主，不可谓不遇矣。书成日，表上于朝，自言："由政和迄绍兴十有八年，造

次不舍，上采汉、魏、吴、晋，下逮有唐及今，包括异同，补苴罅漏。"盖若是其勤且博也。

元·袁学士伯长谓："《易》以辞象变占为主，王辅嗣出，一切理喻，汉学几于绝熄。尧夫、子发始申言之，后八百年而始兴者也。"所以推崇子发者亦至矣乎！今则罕有刊其书以行者，可慨已。高宗之告词曰："朕惟《否》《泰》二卦论君子小人消长之理甚明。或谓消长系乎时数，此大不然。上下交而志同，于时为'泰'，故君子以其汇征；上下不交而天下无邦，于时为'否'，故君子以俭德避难而已。"观其幸学讲《泰卦》；张魏公入朝，则书《否》《泰》二卦赐焉；未尝不审于阴阳消长、君子小人进退之机而反复细绎。顾卒退元镇，俾小人得进，何欤？善乎魏公之言曰："'否'、'泰'之理，起于人君一心之微。一念之正，其画为阳，'泰'自是而起矣；一念之不正，其画为阴，'否'自是而起矣。"子发之传亦云："时已'泰'矣，苟轻人才，忽远事，植朋党，好恶不中，不足厌服人心，天下复入于'否'。"又云："天地反复之际，小人必因君子有危惧之心，乘隙而动。"皆切中南渡君臣之病者。吾故表而著之，书以为序。

《〈周易〉义海撮要》序

宋·熙宁间，蜀人房审权集汉郑康成以下至王介甫《易》说凡百家，择取专明人事者编为百卷，曰《（周易）义海》。至绍兴中，江都李衡删其重叠冗琐，又益以伊川、东坡、《汉上〈易传〉》，为《撮要》十卷，而以群儒杂论附焉。自汉以来，说经者惟《易》义最多：隋《经籍志》凡六十九部，《唐志》增至八十八部，《宋志》则二百一十三部。然今之传者盖罕矣。唐·李鼎祚合三十五家《易》说为《集解》，遗文坠简，借之得见指归。而《义海》一编克能表章百家之说，惜乎全书之不可复睹也。

衡，字彦平，宣和末入辟雍，乾道中官秘阁修撰，寻除侍御史，改起居郎。时张说以外戚为节度使，给事中莫济不书勑，翰林周必大不草制，衡与右正言王希吕相继论奏，同时去国。士子为《四贤诗》以纪之。其后徙昆山，聚书万卷，号所居曰："乐庵"。其为学以《论语》为本，盖有得于洛人赵孝孙之说。孝孙之父受业于伊川者也。李氏《集解》一刻于明·宗正灌甫，再刻于海盐胡氏，三刻于常熟毛氏。而是编未有刊行者，乃勘其舛误而镂诸版。

注：《唐志》即《新唐书·艺文志》。

赵氏复斋《易说》序

严陵赵子钦，宋宗室子，仕为宁海军节度推官，当时目为复斋先生者也。《易说》六卷，朱子寓书，嘉其用意精密。而门人喻仲可传之，郡守许兴裔刊之。兴裔谓其体察也精，推研也审，深窥爻象之变。仲可称其师则曰："探赜钩深，简严精切，他人千百言不能该者，约以数语，盖卓然可传者也。"子钦尝著《广杂学辨》，朱子每语学者，以为近世未有。至《士冠礼》《昏礼》《馈食图》，朱子见而作《通解》。及先生之殁，朱子哭之恸，曰："赵丈为人，今岂易得！"当日荐先生于朝者，彭忠肃龟年、薛文节叔似、孙献简逢吉。而其平生交最契者，赵忠定汝愚、吕忠公祖俭。观其友，可以信先生之为人；诵其友之言，可以证先生之学术。虽其论《易》间与朱子不同，然可云笃志于道者已。

谷水林氏《易裨传》序

朱子门人《易》义有成书者，瓜山潘氏、盘涧董氏、谷水林氏。潘之《集义》、董之《师训》，予皆未之见，所见者林之《裨传》三篇而已。其言曰："〈易〉之道变通不穷，得其一端，皆足以为说。"是亦善《易》者之言也。独怪鄱阳董季真会通经传，集诸家《易》义，从游朱子者凡七十五人，而林氏顾不与焉，盖有不可解者。迨元至正间，嘉兴路总管刘贞、教授陈泰始刊之于郡学，而曩之雕本今又不可得矣，乃复镂板以广其传焉。林氏名至，字德久，淳熙中以太学上舍释褐，官秘书省。潘氏名柄，字谦之。董氏名铢，字叔重。

吴氏《易图说》序

《古易》一册，附以《易图说》三卷，宋·河南吴仁杰斗南父著。《易》上下二篇，盖伏羲所画之卦、文王所演之象、周公所系之爻辞而已。孔子《十翼》本自为书，后人欲便学者习读，始分附彖、象传于各卦爻之下，而古初之经遂乱而不可识。宋之吕微仲、晁以道、吕伯恭及睢阳王氏、九江周氏，咸有所更定，亦人各不同。

仁杰则以为：《易》上下经而外，孔子之传卦象者当曰《彖传》，传大象者当曰《象传》，传爻辞者当曰《系辞传》；而今之《系辞》二篇当总名《说卦》，即汉·河内女子所献三篇也。故析为《彖传》《象传》各一篇，《系辞传》

上、下二篇，《说卦》上、中、下三篇，《文言》《序卦》《杂卦》各一篇，凡十篇，而《古易》复完。又以卦必有变，极其变，则每卦可为六十四。爻之动者则占对卦，爻之不动者则占覆卦。对卦亦谓之变卦，变者用九六，不变者用七八。又言："伏羲所画之 ☰☰☰ 即乾字，☷☷☷ 即坤字，他卦皆然，不必更著卦名。"与所论乾坤用九用六之义最精详，具于所订《古易》之后。而《易图说》者则演之为图，以明其旨者也。是二书固相辅而行者与？仁杰《古易》本十二卷，今本止举其略，而集诸家所订于后。考张昶《吴中人物志》：仁杰有《集古易》，盖此书也。仁杰本昆山人，其称河南者，举其郡望。登淳熙进士，累官国子学录。尝讲学朱子之门。他所著，如《乐舞新书》《盐石新论》《两汉刊误补遗》《离骚草木虫鱼疏》，世多有存者。

《〈周易〉启蒙通释》序

《〈周易〉启蒙通释》二卷，宋·婺源梅里胡方平著。方平字师鲁，世所称玉斋先生，而双湖胡一桂庭芳父也。朱子之为《启蒙》，盖发明象数，为读《本义》者设。玉斋之《通释》，则因《启蒙》以发明《本义》者也。其言曰："《本义》阐象数、理义之原，示开物、成务之教。象非卦不立，数非蓍不行。象，出于图书而形于卦画，则上足以演太极，而《易》非沦于无体；数，衍于蓍策而达于变占，则下足以济生人之事，而《易》非荒于无用。《易》之要领孰大于是？明乎此，则《本义》一书如指诸掌也。"盖其沉潜反复，研精《易》旨者二十余年，始成是书。故其见之精卓若此。其生平，《易》学本于介轩董梦程，复师毅斋沈贵瑶，二君皆饶之德兴人。介轩故受《易》于勉斋黄干，又为盘涧董铢之犹子，宜其渊源有自来也。是书新安旧有椠本，今已不可得。此本为元·建阳刘泾所梓，有泾及熊禾去非序。泾字楫之，云庄文简公爌后人。

《〈周易〉玩辞》序

宋·江陵项平甫先生，光、宁两朝以直谏著声。庆元中坐党籍罢官，杜门著书，为《〈周易〉玩辞》十六卷，发挥卦爻，抉摘精蕴。其意以为：辞者象之疏也；"玩辞"者读《易》之法也；不玩其辞而知其象，不知其象而能观变玩占，以尽人合天者，未有也。其言苞举天人，兼该理数学者探索之不尽。其

书盛行于宋季。迨元·大德中，淮西廉访佥事干玉伦徒尝刻于齐安，而马贵与、虞伯生为之序。数百年来传本渐稀，近得善本于吾师东海先生，因重校而梓之。

古今言《易》者奚啻数百家，然自注疏外惟程、朱《传义》为世所传习。平甫自言读程三十年，而又尝问学于朱子，与之往复辨论，故其书独得理要。陈直斋谓："《程传》一于言理，尽略象数，而此书未尝偏废。程氏于小象颇欠发明，而此书爻象尤贯通。"又谓其"遍考诸家，断以己意，诚精且博。"不其然哉？吴草庐为学得力于《易》，自注疏、程、朱外，惟取是书及蔡节斋《训解》。则是书之宜辅《传义》而行也审矣，可不急为传之乎？干玉伦徒者北庭人，虞伯生称其好古博雅，学道爱人，其人可想见。于以见有元一代缙绅士大夫通经慕古，宋世之风规未尝坠也。

东谷郑先生《易翼传》序

　　《易》之教失，而为卜筮之书，以流于阴阳占验之术。王辅嗣曰："互犹不足，遂及卦变；变又不足，推致五行；一失其原，巧愈弥甚。"故其注《易》，专务明理。自谓有得于言象之表。然其失也，祖述老庄，谓有从无出，理寓于

无。《易》以垂教，本备于有，是知有无之截然为两，而不知体用一源，显微无间之原无二致也。于是心迹始判，学术事功纷然驳杂矣。或者不安于浅近，而徒索之于无。其弊也，不至糟粕诗书，土苴仁义不止。

　　程氏有忧之作为《易传》，一以玩辞为主。其言曰："得于辞不达其意者有矣；未有不得于辞而能通其意者也。"故不涉于象数，象与占在其中矣；不落于

有无，性命幽明之理著，事物情尽，而开物成务之道备矣。朱子谓其用意精密，道理平正；尚疑其举三百八十四爻尽属之于人身，于作《易》之意有所未尽，且其间义理多伊川所自发，与经文隔膜，所以读者难于贯穿。而程子亦自云："成书旋复修补，期于七十，其书始出。"又曰："吾于此书，止说得七分，后人更须自体究。"其不敢自信如此。此东谷郑氏舜举《翼传》之所以作也。舜举自序其所得于伊川者由体用显微之旨，而于其中犹不能以无疑。疑斯辨，辨斯明。凡伊川之隐而未发者莫不尝其窾繁，尽其节目，融会贯通而出之，然后确乎其有以自得也。夫明经者必博观众家之说，折衷其是，以定一宗，故其理可明，而异说不得以惑。则是书之作虽不足以尽《易》，其有功于《易》也多矣，况于程氏之书也哉。予故特梓之，以广其传。

《〈三易〉备遗》序

《周礼》太卜掌《三易》之法：一曰《连山》，二曰《归藏》，三曰《周易》。其经卦皆八，其别皆六十有四。杜子春注曰："《连山》伏羲，《归藏》黄帝，合《周易》为三代之书。《连山》首艮，夏用之；《归藏》首坤，商用之；《周易》首乾，周用之。孔子叹杞、宋无征，于杞得夏时，于宋得坤乾。"康成注以"《夏时》为夏四时之书，其存者有《小正》；坤乾，商阴阳之书，其存者有《归藏》。"考班固《艺文志》，《归藏》不著于录，康成何从得之？毋亦张霸《古文尚书》之流乎？《隋志》有薛贞注《归藏》十三卷，至唐已亡，别有司马膺注。又有《连山》十卷。宋《崇文总目》独存《归藏》，《初经》《齐毋》《本蓍》三篇间见诸书所引，颇类诸子百氏之语。

愚窃以为：太卜之所掌者《三易》之筮法。筮人掌《三易》，以辨九筮之

名，但有端龟命蓍吉凶悔吝之兆，原无象爻所系之辞。孔子所得或出献老口授，非有成书，故后世无传。否则秦政禁书，《二易》当以卜筮得存，不应不见于西汉也。宋·东嘉朱日华氏精心象数之学，以为天下有亡书，无亡言。因夏时坤乾之言，即河洛先后天之图，推五行生成，以明五十五图之为《洛书》，述《连山象数图》，以备《夏易》之遗。推五行纳音，以明四十五数之为《河图》，述《归藏象数图》，以备《商易》之遗。因先天后天之体用即象数之合，以证羲文之合，以繇爻彖象之辞证互体，演反对互体图例，以备《周易》之遗。而首之以《河图》《洛书》之辩。凡为书十卷。

日华中嘉定辛未武科，官承节郎，差处州、龙泉、遂昌、庆元及建宁、松溪、政和巡检。家则堂提刑两浙，见其书异之，因进于朝，请收之冗散之役，处以校雠之任。时为咸淳八年之夏。未三年，纪元德祐，不及收用，徒录其书于后省而宋社屋矣。其子士可、士立，先后补成，乞序于同邑林千之以传之。父子用心于是书，可谓勤矣。日华名元升，温之平阳人。士可登开庆己未武科。

千之字能一，举宝祐癸丑进士，官编修。林霁山赠之以诗，有"大雅凋零尚此翁"句，盖宋之遗老也。

注：家铉翁，号则堂，眉州人，以荫补官，历任权户部侍郎兼知临安府、权侍右侍郎、浙西安抚使、签书枢密院事等职，政绩斐然。宋亡后，他守志不仕，直至终老。

《丙子〈学易编〉》（节本）序

《丙子学易编》，宋·陵阳李心传微之著。本十五卷，此仅一卷，盖元·俞琰石涧节本也。微之之父舜臣常著《〈易〉本传》三十三卷，洪景卢为之序。微之本父书，并采王弼、张载、程颐、郭雍、朱熹诸家而成是编。阅其序目，大抵以象占为主，尽扫虚无穿凿之缪，盖有功于《易》道者，惜不得见其全也。其书之成仅二百八十日，是为宋嘉定九年，岁在丙子，故曰《丙子〈学易编〉》。石涧借全编于书肆而手抄之，自云："寒天短晷，老目昏霜，并日而录其可取者。"盖时年已七十余，可谓老而好学也矣。

赵氏《易叙丛书》序

《〈周易〉辑闻》六卷，《易雅》一卷，《筮宗》三卷，合名之曰《易叙丛书》，宋·户部侍郎赵汝楳所著。汝楳者，商恭靖王元份七世孙，资政殿大学士、天水郡公善湘之子也。善湘于群经皆有撰述，而于《易》则有《约说》八卷、《或问》四卷、《指要》四卷、《学易读问》八卷、《学易补过》六卷。汝楳自序其书，谓受《易》于父，盖六易稿而传之者。惜乎《丛书》在，而善湘

之经义无存。父子著书则同，而传不传，信有幸不幸也。汝楳以宗室子为宰相史弥远女塙，顾能谦抑自修，研精《易》象，又以余暇引致黄问、黄中、吴仲孚诸人，诗篇唱和，其风流儒雅犹可想见。至晚岁用理财进，虽历腤仕而失士誉。然则善《易》者必明乎进退得丧之理而审择焉，庶几可以动而无悔也已。

《水村易镜》序

《水村易镜》一卷，宋·莆田林光世著。光世字逢圣，勒令所删定林霆曾

孙。靖康初，霆叔冲之被命使金，是时霆为乌江丞，三上书请代往，不报。冲之竟执节死。事具《宋史》本传。霆博学，深象数，与郑樵为金石交。光世渊源家学，遍览藏书，因《易》十三卦取法乾象者著为图说，以明圣人仰观之义，名曰《易镜》。淮东漕黄汉章上其书于朝，理宗览而惊异，以为先儒所未发，命有司以礼津遣赴阙，由布衣授史馆检阅，迁校勘。历将作丞，知潮州，数迁得提举浙东常平茶盐。进《嘉言》二十篇，赐进士出身，召拜司农少卿兼史职。俄而去食祠。复起知隆兴府，以言者寝新命，遂用朝请大夫知秘阁归老。

林氏世多忠节。冲之子郁，官福建茶司，遇乱，骂贼死。霆兄震，知镇江府，力攻蔡京、卞兄弟有声。崇宁、大观间，霆与秦桧同登进士。不附和议，常责桧曰："公何忍置二帝万里外，博一宰相！"故莆人谓之忠义林氏。光世之擢官也，以趣贾似道进。师还朝，被劾而去。岂亦为似道所恶，故不安其位耶？今不得而考矣。所进《嘉言》，理宗比之杨万里《千虑策》，手书"水村"二字赐之。光世因作亭于莆之坼嶂山，以彰其宠。吁！岂非布衣稽古之至荣欤？

文公《易说》序

自文公《本义》出，而《易》道大明，久为天下学士所服习。然而公论《易》之精义微言，见于同时之论难与及门弟子之辨说者，不一而足。又或著为文章，发之歌咏，间有可以阐羲、文之秘，抉周、孔之奥者。虽文集、语录各有成编，然以简帙重大，学者或未能周览。且丛见杂出，非汇而归于一，亦无由得其要领也。公孙子明绍承家学，取文集、语类汇而葺之。首之以河洛、太极、两仪、四象、八卦、重卦与乾坤之要指；次取论上、下二篇之策与《十翼》之言；而终之以卜筮与蓍卦。

　　考误正郭子和之失者，及凡注、疏、欧、苏、《参同契》及《麻衣心法》之类，靡不著其得失，明其归趣，使学者知所从违，而不惑于群言之淆乱。信如杨东里所云，学《易》之士不可无之书也。其后董正叔、胡庭芳、董真卿亦缘子明之意而各为《附录》《纂注》诸书，然或不专取朱子之言。若自为一书，且采之博而择之精，惟是书为优。子明名鉴，文公长子塾之子，以荫补迪功郎，官至奉直大夫、湖广总领，居建安紫霞洲。文公子孙居建安者自子明始。

　　注：此处的文公应指的是南宋著名思想家、教育家朱熹。字元晦，号晦庵，又称考亭先生、紫阳先生。谥文，故又称朱文公。《麻衣心法》则是指《麻衣道者正易心法》，该书由麻衣道者撰写，宋初陈抟作注。

王巽卿《大易缉说》序

《易》之为书，广大悉备，不可以一端尽也。故自汉以至宋，言《易》者凡七百家。有宋而后，为书益伙。朱氏《授经图》、焦氏《经籍志》所载几备矣，乃巽卿是书独遗而不录，《文渊阁书目》中亦失之。近始得于藏书之家。其书前为《图说》《论辩》二卷，后为《解说》八卷，而总名之曰《大易缉说》。大旨则分纬《河图》以溯伏羲画卦之由；错综河洛，以定文王位卦之次。而义之最精者，则每卦必论成卦之主，以为圣人观象设卦，咸自乾坤而出，乾坤二体之变，即成卦之主。

文王主之以成卦体，周公主之以取爻义，夫子主之以为象传。故圣人所系之辞，无不因六画而来，则昔贤所谓假象以设辞者非矣。其言至当。吴草庐称其书平正稳审，盖谓是乎！其于有宋诸儒独右濂溪之《太极图说》，等之羲、文、周、孔，尊为《六易》。而于康节、晦庵少有所轻。虽未免或过，要皆出于心解理会，非因仍蹈袭者比也。是书元·常德路推官田泽尝请于朝，为之刊行。申子出处详于泽所为《续刊（缉说）始末》中，兹不赘。泽者，居延人，后官海南海北道廉访司副使，著有《洪范洛书辨》一卷，见《授经图》中。

崇仁吴氏《〈易〉璇玑》序

《〈易〉璇玑》三卷，绍兴中崇仁布衣吴沆所进，当时目为环溪先生者也。

先生幼孤，事母孝，政和间尝献书于朝，不报，乃归隐环溪。其言《易》，自象而求之卦，次求之象，次求之爻，为论二十七篇。其文简奥，间以韵语行之，类古繇辞，卓尔成一家之言者也。当其时，高宗留意学《易》，书《乾卦》赐侍讲秦梓，书《否泰卦》赐右相张浚。于是以《易》义进者朱氏震、林氏像、李氏授之、刘氏翔、郭氏伸、彭氏与、宋氏大明、都氏絜、吴氏适，或令秘省看详，或令有司给札，或与堂除，或补上州文学。先生独高尚不仕，没而祀于郡县学宫。读其书，思其人，镂版传之，益信立言之必本乎德。

《合订大易集义粹言》序

宋·陈隆山《大易集义》六十四卷，曾穜《大易粹言》七十卷。二书撷集宋儒论说凡十八家。而《粹言》所采，二程、横渠、龟山、定夫、兼山、白云父子七家。其康节、濂溪、上蔡、和靖、南轩、蓝田、五峰、屏山、汉上、紫阳、东莱十一家之说，皆《集义》上下经所引，《粹言》则未之及也。《粹言》有系辞、说卦、序卦、杂卦；《集义》止上下经。余窃病其未备，因于十一家书中将讲论《系辞》以下相发明者一一采集，与《粹言》合而订之，间以臆见，考其源委，定其体例，芟其繁芜，补其脱漏，成八十卷，庶使二书之发凡、起例互相吻合，而十八家之精义奥旨无不网罗毕具。繇是而上求三圣之心于千载之下，和合诸儒之言于一堂之中。虽人自为说，有彼此浅深详略之不同，而会而归之，罔所乖刺；测度摹拟，无有不备；纵衡变化，无有不通；理象之粲然者莫是过矣。自揣固陋，未必有当于《集义》《粹言》所以为书之宗要，或亦陈、曾两公之所不废也。书成，请正于座主徐先生，先生曰善，命梓之附诸《经解》之末。

　　注：陈友文，字隆山，他所撰写的《大易集义》，实际上共六十七卷。而《大易粹言》只有十卷，实为方闻一所编纂，性德此处以为曾穜所著，有误。

董氏《〈周易〉程朱氏说》序

　　宋哲宗元符己卯，程伊川先生序《易传》十卷。后七十九年为孝宗淳熙丁酉，晦庵先生《本义》成。自有两书而四圣人之精义微旨益著。又八十九年为咸淳丙寅，实度宗即位之二年，天台董正叔取二先生之书合而一之，为《〈周易〉程朱氏说》，盖始终百七十年矣。尝观程先生之《传》主于言理，而朱子《本义》则推本圣人因卜筮教人之意，第明其为卦象、卦变、卦体、卦德而不费于辞说。

　　夫以二先生学之渊源有本，而论《易》若是不同，何也？盖尝征之程先生之言曰："有理而后有气，有气而后有数，《易》因象以知数，得其义则象在其中。"又曰："理无形也，因象以明理。理见乎辞者也，则可由辞以观象。"是程先生虽专言理，实兼包乎象数也。朱子曰："《易》只是卜筮之书，今人说得来太精了，然却入粗不得。某之说虽粗，然却入得精，精义皆在其中。"良以卜筮象数原未尝外于义理，盖有此理，则有此象，有此数，即卜筮所谓趋吉避凶，惠迪吉、从逆凶者未尝外义理而得，是理与数岂岐而二之物乎？正叔有见于此，故辑为成书，依程《传》之文而录《本义》于后。

　　凡程之遗书，朱之文集、语类有裨于《传》《义》者，咸取而附之《系辞》以后。程子无《传》，则取程子平日论说补之，而附录如上下经之例，于以明两夫子之同有功于四圣，而非有所异也。其后董真卿之《辑录纂注》，与明永乐之《大全》，实权舆于此。正叔之有功于两夫子不亦大乎！正叔名楷，台之临海人，中文天祥榜进士，知洪州，有惠政，后官吏部郎中，从潜室陈器之游，得朱子再传之学者也。

注：《系辞》一般是指《易传·系辞》或《周易·系辞》。亦称《系辞传》，分为上、下两部分。《大全》指的是明代永乐年间编成并颁布的《五经四书大全》。

题《读易私言》

许文正公以正大之学，当草昧之世，辅翊世祖，建学明伦，其有功于斯道甚大，所著书不多见，行于世者《鲁斋遗书》而已。《读易私言》者，统论六画大义，简括精当，足以见公学之纯而养之邃也。金源以来，苏黄之学行于中州。公从江汉先生得闻伊洛之旨，与柳城共倡明之。元儒学之醇，惟公上接有宋，惜世祖用之未尽，终惑于桑哥、王文统之徒，使斯民不获被其泽，岂不惜哉！公又有《（大学）要略》一卷，盖领成均时以教胄子者，直述常语，俾使通晓。可与并行者也。

石涧俞氏《大易集说》序

《大易上下经说》二卷，《象辞说》一卷，《彖传说》二卷，《爻传说》二

卷，《文言传说》一卷，《系辞传说》二卷，《说卦说》一卷，《序卦说》一卷，《杂卦说》一卷，合一十三卷，各冠以序，统名曰《大易集说》。而《易图纂要》一卷，《易外别传》一卷附焉。吴人俞琰玉吾叟所著也。

叟于宝祐间以词赋称，宋亡，隐居不仕，自号石涧道人，又称林屋洞天真

逸。其书草创于至元甲申，断手于至大辛亥，用力可谓勤矣。世之言图书者类以马毛之旋，龟文之坼。独叟之持论谓："《尚书·顾命》：'天球、河图，在东序。'河图与天球并列，则'河图'亦玉也，玉之有文者尔。昆仑产玉，河源出昆仑，故河亦有玉，洛水至今有白石。洛书，盖石而白有文者。"其立说颇异。至其集众说之善，以朱子《本义》为宗，而邵子、程子之学，义理、象数一以贯之，诚有功于《易》者也。考叟之说《易》，尚有《经传考证》《读易须

知》《六十四卦图古占法》《卦爻象占分类》《易图合璧连珠》诸书，咸附于《集说》之后，而今已无存。当日共讲《易》者则有西蜀苟在川，新安王太古，括苍叶西庄。鄱阳齐节初。其名字、官阀亦不复可考矣。呜呼惜哉！

胡一桂《〈易〉本义附录纂注》、
《启蒙翼传》合序

　　考亭之学一再传，后惟新安尤盛。父兄师友各自名家。若玉斋、双湖父子，其最著也。双湖名一桂，字庭芳，领宋景定甲子乡荐。入元，隐居著书。以闽为文公讲学之地，过其乡，访求绪论。复从建安熊禾勿轩游，与之上下讲议者十余年。归则裒集诸家之说，疏朱子之言，为《〈易〉本义附录纂疏注》及

《启蒙翼传》二书，论者谓其得朱子源委之正。勿轩尝谓之曰："更得《诗》

《书》《春秋》《周礼》、《仪礼》一如《易》书，以复六经之旧，岂非文公所望于吾辈者乎！"惜先生仅成此二书及《书说、诗传附录纂疏》，而他书竟未及为也。

　　尝观汉人经学各有师法，此韦表微有《九经师授谱》，刘𬭬有《授经图》，李焘亦有《五经传授》，著其流派，咸有条理。近代经学至朱子而得其归，若节斋蔡氏、盘涧董氏之于《易》，九峰蔡氏之于《书传》，贻辅氏之于《诗》，清江张氏之于《春秋》，勉斋黄氏、信斋杨氏之于《礼》，皆朱子嫡嗣也。再传而后，怀孟、金华、新安、鄱阳，其传益著，其派益广。苟能为之稽其授受，别其源流，使后之学者知渊源之有自，岂不为明经者之一助乎！今世通经学古之士，必有继而为之者，尤予所望也。

　　注：胡一桂，字庭芳，号"双湖先生"，徽州婺源人。精于易学，是朱熹易学的传人。《书说、诗传附录纂疏》，似是《书说附录纂疏》和《诗传附录纂疏》二书的合刊本，尚待考证。

《〈周易〉本义集成附录》序

　　朱子《易本义》一书，疏明其义者，有董楷之《正书》，蔡渊之《训解》，胡炳文之《通释》，胡一桂之《附录纂注》，董真卿之《会通》，而熊良辅之《集成》亦其一也。良辅字季重，别号梅边，南昌人，举元·延祐丁巳乡试，早师遥溪熊凯学《易》，复得《〈易〉传》于凯之友泉峰龚焕。试礼部不第，归训徒乡塾，研究《易》旨，乃为是书，采摭诸家之说，与《本义》合者录之，即不合而有得于经旨者亦备录以相发，末则折衷以己意，盖本朱子之书而不泥焉者也。

始朱子《本义》，一遵吕成公所订古文为主，以六十四卦象爻之辞为上下经，而孔子所释彖、象、文言及上下系、说卦、序卦、杂卦为《十翼》。明永乐时编次《大全》，乃以朱子《本义》附程《传》以行，而初本遂淆。良辅是书犹仍旧本上下经二卷，谓之《集成》，《十翼》十卷谓之《附录》，总为十二卷，统名之曰《〈周易〉本义集成附录》。《授经图》但录《集成》二卷，盖未

见全书也。嗟乎！自《〈周易〉传义大全》行，而世无知朱子《易》之为古文也久矣。故科试者往往合周公、孔子之辞以命题，割裂纰缪，良可怪叹。得是书，庶可一正之乎！良辅所采撷自唐迄元凡八十四家中姓氏多不著者，于以见《易》书之多，后世不可得尽见，犹赖是书以传，亦可尚也。

鄱阳董氏《〈周易〉会通》
序雷思齐二种《易》序

《〈周易〉会通》一十四卷，题曰《经传》，集程朱解，附录纂注，冠以凡例十条，《经传历代因革》一卷，而以《启蒙五赞筮仪附录纂注》终焉。鄱阳董真卿季真父所编集也。金华吴正传驳之，谓朱子之《义》自与程《传》体制

不同，不当强求其通。而季真自序则云：“自包牺氏作《易》，至于文王、周公，不知几年而后有卦、爻之辞。由文王、周公至于孔子五百余年，而后有《十翼》。由孔子至程、朱子千五百余年，而后有《传》《义》。今讵程、朱子百有余年，乃敢析合经传，集四圣二贤及历代诸儒之说以备一书。”其亦勇于自任

者矣。

季真为深山先生之子，盘涧先生之从子，受学于双湖胡氏、勿轩熊氏。胡之学本于其父玉斋，玉斋师毅斋沈氏，沈学于介轩董氏，董学于勉斋黄氏。熊之学本于进斋徐氏，徐学于节斋蔡氏，蔡又为勉斋之友。当时师弟子授受渊源可考，皆本于程、朱子者也。其曰："程子主理义，朱子主象占。求朱子象数之《易》得其旨，因朱子以求程子理义之《易》，又于诸家之《易》，理之所聚而不可遗，理之所行而无所碍者，相与发明之。"故虽林黄中、袁机仲之说，双湖诋为惑世诬民者，季真或有取焉，其亦善于言《易》者矣。

雷思齐二种《易》序

《易图通变》五卷，《易筮通变》三卷，元·临川道士雷思齐著。《易图》世有传本，《易筮》则得之《道藏》中。二书固相为表里，宜并行者也。思齐字齐贤，别号空山，居钟湖观，授玄教讲师，乐与士大夫游。吴文正赠以诗，有"钩深十翼象外易，罗络三苍篇内文"句。《十翼》即指二书，《三苍》者，岂思齐于六书之学亦有撰著欤？思齐虽羽流，实当时高士。其游于黄冠，盖亦有托而逃，若梁隆吉、邓牧心辈，非寻常道流比，其所撰宜吾儒所不摈也。世所传二氏之藏，惟道家最多牵合，举夫名、法、兵、形、医、卜诸家，咸以为出于黄老，遂援而取之，以增广其类。而《易》为三圣人之书，凡言图书象数者亦入焉，至与其所谓符箓科仪荒谬诞妄者同汇而藏之，然前人之遗书或借以传，则亦未可尽罪也。嗟乎！彼二氏虽为吾儒所不道，然为其徒者，犹能世守其所传于琳宫梵宇之中，而儒家者流，举所谓淹中柱下之藏，盖无有也。岂不重可慨也欤！

《〈周易〉参义》序

　　新喻梁孟敬先生，元季用荐为集庆路儒学训导，居二载，念亲老，谢归。入明，郡守刘真辟教授临江府。明太祖既定天下，稽古礼文，召名儒修述，定一代之制。于是先生征诣金陵，年已六十矣。时分礼、律、制三局，先生在礼

局中，讨论精审，诸儒皆推伏之。书成，不受官，赐金还乡里。筑室蒙山，为书庄以藏所著书，《周易参义》其一也。

　　是书盖分教集庆时所作，以程朱《传》《义》学者所宗，然程主于玩辞，

而朱主于观象，一本于理，一尚其占，其说遂殊，《参义》者，融会二家之旨合而一之也。先生于六籍咸有述，当时目为梁五经。《春秋》曰《考义》，《书》曰《纂义》，《礼》与《周官》曰《类》，《礼》曰《考注》，《诗》曰《演义》。《易》《春秋》作于元季，他皆蒙峰退隐后所成。其卒也在建文二年，年八十有七。嗟乎！当时被召诸儒如青田、金华、新安、义乌，身非不显，名非不著，而或以谗死，或以身殉，或遭迁谪，或不享年，求如先生优游终老，著作垂于后世，岂非幸哉！先生之论，以言忠信行笃敬为天德；不伤财不害民为王道，其言纯以正。《记》称好学不倦，好礼不变，耄期称道不乱者，其殆斯人也欤！

程泰之《〈禹贡〉图论》序

宋·新安程泰之尚书以该洽直谅见知于孝宗。尝侍光宗潜邸讲读，及即位，以吏部尚书进龙图阁学士致仕。公老而得谢于家，著书立言，尽发所蕴。今所传《演繁露》《考古编》《雍录》诸书，辨证古今之讹谬，订正书传之得失，多卓然可观者。《〈禹贡〉论》五十二篇，亦公所著，辩江、河、淮、汉、济、黑水、弱水七大川甚悉，凡诸儒舍经泥传注者，一一正之。又专论河、汴二水之患为《后论》八篇。又为《山川地理图》，因《禹贡》而备论历代山川郡县名称改易，以唐世地书为正，总为四卷。汪端明应辰见而叹为不可及。淳熙四年，公为刑部侍郎，因进讲黑水，陈其素所辩论，孝宗嘉赏，命进其全书付秘阁。其后公出知泉州，同年舶使彭椿年始命教授陈应行校而刊之。图本三十有一，今仅存《序说》，兼有所缺。考归熙甫为跋时，图已不及见，况又百余年乎！夫古今之宇宙，疆域大矣，自非身所亲历，安必其无讹？

《经》所纪，皆禹随山刊木所身历也。后世为传注者，乃欲以一己见闻举

而核之，诚不能无误。公之为是书也，尽屏训传，独取经文而熟复之。于一言一字间有意指可以总括后先者，则主以为据，而后采历世载籍以证之。其用志可谓勤矣。虽其谓鸟鼠同穴为二山，亦拘于一隅之见，然而弘肆淹雅，不诡随传注，固经说之杰也。尝考南宋诸儒称博洽者凡三人，一为鄱阳洪景卢迈，一为四明王伯厚应麟，其一则公。洪之《容斋随笔》，博矣而未核；王之《困学纪闻》，精且核矣；而援经证史，解驳尽致，则于公是书见之。公复尝考究《书》之历代地理，为谱二十卷，取五十八篇互相发明，篇为一论。周益公称其抉隐正讹，有功学者，嗟乎，安得并传之为快欤！

新昌黄氏《尚书说》序

宋·新昌黄宣献公经学博通，著《诗说》三十卷，《周礼说》五卷。其《易传》未成而殁，今惟《尚书说》七卷仅存。吴兴陈氏谓公"晚年制阃江淮，著述不辍。时得新意，则晨夜叩书塾为友朋道之。"盖其穷经老而不倦若是。夫说《书》亦难矣，九峰之《传》，程直方辨之，余芑舒疑之，袁仁砭之，明太祖集诸儒更定之。公之说，诸儒未有议之者，由其义之纯而辞之约也。惟于《书》终《秦誓》，公以为夫子知其终必得志于天下，推其效自穆公垂创之为可继，故录其书，使与《费誓》自为后先。窃以为不然。周公、鲁公皆周卿士，周公之《诰》录于《书》，鲁公之《誓》亦录于《书》，无以异也。夏之书终以《嗣征》，周之书终以《秦誓》，无以异也。而谓夫子序《书》以秦承周，以《肴誓》继《典》《谟》《命》，其旨则微，毋乃近于谶纬之说，不若九峰比于《诗》之录《鲁颂》《商颂》，犹未害于义也。

时氏《增修东莱书说》序

宋·乾、淳中，东莱吕成公讲道金华，四方从游者千人。公同年进士时铸寿卿与其弟铢长卿，率其家子弟曰法、曰澜、曰泾，悉从公学。公尝辑《书说》，先之《秦誓》《费誓》，上至《洛诰》，凡一十三卷。阅再岁而公殁。澜增修之，成二十二卷，合为三十五卷，于是《书说》乃全。予考成公实受业于林少颖之门，少颖有《拙斋书集解》五十八卷。朱子谓《洛诰》以后非其所解，则亦门人续成之者。夫林氏之书既以《召诰》终，公之书因以《洛诰》始，是公之用意，本以续其师说。而门人莫喻厥旨，忾其书之未就，辄补其余，其用心则勤，而公之意未免因之反晦矣。虽然，澜，公之高弟子也。其所补缀，一

本师说。学者取林氏之书暨先生讲论，与澜所增修合而观之，匪独见今古文正摄义蕴之全，而丽泽书院师友之渊源亦可睹矣。

　　注：乾、淳分别为宋孝宗的年号乾道、淳熙。《书说》全书共三十五卷，前二十二卷由南宋吕祖谦的门人时澜所增修，后十三卷为祖谦原书，即起自《洛诰》而终于《泰誓》部分。

《书集传或问》序

宋·东阳陈大猷作《尚书集传》，用朱子释经，法吕氏读诗记例，采辑群言，附以己意成编。宋季其书盛行，学者多宗之。《集传》而外，复成《或问》二卷，明《集传》去取之意，亦犹紫阳《论孟集说》别为《或问》之旨也。《集传》未及见，而《或问》偶有传本。尝取而读之，其中变难往说，著其从违，使治经者有所依归，无歧途之惑，其便于学者甚钜。惜全编不可得见，然因此以推，则其搜辑之博，持择之精，信乎可传也矣。大猷登绍定二年进士，由从仕郎历六部架阁，官不甚显，故《宋史》无传。同时有都昌陈大猷者，号东斋，常师饶双峰，仕为黄州军州判官，亦著《书传会通》，实元·陈澔之父，与东阳别为一人，世人往往混而一之。故举而并著之，使校雠《四库》者有所考焉。

王鲁斋《书疑》序

《书疑》九卷，宋·金华王文宪公柏所著。《书》自伏、孔二家传出，于是有今文、古文之别，由唐以前未有疑之者。有宋诸儒始疑古文后出，非尽孔壁之旧，然于今文固未有拟议也。其并今文而疑之，则自公始。公高明绝识，于群经穿穴钻研，不狃于训诂之旧。故虽以二千年相传口授壁藏之书，汉、唐诸儒所服习者，犹有缺佚脱误之疑，至谓《大诰》宁王遗我大宝龟，西土有大艰，人亦不靖之语，无异于唐德宗奉天之难委之于定数。圣如姬公宁肯为此语？《洛诰》复辟之事，谓成王幼，周公代王为政。成王长，周公归政于王。苏氏所谓归政，初无害义，何所嫌而避此名乎？其不苟为同如此。

元·吴礼部师道言，公初见何北山，北山谦抑，不敢以弟子视之。公宏论英辩，质疑往复，一事或十数过。公之为此书也，岂有得于北山与？是书之最善者，如订正皇极之经传，谓《论语》咨尔舜二十二言，《孟子》劳来匡直数语，宜补《尧典》缺文；《禹贡》叙一事之终始，《尧典》叙一代之终始，《禹贡》当继《尧典》之后，居《三谟》之前。皆卓然伟论，即以补伏、孔所未逮，可也。

杏溪傅氏《禹贡集解》序

义乌傅寅同叔徙居东阳之杏溪，著《禹贡集解》二卷，乔文惠行简序之。其书先以山川总会之图，次九河、三江、九江之图，次及诸家说。断其言谓：禹之治水，皆自下而上。曰治水者，必使其下能容而有余，易泄而无碍，然后可以安受上流，而不至于冲激以生怒。又曰治其最下而速其行，通其傍流而使其中无停积之患，则河之大体无足忧矣。吾于其言默然有取焉。懂乎是编流传者寡，不见采于董氏之《纂注》。而焦氏《经籍志》，西亭王孙《授经图》，或以为说，或以为论，盖未尝见此书而著于录者。是本为吴人王止仲藏书，其后归于都少卿穆，其第一卷阙三十有七版，第二卷又阙其四版。验少卿前后私印，则知当日已非足本，亟刊行之，俟求其完者嗣补入焉。

梅浦王氏《尚书纂传》序

梅浦王氏《尚书纂传》四十六卷，先引汉、唐二孔氏之说，次收诸家传注，而一以晦庵朱子、西山真氏为归，与其乡先生彭翼夫往复考正十五年而后成。大德中，鄞人臧梦解为宪使，以其书上于朝，得授临江路儒学教授。其子振板行之。予所见者即至大镆本也。吉安自宋季文信公谋兴复不遂，被执以死，其门人宾客咸以忠义自奋，乡曲之士多知自好，恒绝意仁进，潜心经义。于《易》，则有龙仁夫之《集传》，刘霖之《太极图解》《〈易〉本义童子说》；于

《诗》，则有刘瑾之《通释》；于《礼》，则有彭丝之《集说》；于《春秋》，则有丝之《辨疑》，李廉之《会通》。《书》自梅浦而外，则耕野王氏其撰述多有得者。梅浦是书，其抄撮也博，而甄综也简。其心似薄蔡氏而不攻其非，间亦采撼其说，择焉可谓精矣。彭翼夫者，尝仕于宋，为江陵府教授，即丝之父也。

《今文尚书纂言》序

《今文尚书纂言》四卷，元·草庐先生吴澄所辑。《尚书》既遭秦火，汉初济南伏生以所忆二十八篇教授齐鲁问，即今书是也。其后孔壁书出，增多二十五篇，谓之《古文（尚书）》，而目伏生所授者为《今文》。自东汉及魏世所行者，惟伏生之书而已。《古文》旧藏于官，人不及见，迄东晋始复出。唐·孔颖达因安国《传》而作《正义》，《书》以盛行，于是伏生之书遂为其所乱。有宋诸儒始疑其文体不协，朱子亦曰："孔书至东晋方出，前此诸儒皆未见，可疑之甚。"又曰："《孔传》及《序》不类西京文字。"则疑古文者非一人矣。至先生序录群经，始分而出之。取伏生之二十八篇序于前以还其旧，而以孔壁所出之《古文》别序于后。至为纂言，则独有《今文》；《古文》置而不释，其见可谓卓矣。

而说者或谓先生果于自信，轻于非圣经。余以为非也。孔氏壁书已不可见，至东晋所上之书，出于梅赜一手，其非安国原本明甚。至重华之名虽见于太史公《本纪》，彼姚方兴者，岂遂不能援以自实其所撰耶？固未可知也。呜呼！圣人之经灿若日星，甲是乙非，未能遽定。而先生是编考据详博，厘正错简，咸皆确当。学者将以明经祛惑，其于是书必有取尔矣。

《〈尚书〉通考》序

宋元之际，闽之樵川儒学蔚起，若严粲明卿之于《诗》，黄清老子肃之于《春秋》，黄镇成元镇之于《易》于《书》，《易》有《通义》，《书》有《通考》，各十卷。予所见者惟严氏之《〈诗〉缉》，黄氏之《〈尚书〉通考》而已。《通考》纪《尚书》名物度数，举夫七政、九畴、六宗、五礼，方州之贡赋、水土，律吕之长短、忽微，皆著其说，说有未尽，复系以图。汇集诸家而衷以己意，详且备矣。夫《书》以载道，二帝三王之大经大法存焉。度数名物，靡非经法之所寓，稍有未晰，则无以措诸事而施于用，何以免不学墙面之讥乎！是编由器而寓夫道，由数以达其义，学者能详考精察，于以定礼乐，设制度，

有裕如者矣。元镇书成，执政因荐为江西路儒学提举。命下，禄不及而卒。集贤议谥曰贞文处士以旌之。当时如元好问、安熙亦皆以下僚布衣得与易名之典，于以见元节惠之锡，不视爵位为予夺，亦可录也。

王鲁斋《诗疑》序

金华王文宪公于六经四子之书论说最富，《诗》则有《读诗纪》十卷，《诗可言》二十卷，《诗辨说》二卷，见吴礼部正传节录《行实》中。今所传《诗疑》则《行实》未载，卷帙不分。绎其辞殆即《诗辨说》。因公于《书》有《书疑》，遂比而同之也。古之说《诗》者率本大小《序》，自晦庵朱子去《序》言《诗》，遂以列国之风多指为男女期会赠答之作。公师事何文定，文定学于黄文肃，文肃受业朱子之门，宜其以郑、卫诸诗信为淫奔者所作。且疑三百五篇岂尽夫子之旧，容或有删去之诗存于闾巷之口，汉初诸儒各出所记，以补其缺佚者。又以《二南》各十有一篇，两两相配，于是削去"野有死麕"一篇，退"何彼秾矣"《甘棠》于《王风》，其自信之坚，过于朱子。此则汉唐以来群儒莫之敢为者也。文定尝语公矣：诸经既经朱子订定，且当谨守，不必又多起疑论。有欲为后学言者，谨之又谨可也。昔贤之善诲人盖如此。

《诗传遗说》序

子明于《易说》外复取文集、语录论诗者为书六卷，一、二卷纲领及序辩，三卷六义与思无邪问答，四、五、六卷论四诗之旨，末附以逸诗、诗乐谱叶韵，皆《集传》所不载者，名曰《诗传遗说》。时为端平乙未，子明官承议郎、权知兴国军事所成也。

　　按公凡三子，长曰塾，字受之，以荫补将仕郎，为子明之父，与弟野皆受业于吕东莱，先文公十年卒，公请陈同父志其墓者也。仲即野，字文之，淳祐间荫补迪功郎，差监德清县户部赡军酒库，后公十一年卒，黄直卿诔之，称其在家之贤。季曰在，字敬之，一字叔敬，亦以荫补官，累至焕章阁待制，知袁州。野之子钜，南康丞，铨知登闻鼓院；在之子铉，两浙转运判官；名皆见黄直卿所为行状中。再传曰溥者，浙西提举；湜，知丹徒县；淮，泉州路推官；沂，考亭书院山长；行状不载，盖皆后公卒而生者。若泉州于宋为军州，至元始改为路。岂淮与沂又已入元钦？若鉴之子浚，行状亦不载其名，尝尚宋理宗公主，官两浙转运使兼吏部侍郎。元兵入建宁，浚与公主走福州。知府王刚中以城降于阿剌罕。浚谓公主曰："君帝室王姬，吾大儒世胄，不可辱人手！"夫妇仰药死，其事尤烈。浚之子林，官甘肃提举。林之子炯，延平路照磨；焰，武平簿；耿，邵武路照磨。林弟彬之子炜，济宁路同知。林之孙堂，建宁路照磨；塈，屏山书院山长。塈之子銮。銮之子淞。淞之子梃，明景泰壬申诏录文公后，得世袭五经博士，主建宁祠祀。其在婺源者曰稳，于公为十世孙，举明·天顺丁丑进士，官福建盐运使，以廉称。弟懋，永年丞；桢，本县训导。

正德中，给事中戴铣等请朱氏比孔氏，衢州例增一博士，以主婺源祀事，以十一世孙墅为之。嗟乎！我徽国文公著书明道，上继二程、周、张诸子之后而集其大成，盖孔子后一人也。故其垂裕之泽长且久者如此。而子若孙如鉴者，能采葺公之所著以开示来学；其子浚能执节守义，不愧乃祖，他小说或讥其作书与贾似道称万拜，诚诬诋不足道也。鉴父塾之卒，公贻书同父及题其诗卷，有深痛焉在。当理宗朝请进曾子为公，崇祀二程及横渠，而黜扬雄、王雱之祀，数者皆有关于人伦世教之大，咸出于公之子若孙，何其多贤哲欤！噫！斯又周、程、张、邵所不逮也夫！

《毛诗名物解》序

六经名物之多无跄于《诗》者，自天文、地理、宫室、器用、山川、草木、鸟兽、鱼虫，靡一不具。学者非多识博闻，则无以通诗人之旨意而得其比兴之所在。自《尔雅》释《诗》，而后如《博雅》《埤雅》《尔雅翼》诸书，虽主于训诂，要以名物为重。此外复有疏草木、鱼虫及门类、物性，抄《集传》名物者，若蔡卞之《毛诗名物解》亦其一也。

卞为王介甫婿，其学一以王氏为宗。其书自释天至杂释，类凡十。卞为人固不足道，然为是书，贯穿经义，会通物理，颇有思致。盖熙、丰以来之小人如吕惠卿、章惇、曾布及卞兄弟，咸能以文采自见，而亦或傅致经义以文其邪说，斯所以能惑世听而自结于人主也。嗟乎！当其诬罔宣仁窜逐众正之时，吾不知其于兴观美刺之义何居？斯其人所谓投畀豺虎不食，投畀有北不受者，而吾之犹录其书存之者，殆所谓不以人废言之意也欤！

注：熙、丰指的是宋神宗的年号熙宁、元丰。自王安石的《新义》《字说》盛行以来，宋代的士风为之一变。其为名物训诂之学者，仅蔡卞与陆佃二家。卞作《毛诗名物解》，大旨皆以《字说》为宗。

朱孟章《诗疑问》序

《诗疑问》七卷，元·进士朱倬孟章著。朱氏《授经图》、焦氏《经籍志》

皆作六卷，今本七卷，末附南昌赵德《诗辩说》一卷。始予得是书，称盱黎进士朱倬，莫知为何如人。考之《汉书·地理志·豫章郡》下有南城县，注云："县有盱水"。《图经》云："在县东二百一十步，一名建昌江，亦名盱江。"《名胜志》云："县之东境有新城县，立于宋绍兴八年，就黎滩镇置县，因号黎川"。然后知倬为建昌新城人。及考近所为《建昌志》，仅于科第中有倬姓名，载其为遂昌尹而已，他无所见也。

暇读新安《文献志》载明初歙人汪叡仲鲁所为《七哀辞》，盖录元季守节服义者七人，而倬与焉。因得据其《辞》而考定之。《辞》言倬以辛巳领江西乡荐，登壬午第。考龚艮《历代甲子编年》，辛巳为顺帝至正元年，壬午其二年。而《志》载倬以至顺元年登第。考至顺为文宗纪元，岁在庚午。仲鲁之交倬当辛卯、壬辰间。倬自言登第十年，壬午至辛卯恰如其数。则《志》所云至顺者误也。岂以顺帝至正二年遂讹而为至顺耶？《辞》言初授某州同知，以忧家居，服阕授文林郎、遂安县尹，则已为官矣。而倬之言于仲鲁者曰："登科十

年未沾寸禄。"仲鲁《哀辞》亦有"十年未禄，奚命之屯"语，殊不可解。岂两任皆试职，故不授禄耶？《哀辞》言，壬辰秋寇由开化趋遂安，吏卒逃散。倬大书于座，有"生为元臣，死为元鬼"语，遂坐公所以待尽。寇焚廨舍，乃赴水死。遂安为严州属邑，壬辰为至正十二年。考《元史》是年七月饶徽贼犯昱岭关，陷杭州路，当是其时。盖蕲黄余党由衢而至严者也。

　　《哀辞》言，后竟无传其事者，岂非以邑小职卑，时方大乱，省臣以失陷郡邑自饰不遑，遂掩其事而不鸣于朝耶？《哀辞》又称其下车兴学诵诗，民熙化洽，盖倬固当时良吏，不仅以一死自了者。而《元史》既不为之立传，郡人亦不载其行事于《志》，苟非仲鲁是《辞》，不几与荒燐野蔓同尽哉，诚可哀也

矣！《辞》称岁庚寅倬同考江浙乡试，始识仲鲁于葛元哲家，因见仲鲁《诗义》而惜其不遇，盖倬以同经阅卷，则其著是书无疑。其为是书也，当在未为县尹之前。其论经义大抵发朱子《集传》之蕴，往往微启其端，而不竟其说。盖欲使学者心思自得，不欲遽告以微辞妙义也。赵德者，故宋宗室，举进士，入元不仕，隐居豫章东湖，于诸经皆有辩说，《诗》其一耳。嗟嗟！倬以义烈著，德以高隐称，虽无经学，皆可表见，况著述章章若是乎，是不可以无传也已！

雪山王氏《诗总闻》序

雪山王氏《诗总闻》二十卷，每章说其大义，复有闻音、闻训、闻章、闻句、闻字、闻物、闻用、闻迹、闻事、闻人，凡十门。每篇为总闻，又有闻风、闻雅、闻颂，冠于四始之首。自汉以来，说《诗》者率依《小序》，莫之敢违。废《序》言《诗》，实自王氏始。既而朱子《集传》出，尽删《诗序》，后之儒者成宗之。而王氏之书晦而未显，其自诩谓研精覃思几三十年。而吴兴陈日强称其自成一家，能寤寐诗人之意于千载之上。要之虽近穿凿，而可以解人颐者多矣。王氏名质，字景文，汶阳人，过江侨居兴国，中绍兴庚辰进士。

孙泰山《〈春秋〉尊王发微》序

宋·晋州孙明复先生庆历间隐居泰山，学《春秋》，著《尊王发微》十二篇以教授弟子。范文正、富文忠两公言先生道德经术，宜在朝廷，召拜校书郎、国子监直讲，后官至殿中丞而卒。方先生卧病时，天子从韩忠献之言，命其门人祖无择就家录其书，藏于秘阁。案唐以前诸为《春秋》说者，多本《三传》，至陆淳始别出新义，柳子厚所谓明章大中发露公器者也。先生之书因淳意而多与先儒异，故当时杨安国谓其说戾先儒，而常秩亦言其失之刻，石林叶氏谓其不达经例，又不深礼学，议者殊纷纭。虽然，群言异同必质诸大儒而论定。欧阳子言："先生治《春秋》，不惑《传》《注》，不为曲说以乱经，其言简易于诸侯、大夫功罪，以考时之盛衰，而推见王道之治乱，得经之义为多。"而朱子亦谓："近时言《春秋》者如陆淳、孙明复，推言治道，凛凛可畏，终是得圣人意。"绎二子之言以读先生是书，则《春秋》大义诸家所不及者，先生独得之，又岂可以说之异同而妄议之也哉。

《〈春秋〉皇纲论》序

宋《艺文志》：《春秋》之书凡二百四十部，二千七百九十九卷。余所见者仅三十余部，为卷数百，王晳《皇纲论》其一也。晳不知何如人，自称为太原

王晳。陈直斋《书录解题》亦但言其官太常博士，至和间人而已，不能详其生平也。直斋《解题》于著书之人往往举其立身大概，使后世读其书者虽不获亲见其人，犹稍稍得其本末，以为论世知人之据。乃于晳独否，岂其人在直斋当时已不可得而论定耶？然直斋所录《皇纲论》外尚有《明例隐括图》。又云：馆阁目有《通义》十二卷。而王伯厚又云：《通义》之外别有《异义》十二卷。《通义》据《三传》注疏及啖、赵之学。其说，通者附经文之下；缺者，以己

意释之。则皙所著《二义》者，正其解经之本书，兹论则总括立言大旨以成编者也。论特弘伟卓荦，则《二义》亦必有足观，惜乎不得而见也。嗟乎！古人辛勤著书，将以求知于后世，而世顾不得而知之。即其书幸而传矣，又不能尽传也，岂不重可叹也欤！《论》凡五卷，二十有三篇。

刘公是《春秋》序

石林叶氏谓：庆历间欧阳文忠公以文章擅天下，世莫敢抗衡。刘原父虽出其后，以通经博学自许。文忠亦以是推之，作《五代史》《新唐书》凡例，多问《春秋》于原父。又曰：原父为《春秋》，知《经》而不废《传》，亦不尽泥《传》。据义考例以折衷之，《经》《传》更相发明，虽间有未然，而渊源已正。今学者治经不精，而苏、孙之学，近而易明，故皆信之。而刘以难入，或诋以为用意太过，出于穿凿，彼盖不知《经》，无怪其然也。石林所谓苏、孙，盖指子由、莘老也。晁公武谓刘氏《传》如桓无王季友卒胥命用郊之类，皆古人所未言，诸公之推伏原父者若此。

今观《权衡》之作，折衷三家，傍引曲证以析经义，真有权之无失轻重，衡之得其平者。《传》十五卷，集众说而断以己见。文类《公》《谷》。独《意林》一编，元·吴莱谓多遗缺，疑未脱稿之书，然究而论之，皆经学名书也。宋·四明史有之刊《权衡》《意林》于清江，其本犹有传者。《传》则出于录本，人或以为非真，观其文义与二书合，疑非赝鼎，故并刊之，以传示学者。

龙学孙公《〈春秋〉经解》序

　　宋熙宁以前荆舒未用，《春秋》犹立于学官。以是经名者有两孙先生，一为泰山孙明复，一为鄹社孙莘老。两人俱有著书传世。明复以师道与胡安定并

称，石介辈至尊之如孔子。然石林叶氏谓其书不尽达于经例，又不深礼学，故其言多自牴牾，有甚害于经者。莘老则早从安定游，有声经社中，患诸儒解经之凿，蠹蚀遗经，乃撼其所得而为之解。谓《谷梁》最饶精义，故多从之。而

参以《左氏》《公羊》及汉、唐诸家之说。义有未安，则补以所闻于安定者。

晁公武称其论议精严，良然也。王介甫慁其不能胜之也，因举圣人笔削之经而废之且为"断烂朝报"。其始不过忮刻，而终于无忌惮若此。龟山乃言当时《三传》异同无所是正，于他经为难知，故不列于学官，非废而不用。殆曲护之而为是言欤？是书宋南渡已不常见，故海陵周之麟有学士大夫罕知之叹。至绍熙癸丑阳羡邵辑始得之而刊于甓社。其后庆元乙卯榜李张祯、嘉定丙子新安汪纲皆增为序跋。三君皆官于其地，争与表章先贤经术，可谓知所先务矣。先生别有《（春秋）经社》六卷，晁氏言其亦本啖、赵，凡四十门，惜乎不可复得而并行于世也。

涪陵崔氏《〈春秋〉本例》序

　　以"例"说《春秋》著于录者：郑众、刘寔之《牒例》，何休之《谥例》，颍容、杜预之《释例》，荀爽、刘陶、崔灵恩之《条例》，方范之《经例》，范宁之《传例》，吴略之《诡例》，刘献之之《略例》，韩滉、陆希声、胡安国之

《通例》，啖助、丁副之《统例》，陆淳之《纂例》，韦表微、成元、孙明复、叶

梦得、吴澄之《总例》，李瑾之《凡例》，刘敞之《说例》，冯正符之《志例》，刘熙之《演例》，赵瞻之《义例》，张思伯之《刊例》，王晳之《明例》，陈德宁之《新例》，王炫之《门例》，李氏之《异同例》，程迥之《显微例》，石公孺之《类例》，家铉翁之《序例》，而梁之简文帝、齐·晋安王子懋皆有《例苑》，刁氏有《例序》，张大亨有《例宗》。

杜氏之言曰：为例之情有五，推此以寻《经》《传》，王道之正，人伦之纪，备矣。而说《公羊》者则有五始、三科、九旨、七等、六辅、二类、七缺之义，毋乃过于纷纶与？涪陵崔彦直尝与苏、黄诸君子游，知滁州日，曾子开曾为作记，刻石醉翁亭侧。其说《春秋》有《经解》十二卷，《本例》二十卷。建炎中江端友请下湖州取彦直所著《春秋传》藏秘书省，于是其孙若上之于朝。今其《经解》不可得见，而《本例》独存。其说以为圣人之书，编年以为体，举时以为名，著日月以为例，《春秋》固有例也，而日月之例盖其本。乃列一十六门而皆以日月时例之，其义约而该，其辞简而要，可谓善学《春秋》者也。题曰西畴居士者，殆书成于晚年罢官之日与？

《〈春秋〉经筌》序

《春秋》之《传》五，邹氏无师，夹氏未有书，列于学官者三焉。《汉志》二十三家，《隋志》九十七部，《唐志》六十六家，未有舍《三传》而别自为传者。自啖助、赵匡稍有去取折衷。至宋诸儒各自为传；或不取《传注》，专以经解经；或以《传》为案，以经为断；或以《传》有乖谬，则弃而信经；往往用意太过，不能得是非之公。呜呼！圣人之志不明于后世久矣。盖尝读黄氏《日钞》，见所采木讷赵氏之说，恒有契于心焉。既得《经筌》定本，乃镂版传之。善哉木讷子之言乎！善学《春秋》者当先平吾心，以经明经，而无惑于异端，则褒贬自见。盖《春秋》，公天下之书，学者当以公天下之心求之。斯言也庶几得是非之公，而圣人之志可以勿晦焉已。

叶石林《〈春秋〉传》序

宋·吴郡叶少蕴当绍兴中著《〈春秋〉传》《考》《谳》三书，凡七十卷，又为《指要》《总例》二卷，《例论》五十九篇。开熙中公孙筍守延平，刊于郡斋。历世既久，其书不可尽见，所见者《传》二十卷而已。少蕴之言曰："《春秋》非为当世而作，为天下后世而作也。后世言《春秋》者不外三家。《左氏》传事不传义，是以详于史而事未必实，以其不知经也。《公》《谷》传义不传事，是以详于经而义未必当，以其不知史也。乃酌三家求史与经。其不得于事者，则考于义；不得于义者，则考于事；更相发明，以作是传。"辩定考究，最称精详。

直斋陈振孙言其学视诸儒为精。则是书岂非有志《春秋》者所当研究者欤？其为《谳》也，即啖、赵《辩疑》、刘氏《权衡》而正其误，补其疏略。自序《（春秋）考》曰："自吾所为《谳》推之，知吾之所正为不妄也，而后可以观吾《考》。自其《考》推之，知吾之所择为不诬也，而后可以观吾《传》。"是三书者，阙一则无以见少蕴之用心，而惜乎今之不得见其全也。虽然，即

《传》所取之义以求其所舍择，纵全书未能尽窥，亦可得其大概矣。况四海之大，好事之儒，藏书之老，宁无秘而传之者？安知不因是书之行而亟出欤？少蕴名梦得，官至参知政事，生平具见《宋史》，居吴兴弁山，为园亭，奇石森列，故用《楚辞·天问》语自号云。

注：参考中国年限索引可知，南宋并无开熙年号，所以该序中所说的开熙应为有误，尚待考证。

吕氏《〈春秋〉集解》序

《〈春秋〉集解》三十卷，赵希弁《读书附志》云东莱先生所著也。长沙陈邕和父为之序。按成公年谱，凡有著述必书，独是编不书。《宋史》本传，公所著有《易》《书》《诗》而独无《春秋》。惟《艺文志》于《〈春秋〉集解》三十卷直书成公姓名。考吴兴陈氏"书录解题"有《〈春秋〉集解》十二卷，云是吕本中撰，且撮其大旨，谓"自《三传》而下，集诸儒之说，不过陆氏、两孙氏、两刘氏、苏氏、程氏、计氏、胡氏数家而已，其所择颇精，却无自己议论。"合之是编诚然。盖吕氏自右丞好问徙金华，成公述家传，称为东莱公；而本中为右丞子，学山谷为诗，作《江西宗派图》，学者称为东莱先生，以之名集。然则吕氏三世皆以东莱先生为目，成公特最著者尔。朱子尝曰："吕居仁《春秋》亦甚明白，正如某《诗传》相似。"窃疑是编为居仁所著，第卷帙多寡不合，或居仁草创而成公增益之者。与序其端，用质淹通博达之君子，倘获善本有陈和父序者，予之疑庶可以释矣。

康熙丙辰二月纳兰成德容若序

注：此篇并没有载入《通志堂集》，而是据《通志堂经解》补入。《江西宗

派图》是由宋代著名诗人吕本中所作，而宋代最具影响力的诗歌流派——江西诗派即得名于其作。

清江张氏《〈春秋〉集注》序

清江张元德游朱子之门，为白鹿书院长，终著作佐郎，迫除直宝章阁，而元德已殁矣。其于《春秋》有《集传》《集注》《地理沿革表》三书，端平中进于朝，宣付秘阁。朱子尝报元德书矣，曰："《春秋》某所未学，不敢强为之说。而于《尚书》，则谓有老师宿儒所未晓者。"夫学至朱子，智足以知圣人矣，而于《尚书》《春秋》无传，非不暇为，亦慎之至也。明洪武初颁《五经》《四书》于学官，传注多宗朱子。惟《易》则兼用程、朱《传义》，《春秋》则胡氏《传》、张氏《注》并存。久之习《易》者舍《程传》而专宗朱子，习《春秋》者《胡传》单行，而《集注》流传日鲜矣。余诵其书，集诸家之长，而折衷归于至当，无胡氏牵合之弊，允宜颁之学官者也。昔明太祖不主蔡仲默七政左旋之说，乃命学士刘三吾率儒臣二十六人更定书传曰《书传会选》，今其书渐废而仍行蔡《传》。顾元德是书昔之所颁行者，反不得与蔡氏并，书之取舍兴废，盖亦有幸不幸焉，可感也已！

《〈春秋〉五论》序

《春秋论》五篇，共一卷。一曰《论夫子作〈春秋〉》，二曰《辩日月褒贬

之例》，三曰《特笔》，四曰《论〈三传〉所长所短》，五曰《世变》。宋吏部侍郎、知兴化军、武荣吕大圭圭叔所著也。《五论》闳肆而严正，《春秋》大旨具是矣。

圭叔登淳祐七年进士，授潮州教授，改赣州提举司干官，秩满调袁州、福州通判，升朝散大夫，行尚书吏部员外郎兼国子编修实录检讨官，兼崇政殿说书。出知兴化军，常以俸钱代中下户输税。德祐初元，转知漳州军节制左翼屯戍军马，未行属，元兵至沿海，都制置蒲寿庚举全州降，令圭叔署降笺，圭叔不肯，将杀之。会圭叔门弟子有为管军总管者，掖之出。圭叔变服遁岛上。寿庚将逼以官，遣追之，问其姓名不答，被害。先是圭叔缄其著书于一室，至是毁焉。《五论》与《读易管见》《（论语）（孟子）解》以传在学者得存。然《管见》诸书皆不可见，见者又仅此而已，惜哉！

圭叔少嗜学，师事乡先生潜轩王昭。昭为北溪陈淳弟子，淳受业晦庵，称高足。渊源之来，人称温陵截派。呜呼！当时诋訾道学者，往往谓其迂疏无济。然宋社既屋，人争北向。圭叔独不为诡随，甘走海岛，不惮以身膏斧钺，大节何凛凛也！以是观之，道学又何负于人国乎？良可叹也矣！武荣即今泉郡之南安县，唐嗣圣中尝以县为武荣州，故名。圭叔居县之朴兜乡大丰山下，学者因号为朴乡先生。

《〈春秋〉经传类对赋》题辞

《春秋》，其事二百四十年，其文一万八千言尔，视诸经为最简。左氏作《传》，而事与文详矣，学者不能殚记也。宋·皇祐中徐秘书以韵语包括之，计一万五千言，而其义大备。《记》曰："属辞比事，《春秋》教也。属辞比事而不乱，则深于《春秋》者也。"诵秘书之赋，其比事之切，非深于《春秋》者能然欤？春秋赋见宋《艺文志》，有崔升、裴光辅、尹玉羽、李象诸家，而晁氏《读书志》又有杨筠《分门属类赋》十篇，独不载是书。朱氏《授经图》、焦氏《国史经籍志》亦无之，则诸君子皆未之见者。古人之书往往不尽传于后世，或并其姓氏失之。若秘书赋，寥寥数简，以藏书家所未及见者幸得传于今日，此予所为辗然而喜也。

程积斋《春秋》序

　　元·四明程积斋先生尝慨《春秋》在诸经中独未有归一之说,遍索前代说《春秋》者凡百三十家,沉潜纳绎者二十余年,著《春秋本义》三十卷,《〈三

传〉辩疑》二十卷,《或问》十卷。经筵申请下有司锓板于集庆路儒学。南海黄佐南雍志录其书,而别有《纲领》一卷,明著书大义大旨,以程、朱二氏之论考正《三传》及胡氏之得失,作《本义》以发圣人之经旨,《辩疑》以订《三传》之疑似,《或问》以校诸儒之异同。

　　其书世有传本,然余所见则《本义》《或问》而已,《辩疑》缺佚不完。今

刻二书，而《辩疑》姑俟焉。始四明之学多宗象山，惟黄震、史蒙卿实为朱子之学。先生与其兄畏斋师事蒙卿，尽得朱子明体达用之指。二难自为师友，方严刚正，时人以二程目之。畏斋发明朱子读书之法，作《读书工程》，国子监尝取其书颁示校官，以式学者。先生为是书，一本伊川、晦庵之意，遍览传说，折衷同异。欧阳圭斋言其精神、心术，萃在是书，朝夕改订，寝食为废。盖二先生学本紫阳，故其道问学之功精专若是也。先生名端学，字时叔，举进士第二人，为国子助教，改翰林国史院编修官，出为筠州幕，有循良称。畏斋名端礼，字敬叔，以荐为台州路儒学教授，《元史》有传。今著其略，俾读是书者有以论其世焉。

赵氏《〈春秋〉集传》序

东山赵子常先生，元季师事九江黄楚望，传《春秋》之学，著《属辞》《补注》、《师说》三书，为《三传》之学者尊称之。先生复有《集传》十五卷，则先《属辞》而成者。自序言策书之例十有五，而笔削之义有八。迨后《属辞》成，以《集传》义例微有未合，更须讨论。至正壬寅先生再著其书，至昭公二十七年，以病辍笔。门人倪尚谊援先生之义续成之，即今书也。先生常谓："《属辞》特推笔削之权，而《集传》大明经世之志，必二书相表里，而后《春秋》之旨方完。"则是书宜与《属辞》并行也明矣。予得千顷堂藏本，因论次焉。

窃观宋、元之际，新安沐浴紫阳之泽，老师宿儒多出其间，若云峰、双湖两胡氏，定宇陈氏，仲弘倪氏，见心程氏，皆能著书推明朱子之学。其与先生同时，又有环谷、蓉峰两汪氏，凤林朱氏，与先生辅翊开代，修明礼乐。为世儒宗。其纂辑群言，羽翼往说如环谷之纂疏者，亦有其人。然未有迥然特出、能得知我罪我之义如先生者。先生早见楚望，即告以穷经之要在乎致思，于是深悟夫《鲁史》有一定之书法，圣经有笔削之大旨。《鲁史》亡而圣人所书遂莫能辨。独幸《左氏传》尚存遗法，杜预注《左》，于史例推之颇详。

公、谷二氏多举书、不书见义。其后止斋陈氏因公、谷所举之书法以考正《左传》笔削大义，最为有征。故先生为《集传》，本之二家，而兼采众说，要使学者即策书之例，以求笔削之旨。则知圣经不可以虚词立异，破碎牵合以为说，而后圣人之经明矣。故朱风林一见其书辄曰："前无古人。"其推服之如此，岂同时诸儒所可及哉！先生卒后，门人辑成藏弆，故人不见。嘉靖中东阿刘隅始得其书于先生乡人汪元锡，而属教谕夏镗传之。噫！后之学者知《三传》之不可废，不仅抱遗经以究终始者，岂必赖是书也夫？

清全斋《读春秋编》序

宋、元之际吴中多老师宿儒，若俞石涧琰、陈清全深、俞邦亮元燮、汤思言弥昌、王子英元杰，皆精究群经，咸有撰著。石涧之《大易会通》至一百三十卷，又为《集说》十卷，而他如《经传考证》《读易须知》《卦爻象占分类》不与焉。清全于《易》、于《诗》、于《春秋》，皆有编。自宋社既屋，即谢去举业，沉潜问学，淹贯遗经，闭门教授。郑元韦占称其"年登耄耋，生识先辈，著书立言，咸造底蕴"，良有然矣。《读（春秋）编》十二卷，原本左、胡，采摭诸说，深有益于学者。偶获元椠本，为加校勘而属之梓。先生字子微，世为吴人。元天历间奎章阁臣以能书荐，匿不肯出。别号宁极，所著诗文名《宁极斋稿》。子直，字叔方，有孝行，能继父业，以慎独名其斋，盖父子皆吴隐君子也。

张翠屏《〈春秋〉春王正月考》序

《春秋》，纪事之书也。纪事者必有岁时月日，此经所以有春王正月之笔也。春者周之春，正月者周之子月，此鲁史册书之旧也。曰春王正月者，吾夫子之特笔也。后世不知册书之义，于是有夏时冠周月之说，而夫子从周之志荒矣。翠屏张志道先生始采摭群书以考订之，本之以《语》《孟》之言，而归宿于紫阳晚年之定论。别引《三传》与他经及史传以证之，其说之庞者则为辩疑

以折其误，凡为书二卷。嗟乎！《六经》之旨未易窥也。学者治经必先明其大者，则其余可得而通矣。《易》乾之四德、《诗（二南）》之关雎、《书》之二典、《春秋》之春王正月，皆经旨之大者，于此无定论焉，则微言精意将有不能究者矣。先生是书剖析精当，于开章之大义并如，学者诚有得于此，则于全经之旨，不有如振裘而挈领者哉。先生举元泰定丁卯进士，累官翰林侍讲学士，人明仍故官。洪武二年奉使册封安南国王，是书安南寓舍所著，书成而卒。宣德中先生嗣孙隆始取手泽而梓之。

《〈春秋〉集传释义大成》序

　　《春秋》之义明，而《传》之真伪自辩。《春秋》何义乎？尊周明法，黜霸崇王，彰善代恶而已。王者之治天下，先之以教化，继之以法令，申之以赏罚，三者行则王政举，人心正，而《春秋》可以不作。周之东也，教化既衰，法令赏罚不行于天下，于是诸侯并吞，仁义道息，不有圣人出而正之，则乾坤不几息乎？故曰："迹息《诗》亡，然后《春秋》作。"又曰："《春秋》成而乱臣贼子惧。"此《春秋》之义也。

　　夫举其纲而未及其目，断其义而未详其案，《三传》之作可少哉！乃有《传》而事之湮没者虽少，义之隐晦者滋多，盖以传闻异辞，各以意见为言，而理有未合。汉儒又各执一家之说，以相传习，遂使后世因《传》以误《经》，觉《经》之立法多不明，赏罚多不当，而尊王立教之本义亦遂失矣。程子曰："读《春秋》者当以《传》考《经》之事迹，以《经》别《传》之真伪。"朱子曰："孔子非有意以一字为褒贬，但直书其事而善恶了然。"元·新安俞氏著《〈春秋〉集传释义》，一以程、朱为断，参以啖、赵诸家，而折衷以己意，于是经义明，而《传》之真伪是非，判如黑白。

　　噫！汉、唐诸儒但知释《传》，不知明《经》。胡氏虽明经义而时事激发，又多附会。较之程、朱无事穿凿而自得圣人之意者，大有径庭。俞氏之书出，可以救胡氏之偏而发程、朱所未尽。二百四十二年之间，其治乱兴衰之故，仁义诈力之异，贤不肖之用舍，行政出令之得失，足为人鉴戒者，何可胜数？特经义不明，而学术之害有不可胜言者。夫以圣人垂训之经，反致有贻误后学之弊，此俞氏之书所以不可不亟为表彰于天下也。

河南聂氏《三礼图》序

　　《九经》，《礼》居其三。其文繁，其器博，其制度今古殊。学者求其辞不得，必为图以象之，而其义始显，即书以求之，不若索象于图之易也。《礼》之有图自郑康成始，而汉·侍中阮谌受《礼》于綦母君，取其说为图，又有梁正、夏侯伏朗、张镒三家，而今皆无传矣。周世宗厘正典礼，洛阳聂崇义以国子司业兼太常博士，凡山陵禘祫、郊庙器玉之制度，悉从其讨论。乃考正《三

礼》旧图，缋素而申释之，篇叙其凡，参以古今沿革之说。至宋建隆三年表上于朝，诏太子詹事尹拙集儒学之士重加参议，拙所驳正，崇义复引经释之。当书成时，太祖嘉其刊正疑讹，既被紫绶、犀带、白金、缯帛之赐，颁其书学宫，又以其图绘国子监宣圣殿后北轩之壁。逮至道初，旧壁颓落，命易以版，改作于论堂之上。咸平中天子幸学，亲览观焉。

《宋史》列诸儒林之首，可谓极儒生稽古之荣矣。其后陆佃撰《礼象》，陈祥道作《太常礼书》，正聂氏之失而补其阙。于是贾安宅、王普交言崇义未尝亲见古器，出于臆度，有诏毁学宫旧画两壁图。然绎窦学士俨序聂氏书，称其博采旧图，凡得六本，则实原于梁、郑、阮、张、夏侯诸家之言，而非出于臆说。礼图之近乎古者，莫是书若也。惟是尹拙依旧图画釜，聂氏去釜画镬，两人异同，当日下中书省集议。张昭谓釜不可去，而《周官》《仪礼》皆有镬，因请两存之，图镬于鼎下。而今流传雕本有釜无镬，则有不可解者，请以质深思博学之君子。

卫氏《〈礼记〉集说》序

　　高堂生传《士礼》十七篇，五传而得戴德、戴圣。德因河间献王所得《记》百三十一篇及《明堂阴阳记》三十三篇，删其繁重，为八十五篇，号《大戴礼记》。圣复删次德书为四十六篇，号《小戴礼记》。其后马融传小戴之学，增入《月令》《明堂位》《乐记》三篇，合四十九篇，今列在学官者是。《郑注》《孔疏》而外，宋之李格非、吕大临、陆佃、马希孟、方悫皆有《解》，世不尽传。

　　宋昆山卫湜集诸家《解》为《说》百六十卷，各著其姓氏，理宗宝庆二年表上于朝，得寓直中秘，盖嘉其用心之勤也。尝慨是经虽列学官，而士子所习惟元·东汇陈澔之《集说》，与永乐时所辑《大全》而已。澔书陋略不足观，《大全》主澔而无所阐发，又成于胡广辈之手，其与《易》《春秋》诸经之剿袭先儒成书者等耳。正叔网罗采辑无所不周，即他书杂录有所论及亦摭入之，使先王立纲陈纪之道，为经为曲之详，灿然明著，岂非是经之大全也欤？是书钞帙颇有缺轶，然不碍其可传。因从东海夫子请，归校而授梓焉。湜，字正叔，卫文节公泾弟，累官朝散大夫，知袁州，学者称栎斋先生。兄弟三世同居，理宗名其堂曰："友顺"，实夫子邑先正也。

东岩《〈周礼〉订义》序

东岩《〈周礼〉订义》八十卷，载《宋史·艺文志》。宋之群儒经义最富，独诠解《周礼》者寡。见于志者，仅二十有二家而已。盖自王安石当国，变"常平"为"青苗"，借口《周官》泉府之遗，作新经义，以所创新法尽傅著之。又废《春秋》不立学官，于是与王氏异者多说《春秋》而罢言《周礼》。若颍滨苏氏、五峰胡氏殆攻王氏而并及于《周礼》者欤？

昔之言《周礼》者，郑康成信为"周公致太平之迹"，陆陲谓为"群经源本"，王仲淹美其"经制大备"，朱子亦称其"广大精密，非圣人不能作。"则为先秦古书无可疑焉者。东岩之说谓"周公将整齐《六典》以为宅洛计，不幸殁，而成王不果迁，规模不获。"究其说本郑氏注而畅发之。至云："冬官未尝亡，错见于五官中。"则与临川俞寿翁合。其编集诸家之说，宋儒自刘仲原父以下凡四十五家，可谓详且博矣。东岩，姓王氏，名与之，字次点，乐清人，从松溪陈氏学，传《六典》要旨。其书淳祐初郡守赵汝腾进于朝，付秘书省，特补一官，授宾州文学，终通判泗州，卒年九十有七。

《〈仪礼〉集说》序

鲁高堂生传《士礼》十七篇，即今《仪礼》也。生之传既不存，而王肃、袁准、孔伦、陈铨、蔡超宗、田僧绍诸家注亦未流传于世，今自注疏而外，他

无闻焉。岂非昌黎所言，文既奇奥，且沿袭不同，复之无由，学者不好，故亦不之传说耶？夫亦周公之著作，三代之仪文，学者有志稽古礼文之事，乃以其词之难习，遂无以通其义，非有志于学者之所为也。元·大德中长乐敖继公以康成旧注疵多醇少，辄为删定，取贾疏及先儒之说补其阙，又未足，则附以己见，名曰《集说》，盖不以其艰词奥义自委者已。宋相马廷鸾，生五十八年始读《仪礼》，称其"奇词奥旨，中有精义妙道焉；纤悉曲折，中有明辨等级焉"。观于继公是书，不信然欤？继公字君善，闽人，而家于吴兴，居小楼，日从事经史。吴士多从之游，赵孟頫，其弟子也。以江浙平章高彦敬荐为信州教授。

赵氏《〈四书〉纂疏》序

　　格庵赵氏《〈四书〉纂疏》共二十六卷。前有清源洪天锡序，而陵阳牟子才又分序之。其书一以朱子为归，不杂异论。于《大学》《中庸》，先之以《章句》，次以《或问》，间以所闻附其后，又以《语录》暨诸儒，发明大义者注其下。于《论语》《孟子》则一本《集注》，而采《或问》《集义》《详说》《语录》所载分注焉。昔朱子之为《章句》也，《大学》则宗程子，会众说而折其

中；《中庸》则以己意分之，复取石子重《集解》删其繁，名以《辑略》。

其为《集注》也，取二程、张、范、二吕、谢、游、杨、侯、尹十一家之说，辑为要义，更名之曰《精义》。载更集义，又本注疏参说，又会诸家之言为《训蒙口义》，更名之曰《详说》，然后约其精粹，为《集注》。而于《集注》《章句》之外，记其所辨论取舍之意别为《或问》，若是其严密也！朱子自言："《集注》如称上称来，无异不高不低。"又言"添减一字不得。"然学者非由《集义》《详说》《或问》《语录》以观其全，无由审《章句》《集注》之精粹，则是书之有功于朱子多矣。今学宫所颁《四书大全》，盖即倪仲弘之辑释，而是编之流传者少，乃较而刊行之，俾相为表里云。 康熙丁巳纳兰成德容若序

注：此序并未载入《通志堂集》，而是据《通志堂经解》补入。

永嘉蔡氏《论语集说》序

　　《论语集说》二十卷，宋·朝散郎、试太府卿兼枢密副都承旨永嘉蔡节编，淳祐五年表进于朝。今作十卷，盖当日刊于湖泮本已然也。是书宋《艺文志》不载，诸家藏书目俱未收，予乃购得之，幸矣。永嘉自伊洛诸儒未作，王景山出，发明经蕴，述《儒志》一编。其后则有刘安节元承、鲍若雨商霖、谢天申用休、潘旼子文、周行己恭叔、陈经正贵一暨弟经邦贵叙，其姓名皆入《伊洛渊源录》中。而著群经说者若陈鹏飞少南、薛季宣士龙、张淳忠甫、叶适正则、戴溪肖望、陈傅良君举、叶味道知道、钱文子文季、黄仲炎若晦、汤建达可、陈埴潜室、王与之次点，皆有成书著录。谚曰："温居瀛壖，理学之渊。"不信然欤？顾诸君子之书，或存或亡，不可尽得。予序蔡氏《集说》而附及之，盖将以求所未见焉。

建安蔡氏《〈孟子〉集疏》序

牧堂老人蔡发仲与，朱子称其"教子不于利禄，而开之以圣贤之学，非世人所及。"其子元定季通，孙渊伯静、沉仲默，曾孙模仲觉、抗仲节，皆隐居著书。既而仲觉任建安书院席长，以谢方叔、汤恢荐补殖功郎、添差本州教授。而仲节旋中进士，为诸王教授，累迁端明殿学士，参知政事。

蔡氏撰述，季通《律吕新书》、仲默《书传》最著；而伯静《〈易〉训解》，鄱阳董氏载入《诸儒沿革》中；仲觉则有《〈易传〉集解》《〈大学〉衍》《〈论语〉〈孟子〉集疏》《河洛探赜》《续近思录》诸书。予所见者仅《孟子集疏》十四卷而已，仲节为之后序，称其参《或问》以见同异，采《集义》以备阙遗，洵有功于《集注》者矣。仲觉被荐，尝疏言敬义为万世帝王心学之本，而《大雅》价人维藩六语为国家守邦要道。又请以《白鹿洞学规》颁诸天下，盖无愧牧堂老人之教，而其家学，诚非世人所能几及也。

注：《〈论语〉〈孟子〉集疏》或为《〈论语〉集疏》和《〈孟子〉集疏》两本书的合刊本。《白鹿洞学规》即《白鹿洞书院揭示》，集儒家经典而成，提出了教育的根本任务，指明了修身处世之道，乃封建社会教育的基本准绳。

书成氏《毛诗指说》后

　　右《毛诗指说》四篇：一《兴述》，二《解说》，三《传受》，四《文体》，合为一卷。唐·成伯玙撰，后有建安熊子复跋尾，盖乾道中尝刊于京口者。唐以诗取士，而三百篇者诗之源也，宜一代论说之多。乃见于《艺文志》者自《毛诗正义》而外，惟成氏二书及许叔牙《纂义》而已。成氏《断章》二卷、许氏《纂义》十卷，今俱无存，惟是编在耳，不可不广其传也。

　　注：《纂义》指的是《毛诗纂义》。

书张文潜《诗说》后

　　文潜《诗说》一卷，杂论《雅》《颂》之旨，仅十二条，已载《宛丘集》中，后人抄出别行者。观所论土宇畈章一则，其有感于熙宁开边斥境之举而为之也欤？《宛丘集》今不甚传，此亦经学一种，因校而梓之。

纳兰性德评议汇编

容若读书机速过人，辄能举其要。诗有开元丰格。作长短句，跌宕流连以写其所难言。有集名《侧帽》《饮水》者，皆词也。（韩慕庐）

冯金伯《词苑萃编》卷之八见《词话丛编》第 2 册

容若自幼聪敏，读书过目不忘，善为诗，尤工于词。好观北宋之作，不喜南渡诸家，而清新秀隽，自然超逸。海内名人为词者，皆归之。（徐健庵）

同上

容若词，一种凄惋处，令人不能卒读，人言愁我始欲愁。（顾梁汾）

同上

《饮水词》，哀感顽艳，得南唐二主之遗。（陈其年）

同上

国朝词人辈出，然工为南唐五季语者，无若纳兰相国明珠子容若侍卫。所著《饮水词》，于迦陵小长芦二家外，别立一帜。其古今体诗亦温雅。本名成德，乾隆中奉旨改性德。登康熙十二年进士。时相国方贵盛，顾以侍卫用，趋走螭头豹尾间，年未四十，遽亡。后相国被弹罢黜，侍卫之墓木拱矣。往见蒋氏《词选》录吴兴女史沈御蝉宛《选梦词》，谓是侍卫妾。其《菩萨蛮》云："雁书蝶梦都成杳。云窗月户人声悄。记得画楼东。归骢系月中。醒来灯未灭。心事和谁说。只有旧罗裳。偷沾泪两行。"闺中有此姬人，乃诗词中无一语述及，味词意，颇怨抑也。

丁绍仪《听秋声馆词话》卷十七见《词话丛编》第3册

　　纳兰容若（成德）深于情者也。固不必刻画花间，俎豆兰畹，而一声河满，辄令人怅惘欲涕。情致与弹指最近，故两人遂成莫逆。读两家短调，觉阮亭脱胎温、李，犹费拟议。其中赠寄梁汾《贺新凉》《大酺》诸阕，念念以来生相订交，情至此，非金石所能比坚。仆亡友侯官张任如（仁恬），才高命薄，死之日，仆挽之云："本是肺腑交，已矣，似此人间谁识我。可怜肝肠断，嗟乎，从今地下始逢君。"戊申，仆寓居宁德，寒食怀人，凄怆欲绝，填《百字令》云："春光似箭，看莺娇蝶懒，清明又到。梨树阴阴闻故鬼，如诉如啼如祷。南国家山，杜鹃滴血，绿遍王孙草。满城苦雨，柳条檐际飞扫。却忆张籍当时，酒边戏语，百样添烦恼。寒食西风吹点泪，此际才为情好。一别六年，夜台无雁，幽信何从讨。孤游已屡，个人曾否知道。"盖仆曾与君泛论交际，君

笑曰："清明肯流几点泪，方见好也。"心怪其语不祥，越一年，而君竟殁。今读容若"后生缘恐结他生里"句，山阳闻笛，愈增腹痛矣。

汉槎梁汾友耳，容若感梁汾词，谋赎汉槎归，曰："三千六百日中，吾必有以报梁汾。"厥后卒能不食其言，遂有"绝塞生还吴季子，算眼前此外皆闲事"句。嗟乎！今之人，总角之友，长大忘之。贫贱之友，富贵忘之。相勖以道义，而相失以世情，相怜以文章，而相妒以功利。吾友吾且负之矣，能爱友之友如容若哉。容若尝曰："花间之词如古玉器，贵重而不适用。宋词适用而少贵重。李后主兼有其美，更饶烟水迷离之致。"又曰："词虽苏辛并称，而辛实胜苏，苏诗伤学，词伤才。"（渌水亭杂识）此真不随人道黑白者。集中警句，美不胜收，略举一二，以与解人共赏："语密翻教醉浅"，"心事眼波难定"（如梦令）。"花骨冷宜香"，"远梦轻无力"，"总是别时情，那得分明语。判得最长宵，数尽厌厌雨。"（生查子）"一种蛾眉，下弦不似初弦好。"（点绛唇？感旧）"逗雨疏花浓淡改，关心芳字浅深难。"（浣溪沙）"妆罢只思眠，江南四月天。""人在玉楼中，楼高四面风。""休近小阑干，夕阳无限山。""只是去年秋，如何泪欲流。"（菩萨蛮）"雨歇春寒燕子家"，"桃花羞作无情死，感激东风。吹落娇红。飞入闲窗伴懊侬"，"冷逼毡帷火不红"，"不辨花丛那辨香。"（采桑子）"萧萧落木不胜秋，莫回首、斜阳下。"（一落索）"天将妍暖护双栖。"（山花子）"惜花人共残阳薄。春欲尽，纤腰如削。新月才堪照独愁，却又照梨花落。"（拨香灰）"天将愁味酿多情。"（鹧鸪天）"不恨天涯行役苦。只恨西风，吹梦成今古。"（蝶恋花）"谁翻乐府凄凉曲，风也萧萧。雨也萧萧。瘦尽

灯花又一宵。不知何事萦怀抱，醒也无聊。醉也无聊。梦也何曾到谢桥。"（采桑子）容若词有《饮水》《侧帽》两种，其刻本有《通志堂集》、顾梁汾合刻两

种。后袁兰村（通）复梓《饮水词》，附小仓山房合刻中。而最备者，莫如镇洋汪仲安（元治）之《纳兰词》，凡五卷三百二十三阕，比之袁本多百余阕，可谓搜罗无遗憾矣。然其中颇有失考。毛稚黄尝有自度曲名《拨香灰》，其句法字数与《忆王孙》俱同，但平仄稍异，容若《渌水亭春望》即填此调，因其中有"扬一缕秋千索"句，故自名《秋千索》。《琵琶仙》系白石自度腔，容若中秋阕即填此调，因第六句比原作少一字，原作载《词律》第十六卷一百字类，仲安皆以为谱律不载，疑其为自度曲，非也。仲安刻是书竟，曾填《齐天乐》一阕，镌板分同人索和，真好事者。词云："骖鸾返驾人天杳，伤心尚留兰畹。艳思攒花，哀音咽笛，当日更番肠断。乌丝漫展。认蠹粉芸烟，旧痕凄惋。拥鼻微吟，怎禁清泪暗承眼。终惭替人过许，只为落甚，重为排卷。白氎晨书，青灯夜校，忍记三生幽怨。蓉城梦远。倘梦可相逢，此情深浅。传遍词坛，有愁应共浣。"仲安填词有纳兰再世之目，替人句谓此也。

余德水（金）云：容若，大学士明珠子，十七为诸生，十八举乡试，十九成进士，（康熙癸丑）二十二授侍卫，拥书万卷，萧然自娱，人不知为宰相子也。《熙朝新语》丁药园云：容若填词，多于马上尊前得之。吴菌次序《饮水词》末云：非慧男子不能善愁，唯古诗人乃云可怨，公言性吾独言情，多读书必先读曲。嗟乎，若容若者，所谓翩翩浊世佳公子矣。亡友芑川最爱此词，尝手录数十阕，并以《百字令》题其后。有云："为甚麟阁佳儿，虎门贵客，遁入愁城里。此事不关穷达也，生就肝肠尔尔。"既教谕台阳，携以渡海，辛亥台乱，勤劳殁王事，其棺附舟南下，中途遇盗，遗稿秘钞，俱付之洪涛巨浸中，悲夫！芑川又素爱李后主，每读其词，辄太息。尝与余立题分咏，余颇訾南唐之失政，芑川见之，愠曰："若此多情人，岂可不从末减乎。"乃以自填《黄金缕》示予曰："重瞳又见江南李。垓下悲歌，变出柔肠里。懊恼小楼风又起。天涯何处黄花水。撮襟题遍澄心纸。好个翰林，可惜为天子。流水落花春去矣。断肠犹说鸳鸯寺。"组织往事，意在言表，真咏古之妙则，甚愧余之褊且腐也，牵连书之，以俟后之续《词苑丛谈》者。容若所著，又有《大易集成粹言》八

十卷、《陈氏礼记集说补正》三十八卷、《通志堂集》二十卷。

容若妇沈宛，字御蝉，浙江乌程人，著有《选梦词》。述庵《词综》不及选。《菩萨蛮》云："雁书蝶梦皆成杳。月户云窗人悄悄。记得画楼东。归骢系月中。醒来灯未灭。心事和谁说。只有旧罗裳。偷沾泪两行。"丰神不减夫婿，奉倩神伤，亦固其所。检集中悼亡之作，不下十数首，其《沁园春》自序云：丁巳重阳前三日，梦亡妇淡妆素服，执手呜咽，语多不复能记，但临别有云："衔恨愿为天上月，年年犹得向君圆。"觉后感赋长调："瞬息浮生，薄命如斯，低回怎忘。自那番摧折，无衫不泪，几年恩爱，有梦何妨。最苦啼鹃，频催别鹄，赢得更阑哭一场。遗容在，只灵飙一转，未许端详。重寻碧落茫茫。料短发、朝来定有霜。信人间天上，尘缘未断，春花秋月，触绪堪伤。欲结绸缪，

翻伤漂泊，两处鸳鸯各自凉。真无奈，把声声檐雨，谱入愁乡。"容若颇多自度曲，《玉连环影》三十一字、《落花时》五十二字、《添字采桑子》五十字，与《促拍采桑子》字同句异，《秋水》一百一字、《青衫湿遍》一百二十二字，一曰《青衫湿》，《湘灵鼓瑟》一百三十二字，一曰《翦字梧桐》是也。若《踏莎美人》六十二字、《翦湘云》八十八字，则梁汾所度，取而填者。容若所与游皆知名士。震泽赵函曰："惠山之阴，有贯华阁者，在群松乱石间，远绝尘轨。容若扈从南来时，尝与迦陵、梁汾、苏友信宿其处，旧藏容若绘像及所书阁额，近毁于火，甚可惜也。"（纳兰词序）而稗官《红楼梦》一书，或传为容若而作，虽无左证，然相其情事，颇相类也。若随园以为记曹通政，殆不然欤。

　　谢章铤《赌棋山庄词话》卷七见《词话丛编》第4册

　　国初诸老之词，论不胜论。而最著者，除吴、王、朱、陈之外，莫如棠村。

秋岳、南溪、珂雪、蘩香、华峰、饮水、羡门、秋水、符曾、分虎、晋贤、覃九、蘅圃、松坪、西堂、莘野、紫纶、奕山诸家、分道扬镳，各树一帜。而饮水、羡门、符曾、分虎，尤为杰出。

陈廷焯《词坛丛话》见《词话丛编》第 4 册

有明以来，词家断推湘真第一，饮水次之。其年、竹垞、樊榭、频伽，尚非上乘。

谭献《复堂词话》见《词话丛编》第 4 册

戴园独居，诵本朝人词，悄然于钱葆得酚、沈通声，以为犹有黍离之伤也。蒋京少选《瑶华集》，兼及云间三子。周稚圭有言："成容若、欧、晏之流，未足以当李重光。"然则重光后身，惟卧子足以当之。

同上

文字无大小，必有正变，必有家数。《水云楼词》（珂谨按：即蒋春霖著）。固清商变徵之声，而流别甚正，家数颇大，与成容若、项莲生二百年中，分鼎三足……三家是词人之词。

同上

依声之学，国朝为盛，竹垞、其年、容若鼎足词坛。陈天才艳发，辞风横溢。朱严密精审，造诣高秀。容若《饮水》一卷，《侧帽》数章，为词家正声。散璧零玑，字字可宝。杨蓉裳称其骚情古调，侠肠俊骨，隐隐奕奕，流露于毫楮间。玉津少年所写《铁笛词》一卷，刻羽调商，每逢凄风暗雨、凉月三星，曼声长吟，时恨不与容若同时耳。

胡薇元《岁寒居词话》见《词话丛编》第 5 册

性容若填词诗云："诗亡词乃盛，比兴此焉托。往往欢娱工，不如忧患作。

冬郎一生独憔悴。判与三间共醒醉。美人香草可怜春，风蜡红无限泪。芒鞋心事杜陵知，只今惟赏杜陵诗。古人且失风人旨，何怪俗眼轻填词。词源远过诗律近，拟古乐府特加润。不见句读参差三百篇，已自换头兼转韵。"愚按：容若词与顾梁汾唱和最多，"往往欢娱工，不如忧患作"两语，则容若自道甘苦之言。然容若词幽怨凄黯，其年词高阔雄健，犹之晋侯不能乘郑马，赵将不能用楚兵，两家诣力，固判然若别也。

张德瀛《词徵》见《词话丛编》第 5 册

纳兰容若以自然之眼观物，以自然之舌言情。此由初入中原，未染汉人风气，故能真切如此。北宋以来，一人而已。

王国维《人间词话》见《词话丛编》第 5 册

　　纳兰容若为国初第一词手。其饮水诗《填词》古体云："诗亡词乃盛，比兴此焉托。往往欢娱工，不如忧患作。冬郎一生极憔悴，判与三闾共醒醉。美人香草可怜春，凤蜡红巾无限泪。芒鞋心事杜陵知，祗今惟赏杜陵诗。古人且失风人旨，何怪俗眼轻填词。词源远过诗律近，拟古乐府特加润。不见句读参差三百篇，已自换头兼转韵。"容若承平少年，乌衣公子，天分绝高，适承元明词敝，甚欲推尊斯道，一洗雕虫篆刻之讥。独惜享年不永，力量未充，未能胜起衰之任。其所为词，纯任性灵，纤尘不染，甘受和，白受采，进于沉着浑至何难矣。嘅自容若而后，数十年间，词格愈趋愈下。东南操觚之士，往往高语清空，而所得者薄。力求新艳，而其病也尖。微特距两宋若霄壤，甚且为元明之罪人。筝琶竞其繁响，兰荃为之不芳，岂容若所及料者哉。

况周颐《蕙风词话》卷五见《词话丛编》第 5 册

容若与顾梁汾交谊甚深，词亦齐名，而梁汾稍不逮容若，论者曰失之脆。

同上

"如鱼饮水，冷暖自知。"道明禅师答庐行者语，见《五灯会元》。纳兰容若词命名本此。

同上

梁汾营救汉槎事，词家纪载綦详。惟《梁溪诗钞·小传》注："兆骞既入关，过纳兰成德所，见斋壁大书：'顾梁汾为吴汉槎屈膝处'，不禁大恸。"云云，此说他书未载。昔人交谊之重如此。又《宜兴志·侨寓传》："梁汾尝访陈

其年于邑中，泊舟蛟桥下。吟词至得意处，狂喜，失足堕河。一时传为佳话。"说亦仅见，亟附著之。

同上

《香海棠馆词话》及《薇省词钞》梁汾小传后，载顾、成交谊綦详。阅武进汤曾辂先生（大奎、贞愍之祖）。《炙砚琐谈》一段甚新，为他书所未载，亟

录如左。"纳兰成德侍中与顾梁汾交最密。尝填《贺新凉》词为梁汾题照，有云：'一日心期千劫在，后身缘、恐结他生里。然诺重，君须记。'梁汾答词亦有'托结来生休悔'之语。侍中殁后，梁汾旋亦归里。一夕，梦侍中至，曰：'文章知己，念不去怀。泡影石光，愿寻息壤。'是夜，其嗣君举一子。梁汾就视之，面目一如侍中，知为后身无疑也，心窃喜甚。弥月后，复梦侍中别去。醒起，急询之，已卒矣。先是侍中有小像留梁汾处，梁汾因隐寓其事，题诗空方。一时名流，多有和作。像今存惠山草庵贯华阁。云自在龛藏《天香满院图》，容若三十二岁像也。朱邸峥嵘，红阑录曲，老桂十数株，柯叶作深黛色，花绽如黄雪。容若青袍络缇，伫立如有所忆，貌清癯特甚。禹鸿胪之鼎笔。"

同上

易被《喜迁莺》云："记得年时，胆瓶儿畔，曾把牡丹同嗅。"语小而不纤。极不经意之事，信手拈来，便觉旖旎缠绵，令人低徊不尽。纳兰成德《浣溪沙》云："被酒莫惊春睡重，赌书消得泼茶香。当时只道是寻常。"亦复工于写情，视此微嫌词费矣。《喜迁莺》歇拍云："强消遣，把闲愁推入，花前杯酒。"由"举杯消愁"意翻变而出，亦前人所未有。

况周颐《蕙风词话续编》卷一 1960 年人民文学出版社

辛卯、壬辰间，余客吴门，与子荙、叔问，素心晨夕，冷吟闲醉，不知有人世升沉也。某夕，漏未三滴，招子荙宴集，不至。叔问得《浣溪沙》前四句，余足成之。"口样词人天样遥。翠衾贪度可怜宵。（荙姬人名翠翠）未应笺管换钗翘。破面春风防粉爪（问）。画眉新月恋香豪。柳颦花笑奈明朝（笙）。"异日有怡园之约，故歇拍云云。今子荙墓木拱矣。王逸少所谓"俯仰之间，已成陈迹。"成容若所谓"当时只道是寻常"也。

况周颐《蕙风词话续编》卷二 1960 年人民文学出版社

郑骞《成府谈词》："容若骨秀才清，而天资不厚，享年不永；竹坨亦病才弱气短，且矜持过甚；故二人长调均鲜佳者。竹坨小令如《桂殿秋》《解佩令》之类，未尝不卓绝千古，但仅此数首；容若小令佳制甚多，时有前人所无之境界，朱氏不得不让其出一头地。若夫其年之粗犷叫嚣，则词中之天魔夜叉也。予尝以庾子山《咏怀诗》二句评之曰：'索索无真气，昏昏有俗心。'"

1992 年《词学》第十册

寒酸语，不可作，即愁苦之音，亦以华贵出之，饮水词人，所以为重光后身也。

《蕙风词话附录·夏敬观〈蕙风词话诠评〉》见《词话丛编》第 5 册

作词至于成就，良非易言。即成就之中，亦犹有辨。其或绝少襟抱，无当高格，而又自满足，不善变。不知门径之非，何论堂奥。然而从事于斯，历年多，功候到，成就其所成就，不得谓非专家。凡成就者，非必较优于未成就者。若纳兰容若，未成就者也，年龄限之矣。若厉太鸿，何止成就而已，且浙派之

先河矣。

　　绝少襟抱，无当高格，又自满足，不善变，不知门径之非，乾嘉时此类词甚多。盖乾嘉人学乾嘉词者，不得谓之有成就，尤不得谓之专家，况氏持论过恕。其下以纳兰容若、厉太鸿为喻，则又太刻。浙派词宗姜、张，学姜、张亦自有门径，自有堂奥，姜、张之格，亦不得谓非高格，不过与周、吴宗派异，其堂奥之大小不同耳。

同上

　　纳兰小令，丰神迥绝，学后主未能至，清丽芊绵似易安而已。悼亡诸作，脍炙人口。尤工写塞外荒寒之景，殆扈从时所身历，故言之亲切如此。其慢词则凡近拖沓，远不如其小令，岂词才所限欤。

蔡嵩云《柯亭词论》见《词话丛编》第 5 册

　　纳兰眷一女，绝色也，有婚姻之约，旋此女入宫，顿成陌路。容若愁思郁结，誓必一见，了此宿因。会遭国丧，喇嘛每日应入宫嗒经，容若贿通喇嘛，披袈裟，居然入宫，果得一见彼姝，而宫禁森严，竟如汉武帝重见李夫人故事，始终无由通一词，怅然而去。

蒋瑞藻《小说考证》引《海沤闲话》

　　清初词家，尤以纳兰成德为最胜……集中令词妙制极多，而慢词则非擅，偶学苏辛，未脱形迹。周之琦云："容若长调多不协律，小令则格高韵远，极缠绵婉约之致，能使残唐坠绪绝而复续，第其品格，殆叔原、方回之亚。"

王易《词曲史》

　　人谓其出于《花间》及小山、稼轩，乃仅以词学之渊源与功力言之，至其不朽处，固不在于此也。梁佩兰祭先生文曰："黄金如土，惟义是赴。见才必怜，见贤必慕。生平至性，固结于君亲，举以待人，无事不真。"夫梁氏可谓知先生者矣。先生之待人也以真，其所为词，亦正得一真字，此其所以冠一代排余子也。同时之以词名家者如朱彝尊、陈维崧辈，非皆不工，只是欠一真切耳。

张任政《纳兰性德年谱·自序》

先生笃友谊，生平挚友如严绳孙、顾贞观、朱彝尊、姜宸英辈，初皆不过布衣，而先生固已早登科第，虚己纳交，竭至诚，倾肺腑。又凡士之走京师，傺而失路者，必亲访慰藉；及邀寓其家，每不忍辞去，间有经时之别，书札、诗、词之寄甚频。韩菼撰"神道碑"……惟时朝野满汉种族之见甚深，而先生友俱江南人，且皆坎坷失意之士，惟先生能知之，复同情之，而交谊益以笃。

同上

陈其年《湖海楼词》卷一有《点绛唇》和成容若韵。卷十九《金缕曲》赠成容若，词云："丹凤城南路，看纷纷崔庐门第，邹枚诗赋。独炙鹅笙潜趁拍，花下酒边闲谱。已吟到最销魂处。不值一钱张三影，尽旁人拍手揶揄汝。何至作，温韦语。总然不信填词误。忆平生几枝红豆，江南春暮。昨夜知音才握手，笛里飘零曾诉。长太息钟期难遇。斜插侍中貂更好，箭骹鸣从猎回中去。堂堂甚，为君舞。"

张任政《纳兰性德年谱·丛录》

渌水亭与唐实君话旧："镜里清光落槛前，水风凉逼鹭鸶肩。菰蒲放鸭空滩雨，杨柳骑牛隔浦烟。双眼乍开疑入画，一樽相属话归田。江湖词客今星散，冷落池亭近十年。"（查慎行《敬业堂集》）

同上

吴天章送顾梁汾南归云："谷帘泉好曾参谒，夜合花开罢赋诗。金马才名狂客散，斜川风景酒人知。"盖伤乙丑五月事也。（《莲洋集》卷十一）

同上

顾梁汾登黄鹤楼赋《大江东去》末云："等闲孤负第三层上风月。"附注云："呜呼！容若已矣！余何忍复拈长短句乎？是日狂醉，忆桑榆墅有三层小楼，容若与余乘月去梯，中夜对谈处也。因寓此调，落句及之。"

（《弹指词》卷下）

同上

姜西溟跋《同集书》后：往年容若招余与荪友、梁汾集《花间》《草堂》，剧论文史，摩娑书画云云。而梁汾晚年于端文公祠后，构室三楹，南窗对惠山，颜曰"花间草堂"，其倦倦于者游如此。（毛际可《安序堂文钞》卷十四《花间草堂记》）

同上

姜西溟跋《同集书》后："往年容若招予往龙华僧舍，日与荪友、梁汾诸子集《花间》《草堂》，剧论文史，摩挲书画，于时禹子尚基亦间来同此风味也。自后改葺通志堂，数人者复晨夕相对，几案陈设，尤极精丽，而主人不可复作矣。荪友已前出国门，梁汾羁栖荒寓，行一年所，今亦将妻子归矣。落魂而留者，惟予与尚基耳。阅荪友、容若此书，不胜聚散存殁之感！而予于容若之死，尤多慨心者，不独以区区朋游之好而已也。此殆有难为不知者言者。若余书偶然涉笔，不知尚基何缘收此，然亦足以见姓名于其间，志一时之胜概云尔。"（四库本《湛园未定稿》卷八）

同上

余旧有《菊庄词》为吴孝廉汉槎在宁古塔寄至朝鲜，有东国会宁都护府记官仇元吉题余词云："中朝买得菊庄词，读罢烟霞照海湄。北宋风流何处是，一声铁笛起相思。"故王阮亭先生有"新传春雪咏，蛮缴织弓衣"之句。益都相国冯公有"记载三长衿虎观，风流一调动鸡林"之句。皆一时实录也。同时有以成容若《侧帽词》、顾梁汾《弹指词》寄朝鲜者，朝鲜人有"谁料晓风残月后，而今重见柳屯田"句，惜全首不传。（徐釚《词苑丛谈》卷五）阮葵生《茶馀客话》所载有吴汉槎戍宁古塔，行笥携《菊庄》《侧帽》《弹指》三词之语。按汉槎出塞，容若年仅五岁，安有携其《侧帽词》之理？徐釚《词苑丛谈》则云：有以成容若《侧帽词》、顾贞观《弹指词》寄朝鲜。则非汉槎携去明矣。《茶馀客话》又云："有朝鲜使臣仇元吉、徐良畴以一饼金购去。"《词苑丛谈》则云："寄至朝鲜"，此篇系徐氏记载本人事实，当无不确，特录之以正阮氏之误。

同上

"尝读吕汲公杜诗年谱，首开元辛巳，年已三十，盖晚成者也。李长吉未及三十，已应玉楼之召，若比少陵，则毕生无一诗矣。然破锦囊中，石破天惊，卒于少陵同寿，千百年大名之垂，彭殇一也。犹昙之花，刹那一现。灵椿之树，八千岁为春秋。岂计修短哉。"此成容若书《昌谷集》后语也。容若较昌谷多四岁耳。其《侧帽》《饮水》之篇，在当时已有"井水吃处，无不争唱"。今又百六七十年，倚声家直耸为李煜后一人，虽阳春、小山不能到，其书昌谷殆若自道，岂非谶哉。咸丰己未，腊月读此集一过，漫书其后，邵亭眲叟。（见北平［按：即今北京］图书馆藏莫友芝旧藏《通志堂集》）

同上

　　陈聂恒《栩园词弁》录顾梁汾书云："国初辇毂诸公，尊前酒边，借长短句以吐其胸中。始而微有寄托，久则务为谐畅。香严、仙圃领袖一时。惟时戴笠故交，担簦才子，并与游宴之席，各传唱和之篇。而吴越操觚家，闻风竞起，

选者作者，妍媸杂陈。渔洋之数载广陵，实为斯道总持。二三同学，功亦难泯。最后吾友容若，其门第才华，直越晏小山而上之。欲尽海内词人，毕出其奇。远方，颇有应者。而天夺之年，未几辄风流云散。渔洋复位高望众，绝口不谈。于是向之言词者，悉去而言诗古文辞。回视《花间》《草堂》，顿如雕虫之见耻于壮夫哉。虽云盛极必衰，风会使然，然亦颇怪习俗移人，凉燠之态，侵淫而入于风雅，可为太息。"

(left margin) 中华传世藏书 纳兰性德全集 纳兰经解诸序及书后

同上

丁药园澎曰："容若填词，有《饮水》《侧帽》二本，大约于尊前马上得之。读之如名葩美锦，郁然而新。又如太液波澄，明星皎洁。宋初周待制领大晟乐府，比切声调十二律，柳屯田增至二百余阕，然亦有昧于音节，如苏长公，犹不免铁绰板之讥。今容若以侍卫能文，少年科第，间为诗余，其工于律吕如此，惜乎不能永年，悲夫！"

同上

聂晋人曰："容若为相国才子，少工填词，香艳中更觉清新，婉丽处又极俊逸，真所谓笔花四照，一字动移不得者也。惜乎早赴修文，所谓'天雨粟，鬼夜哭'果有之耶。"

2180

同上

容若构一曲房，属藕渔书额曰"鸳鸯社"。顾梁汾有《桃源忆故人》词云："千金一刻三春夜，转眼水流花谢。已觉都成梦话，只是伤心也。分明有恨如何写，判得今生暂舍。还拟他生重借，领袖鸳鸯社。"玩此词语气，当作于容若去世之后。（《弹指词》卷下）

同上

忍草庵旧藏纳兰容若遗像，并所书贯华阁额，重九后二日，偕钟士奇访之，额与像俱已毁弃。慨然题壁："中酒才过裂叶风，寻秋乱踏四山空。贯华阁子梦边鹿，饮水词人天外鸿。变灭浮岚攒紫翠，萧森老树碎青红。销魂绝代佳公子，侧帽风流想象中。"（赵函《乐潜堂集》卷一）

同上

边袖石《十汉海诗》五绝句录三："平泉花木翠回环，相国楼台占此间。

二百年来人事改，夕阳青映隔城山。""饮水新词制最工，乌丝格调宛相同。笛床琴荐清歌夕，犹有平原结客风。""鸡头池涸谁能记，渌水亭荒不可寻。小立平桥一惆怅，西风凉透白鸥心。"（《健修堂集》卷十一）

同上

纳兰容若工书，妙得拨镫法，临摹飞动。晚乃笃志于经史，且欲窥性命之旨（《八旗文经》）。其书法摹褚河南临本《楔帖》，间出入《黄庭内景经》（《儋园集》）。所与游皆一时名士，尝集宋元以来说经之书，刻为《通志堂经解》。精鉴藏、善书、能诗、尤工于词。（《昭代名人尺牍小传》曼殊震钧《国朝书人辑略》卷二）

同上

梁任公《渌水亭杂识跋》："容若小词，直追李主。其刻《通志堂经解》为经学家津逮。其纪地胜，摭史实，多有佳趣。偶评政俗人物，见地超绝。诗文评益精到，盖有所自得也。卷末论释老，可谓明通。其言曰：'一家人相聚，只说得一家话，自许英杰，不自知孤陋也。’可谓僧儒辟异端者当头一棒。翩翩一浊世公子，有此器识，且出自满洲，岂不异哉。使永其年，恐清儒皆须让此君出一头地也。戊午八月病中读竟记。”（《饮冰室文集》卷七十七）

同上

　　纳兰容若者，北门相国公之子也。负轶才，不永年。有弟纳兰恺功，方求知名士为师，而先生（按：指唐孙华）方客常洲宋文恪所。会文恪薨，北门相公遂礼先生而致之宾馆。恺功年富志锐，慧辨过人，每举史传僻事疑义，以相责难，先生引端竟绪，答无留滞，恺功心厌气折。后位至六卿，久长翰林，其视诸翰林，莫先生若。先生解组后，存问不绝，为刻诗集若干卷。晚年寄草堂资，而先生始有息庐之筑。（顾陈垿《唐孙华传》）

同上

　　《天香满院图》，禹之鼎绘。朱邸峥嵘，红阑绿曲，老桂数株，柯叶作深黛色，花绽如黄雪。一人青袍缇络，伫立若有所思，貌清癯特甚，容若三十一岁

像也。江阴缪荃风藏（《蕙风词话》卷五）

　　按此图，今藏缪氏后人。无款识，无题跋，昔荃风于沪上，征名流题诗文甚多。据其语人云，系相传为容若像。然考之《通志堂集》及同时他家集中，均未之及，不足征信。今有正书局《中国名画集》第十集有影印片，录此备考。

同上

　　双凤砚，为容若故物。朱竹垞镌跋，为某旗人藏，今以数百金质于日本某氏，有拓片。

同上

　　抄手形砚（即火砚），左侧镌"纳兰成德藏"五字。右侧有梁节庵刻铭："天有日，人有心。蕺山砚，泪渗渗。"十二字，今江宁邓氏藏。

同上

赵孟頫《鹊华秋色图》长卷，董香光跋。后入内府，庚午十月，获见于故宫钟粹宫。盖有"成德容若"方章二，"成德"方章二，"楞伽真赏"方章，"容若书画"方章一，"楞伽山人"图章四，"楞伽"圆章四。

同上

雍正三年六月初七日上谕："且年羹尧又系明珠之孙婿。"按羹尧，康熙三十九年进士（生年莫考），是年揆叙仅二十七岁，必非妻揆叙女，容若长揆叙十九岁，是年四十六岁，则所谓明珠孙婿，当为容若之婿也。

同上

论有清一代词人，向以太清与容若并称，余尝以为容若词自秀雅，而太清之真淳本色，则非容若所及。

齐燕铭·见《一泯题跋·西泠印社木活字本东海渔歌》

成容若雍荣华贵，而吐属哀怨欲绝，论者以为重光后身，似不为过。所作《饮水》《侧帽词》，皆非全稿。自来有徐健庵、张纯修、袁兰村、周稚圭、张诗黔、汪珊渔、伍崇曜、许迈孙诸刻本，互有异文，亦互有阙略。伍刻据汪刻校订，共三百四十二阕，最为完备。然余尚补得五阕，其一阕为《渔歌子》，风致殊胜。词见徐虹亭《枫江渔父图》。当时题者颇众，如屈大均、王阮亭、施愚山、彭羡门、严荪友、李岣庵、归孝仪及益都冯相国，皆有七绝咏之。惟容若题小令云："收却纶竿落照红。秋风宁为剪芙蓉。人淡淡，水蒙蒙。吹入芦花短笛中。"一时胜流，咸谓此词可与张志和《渔歌子》并传不朽。

唐圭璋《词学论丛·成容若〈渔歌子〉》

王渔洋诗主神韵自然，于词为近。

纳兰容若，清词中之南唐；朱竹垞，清词中之北宋。

蒋鹿潭、项莲生，为有清词人之词，然以家数论，余以为蒋为大。

张伯驹《丛碧词话》见《词学》第 1 辑

清初的词家如钱谦益、吴伟业、宋琬、曹溶等人的作品，虽也深杂以兴亡离乱之感，但仍未摆脱明词的庸弱风气，并无特殊成就。比较出色的是满族词

人纳兰性德。他的《饮水》《侧帽》二集宗尚李煜，情致深婉，小令尤为清丽。王国维以为："此由初人中原，未染汉人风气，故能真切如此，北宋以来，一人而已。"（《人间词话》）可谓评价甚高了。

周笃文《金元明清词选序》

词与文章，历代各有其风格……若再断代言之，同时竞爽，自各极其胜场。十国蕃艳之中，南唐二主独以至情见著。北宋柳缛贺疏，周雅秦秀。南宋吴密姜苍，张俊周丽。元则遗山天颖，惟以雄胜。明仅二陆沈著可诵。清初饮水华贵，清末疆村、蕙风并师半唐，而一尚学力，一兼天分，此则不可以断代持分野之论矣。

赵尊岳《填词丛话》见《词学》第 3 辑

纳兰的悼亡词不仅拓开了容量，更主要的是赤诚淳厚，情真意挚，几乎将一颗哀恸追怀、无尽依恋的心活泼泼地吐露到了纸上。所以，是继苏东坡之后在词的领域内这一题材作品最称卓特的一家。王国维《人间词话》说"北宋以来，一人而已"，"以自然之眼观物，以自然之舌言情，此由初入中原，未染汉人风气"云云，如以之论纳兰悼亡词是确切的。

严迪昌《清词史》

纳兰塞外行吟词既不同于遣戍关外的流人凄楚哀苦的呻吟，又不是卫边士卒万里怀乡之浩叹，他是以御驾亲卫的贵介公子身份扈从边地而厌弃仕宦生涯。一次次的沐雨栉风，触目皆是荒寒苍莽的景色，思绪无端，凄清苍凉，于是笔下除了收于眼底的黄沙白茅、寒水恶山外，还有发于心底的"羁栖良苦"的郁闷。

同上

从某种角度看，纳兰不但不是"未染汉人风气，故能真切如此"，恰恰是受汉儒文化艺术的熏陶甚浓重，才感慨倍多，遥思腾越。如《蝶恋花·出塞》（今古河山无定据，略）几乎是孤臣孽子的情绪了……

同上

纳兰性德的生平行径颇多奇特的矛盾现象……对此，或有揣度性德因先代部族为爱新觉罗氏所灭，故怀隐憾于清王朝；或认为其与汉族著名文人结交是奉有"密旨"之类，意在笼络监视。诸如此类均属推测，尚无确凿的佐证材料。

同上

纳兰天资聪颖，富情感，又深受汉族传统文化熏陶，故他厌苦鞍马扈从，鄙视宦海倾轧，转而"甚慕魏公子之饮醇酒近妇人"（《手简·寄张纯修》）的清狂通脱生涯。加之早丧爱妻，凄苦由衷，于是益多厌倦尘俗的心绪。至于与江南最著名的文豪们的交接，原与其座师徐乾学兄弟有关。徐氏为顾炎武之甥，

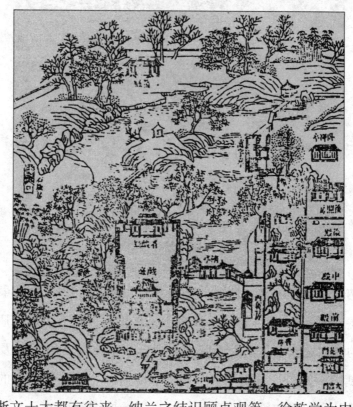

孚声望，江浙文士大都有往来。纳兰之结识顾贞观等，徐乾学为中介者。同时，纳兰能仗义解囊，更重要的是他才情富艳，颇为猖狂如姜宸英辈赏识，所以缔为深交。康熙十七年下旨征召"鸿博"之前，所谓满汉之防亦已渐弛，时势为纳兰的处世行事提供了机缘。

同上

如果说，以上手足情、骨肉谊的抒述大抵仍属"生离"，那么，"悼亡"词则是亲情词中"死别"永诀的苦衷之吟。在中国古代诗歌中，"悼亡"诗应属爱情诗的补充部分，这种诗创作现象及特定题材的形成，是与长期封建礼教及宗法制度有关。倘单以狭义的儿女情的恋唱的爱情诗来看，诚如当年朱自清先生所说过的那样，并不发达，然而一旦将视线扩展，将包括"悼亡"之作在内

的有关题材纳入爱情诗题材，情况的估衡显然就不同了。悼亡诗最早可推溯到《诗经》中的《绿衣》，而自潘岳《悼亡诗》传世后，代有名篇，唐宋之间，李商隐、陆游的悼亡之作尤见动人心弦。词则自苏东坡《江城子》及贺铸的《死梧桐》即《鹧鸪天》外，佳篇不多，即真挚地追念哀悼夫妻伉俪的生死之情的作品极少。只是到了清初纳兰性德出，悼亡词始成词创作的一个重要题材，并获得卓越的成就。差不多在这同时，阳羡词人的"悼亡"词足堪与纳兰并驱，于是开清词题材的又一大宗。

严迪昌《阳羡词派研究》

清初各大家词（尤其如纳兰）皆明白可诵可懂，盖皆习《花间》、北宋名

作，取法乎上，此开国现象也。清末学梦窗、碧山则取法乎下矣，其所品大都不知所云，自谓艰深，实则不通而已。此国家将亡之朕兆也。文章若可以觇世运，此其适例矣。盖此彼学南宋，非颓靡难解，即文理错乱，梦窗其尤劣者也。

吴世昌《词林新话》

亦峰以容若为才力不足可见有眼无珠。

同上

蕙风论作词之成就，曰："凡成就者，非必较优于未成就者。若纳兰容若，未成就者也，年龄限之矣。若厉太鸿，何止成就而已，且浙派之先河矣。"下应续：然不及纳兰远甚，则天分限之也。

同上

……资本主义因素在清初被全面打了下去，在那几位所谓"雄才大略"的君主的漫长统治时期，巩固封建小农经济、压抑商品生产、全面闭关自守的儒

家正统理论，成了明确的国家指导思想。从社会氛围、思想状貌、观念心理到文艺各个领域，都相当清楚地反射出这种倒退性的严重变易。与明代那种突破传统的解放潮流相反，清代盛极一时的是全面的复古主义、禁欲主义、伪古典主义。从文体到内容，从题材到主题，都如此。作为明代新文艺思潮基础的市民文艺不但再没发展，而且还突然萎缩，上层浪漫主义则一变而为感伤文学。……

所以，很有意思的是，这种由于具有社会历史内容的人生空幻的时代感伤，甚至也可以出现在纳兰词里。就纳兰词的作者本人说，皇室近亲，贵胄公子，少年得志，世代荣华，身为满人，不应该有什么家国哀、人生恨，然而其所品却是极其哀怨沉痛的：（举例略）

……应该说，本没有也不会有什么痛苦忧愁，然而却总感风雨凄凉，不如还睡，是那样的抑郁、烦闷和无聊。尽管富贵荣华，也难逃沉重的厌倦和空幻。这反映的不正是由于处在一个没有斗争、没有激情、没有前景的时代和社会里，处在一个表面繁荣平静、实际开始颓唐没落的命运哀伤吗？"一叶落而知秋"，在得风气之先的文艺领域，敏感的先驱者们在即使繁华富足、醉生梦死的环境里，也仍然发出了无可奈何的人生空幻的悲叹。这其实也正是一种虽看不见具体内容却仍有深广含义的"有意味的形式"，内容已积淀、溶化在情感形式中了。

李泽厚《美的历程》

最擅小令，誉其为清代令词之冠亦不为过。其长调亦情辞俱美、格韵高远，然未如小令之独步一时。容若为纯情词人，词以情取胜。纳兰词内容比较单薄，基本上局限在个人抒情的狭小天地里：爱情、友情、乡情等。范围既狭窄，纳兰词之影响面广、感人程度深，固然有赖于其艺术，更重要的在于它据有一种内美——感情真挚。正是这种内美，使纳兰词生命之树长青。

许宗元《中国词史》

纳兰词艺术性极强，有四个主要特色。其一，作为婉约名家，融浓重的感

伤情绪于清新婉丽之中，是他的艺术个性。它同时具有雄健郁勃之风，如《金缕曲·赠梁汾》，曾得徐釚佳评："词旨嵌崎磊落，不啻坡老、稼轩。"（《词苑丛谈》）其二，擅长白描手法。纳兰词均不事雕饰，纯任性灵。其三，追求并达到骚雅、高古的意境。其四，语言自然、生动，语出丹田，如出水芙蓉。

同上

唐邦治《清皇室四谱》卷三："皇二子、废太子赠理密亲王允礽，孝诚仁皇后赫舍里氏出，小名保成"。成德避东宫讳，遂改"成"为"性"。其独取"性"字，盖以"性德"为辞有所典出。《礼记·中庸》："诚者，非自成而已也，所以成物也。成己，仁也；成物，智也，性之德也。"又《易·系辞》："一阴一阳之为道，继之者善也，成之者性也。"以…"性"代"成"，由此。太子旋改名允礽，性德亦复名成德。

赵秀亭《纳兰丛话》1992年第4期《承德师专学报》

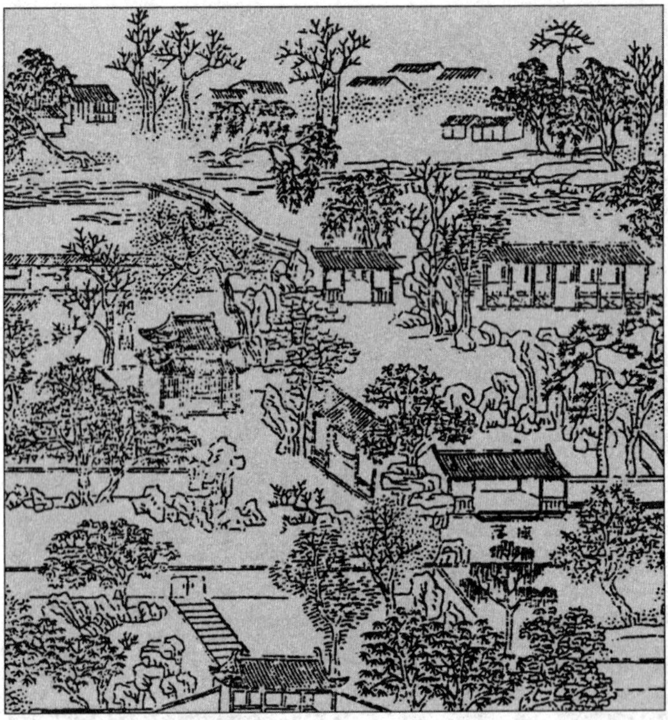

容若初成进士，本拟有清华之任。杜臻《哀词》云："丙辰廷对高第，方且陟清华，领著作矣。"董讷《诔词》云："为名进士，余方与同馆诸公，抃手庆快，为玉堂得人贺”皆可证也。原期翰院之选，竟充虎贲之列，执戟庙堂，岂容若初衷哉！《饮水》怨抑之词，率由此出。《听雨丛谈》云："文武易途而进，益见不次用人之盛"，所谓昧于苦乐也。

同上

容若葬京郊皂荚村，已为近年发掘所证实。然皂荚非北产，疑村不当以皂荚名。询之村民，乃造甲村，或云赵家村。杜诏《云川阁诗》卷三《同梁汾先生登贯华阁，观成侍中三十绘像》诗云："只是伤心皂荚村"，杜诏南人，故以音近误为皂荚。又宋晁无咎《扬州》："皂荚村南三四里，春江不隔一程遥"，或以有此典而致误也。

同上

《文艺杂志》，松江雷晋编，1914年刊于上海，扫叶山房发行。该刊多载逊清掌故，其有关性德之文四则如下：

第二期真公《懒窝笔记》"通志堂经解"一则。

第五期金武祥《粟香随笔》"纳兰性德诗与宝黛之关系"一则。

第六期丁国钧《荷香馆琐言》"成容若安麓村两像"一则。

第六期未署名《赁庑剩笔》"潇湘妃子入宫之异闻"一则。

同上

《渌水亭杂识》云："元时海子岸有万春园，进士登第恩荣宴后，会同年于此。"容若《幸举礼闱以病未与廷试》诗云："晓榻茶烟揽鬓丝，万春园里误春期。"即切此条。

同上

菩提达摩以《楞伽》四卷授慧可，曰："我观汉地，惟此有经，仁者依行，自得度世。"楞伽，即《伽回阿跋多罗宝经》，或译《大乘入楞伽经》。楞伽宗，即南天竺一乘宗，其义多乖释家教义而近老庄，故文士易受之。又玉泉山有楞伽洞，地近渌水亭，性德取以为号，意或兼此二者。"

同上

徐乾学人品，在姜西溟之上，见其与容若执谊终始如一可知。韩菼撰徐氏行状，论乾学功过最为允当。乾学于明珠，固嫌反复，实皆帝王旨意，为人臣者，不得不然耳。乾学尝言其"做官时少，做人时多；做人时少，做鬼时多"，后人当会其不得明言之苦焉矣。

同上

容若见顾梁汾《金缕曲》，曰："河梁生别之诗，山阳死友之情，得此而三。"昭连《啸亭杂录》则记作"都尉河梁之作，子荆楚雨之吟，并此而三矣。""子荆楚雨"颇费解。《学林漫录》九集载王同策文，谓乃"子荆零雨"

之笔误。子荆，晋孙楚字也，其《征西官属送于陟阳侯作》诗："晨风飘歧路，零雨被秋草。"沈约《谢灵运传注论》："子荆零雨之章，正长朔风之句子，并直举胸情，非傍诗史，正以音律调韵，取高前式。"沈德潜注孙楚《征西属官……》诗曰："隐侯谓子荆零雨之章，指此。"按"子荆零雨"连辞，又见钟嵘《诗品》卷中及释空海《文镜秘府论》天卷四声论。"

《渌水亭杂识》云："韵本休文小学之书，以为诗韵已误，今人又作词韵，谬之谬也。"词起自酒楼歌肆，按拍唯求谐耳，原不藉韵书始倚声。今人王力云："词韵严则从诗，宽则从语可也。"最为通脱。容若之论，差近于此。然又自著《词韵正略》，何哉？

赵秀亭《纳兰丛话》（续）1994年第4期《承德民族师专学报》

《渌水亭杂识》论诗韵，以为东、冬可通押，不必强分二韵，颇讥唐人之斤斤相守，自为得论。人又云："人之作诗必宗三百篇，而用韵反不宗之，岂非颠倒！"胶柱鼓瑟，大与前论抵牾，亦不可解。

同上

纳兰词比于温李，深切绵至相类，论词境，则阔于温而浅于李。后主眷系家国，故重；容若萦思私谊，故轻。

《饮水》短制如《蝶恋花》诸阕，颇近欧柳，清雅过之而蕴藉不及。

容若、小晏皆写情圣手，然小晏如歌，容若似泣。

容若豪宕之作，往往只得半阕，后半即衰飒气弱。如《长相思·山一程》《采桑子·丁零词》皆如是。

同上

梁汾云："容若词一种凄惋处，令人不能卒读。人言愁，我始欲愁。""人言愁"以下七字，久未得其确解。及读《晋书》，始知其所自。按《晋书·王承传》："承寻去官，东渡江。是时道路梗涩，人怀危惧，承每遇艰险，处之夷然。虽家人近习，不见其忧喜之色。既至下邳，登山北望，叹曰：'人言愁，我始欲愁矣'"。梁汾引此语，谓容若之工于言愁，足以动移人情，令人生愁情于不自已。"人"谓容若，"我"梁汾自谓也。

同上

《渌水亭杂识》云："三教中皆有义理，皆有实用，皆有人物。若不读其书，不知其道，唯恃一家之说，冲口乱骂，只自见其孤陋耳。大抵一家人相聚只说得一家话，自许英杰，不自知孤陋也。"此语全然无羁缚，视传统之终极真理为蔑如，大有冲决一切思想网罗之气概。矩行轨步之庸夫，岂可想见其心胸哉！人动以镂红刻翠手论纳兰公子，几曾望得公子踵尘！

同上

海外学人叶嘉莹，自谓读纳兰词尝历三阶段：少时，以其真切自然、清新流利而赏之；既成年，历经忧患，遂觉其浅白不耐咀嚼，缺乏人生历陈，殊少余味；近年，复悟其幽微深隐，具"即浅为深""即浅为美"之品质（见叶著《论纳兰性德词》，载《词学古今谈》，岳麓书社 1993）。且引青原惟信之禅语喻之云："老僧三十年前见山是山，见水是水；及至后来亲见，知识有个悟处，见山不是山，见水不是水；而今得个休息处，依前见山只是山，见水只是水。"盖

赏纳兰词，无历练者似入实不入；专历练者不得入，历练而后得休息处者，始真入焉。故赤子之笑啼，少年父母不深赏，中年无心赏，至皤然翁姬，则复赏之矣。然其情深重，已非少年夫妇可理会。又，叶氏之第二阶段，自身历练而外，亦必受之其师顾羡季先生，观其屡用"不耐咀嚼"四字可证。

同上

吾国往古，南北异俗。大率北人骁健而野，南人典藻而弱。南北才人相忌相轻之事，多见载籍。宋人董弅《闲燕常谈》云："李端行字圣达，昆陵人，屡中魁选，声名籍甚。大观岁，与诸路贡士群试，李士英作魁，圣达第二，意不中之。尝曰：'天下清气无南北之异，但吴中清气十分锺于人，河朔清气为鹅梨占了八分。'以士英河内人也。士英衔之。"纳兰性德别署"鹅梨"，或用此。性德幼善骑射，既成年，力学不辍，笃志斯文，以风雅为性命，以立言为不朽，窥其志，自未肯久逊吴越名宿之下也。鹅梨之称，尤足见其雄世之概。鹅梨，今称鸭梨，华北之佳果。李端行言"吴中清气十分锺于人"，乃矜吴中之多士；

所谓"河朔清气为鹅梨占了八分",则诋北土佳品但有鹅梨,以北方人物无足道也。其言倨傲,南鄙菰芦儿陋态,原不足论。性德取鹅梨自命,锋棱毕现,有睥睨南国群彦之概,壁垒峥嵘,实欲与角一日之短长也。"北人固少通者,而不通者未必是小生;南国固多通者,然通者亦未必是足下"。聊斋语亦自负,颇类性德。又,容若尝读宋人小说,见致张见阳第二十六简。

赵秀亭《纳兰丛话》(续) 1998 年第 4 期《承德民族师专学报》

白居易《见元九悼亡诗因此以寄》诗:"夜泪暗销明月幌,春肠遥断牡丹庭。人间此病治无药,惟有楞伽四卷经。"李贺《赠陈商》诗:"长安有男儿,二十心已朽。楞伽堆案前,楚辞系肘后。"性德自号楞伽山人,除内典本义外,疑亦与此二诗有所关涉。

同上